U0424176

中国语言文学文库·典藏文库

吴承学 彭玉平 主编

黄际遇文集

黄际遇 著

陈景熙 林伦伦 辑校

·广州·

图书在版编目（CIP）数据

黄际遇文集/黄际遇著；陈景熙，林伦伦辑校．—广州：中山大学出版社，2019.6
（中国语言文学文库·典藏文库/吴承学，彭玉平主编）
ISBN 978-7-306-06618-3

Ⅰ.①黄… Ⅱ.①黄… ②陈… ③林… Ⅲ.①中国文学—现代文学—作品综合集 Ⅳ.① I216.2

中国版本图书馆CIP数据核字（2019）第082190号

出 版 人：王天琪
策划编辑：嵇春霞
责任编辑：孔颖琪
封面设计：曾 斌
版式设计：曾 斌
责任校对：李艳清
责任技编：何雅涛
出版发行：中山大学出版社
电　　话：编辑部020-84110283，84111996，84111997，84113349
　　　　　发行部020-84111998，84111981，84111160
地　　址：广州市新港西路135号
邮　　编：510275　　传　　真：020-84036565
网　　址：http：//www.zsup.com.cn　E-mail：zdcbs@mail.sysu.edu.cn
印 刷 者：广州家联印刷有限公司
规　　格：787mm×1092mm　1/16　17.875印张　302千字
版次印次：2019年6月第1版　2019年10月第2次印刷
定　　价：72.00元

中国语言文学文库

总　　序

吴承学　彭玉平

中山大学建校将近百年了。1924 年，孙中山先生在万方多难之际，手创国立广东大学。先生逝世后，学校于 1926 年定名为国立中山大学。虽然中山大学并不是国内建校历史最长的大学，且僻于岭南一地，但是，她的建立与中国现代政治、文化、教育关系之密切，却罕有其匹。缘于此，也成就了独具一格的中山大学人文学科。

人文学科传承着人类的精神与文化，其重要性已超越学术本身。在中国大学的人文学科中，中国语言文学学科的设置更具普遍性。一所没有中文系的综合性大学是不完整的，也几乎是不可想象的。在文、理、医、工诸多学科中，中文学科特色显著，它集中表现了中国本土语言文化、文学艺术之精神。著名学者饶宗颐先生曾认为，语言、文学是所有学术研究的重要基础，“一切之学必以文学植基，否则难以致弘深而通要眇”。文学当然强调思维的逻辑性，但更强调感受力、想象力、创造力和语言表达能力。有了文学基础，才可能做好其他学问，并达到“致弘深而通要眇”之境界。而中文学科更是中国人治学的基础，它既是中国文化根基的重要组成部分，也是中国文明与世界文明的一个关键交集点。

中文系与中山大学同时诞生，是中山大学历史最悠久的学科之一。近百年中，中文系随中山大学走过艰辛困顿、辗转迁徙之途。始驻广州文明路，不久即迁广州石牌地区；抗日战争中历经三迁，初迁云南澄江，再迁粤北坪石，又迁粤东梅州等地；1952 年全国高校院系调整，始定址于珠江之畔的康乐园。古人说：“艰难困苦，玉汝于成。”对于中山大学中文系来说，亦是如此。百年来，中文系多番流播迁徙。其间，历经学科的离合、人物的散聚，中文系之发展跌宕起伏、曲折逶迤，终如珠江之水，浩浩荡荡，奔流入海。

康乐园与康乐村相邻。南朝大诗人谢灵运，世称“康乐公”，曾流寓广州，并终于此。有人认为，康乐园、康乐村或与谢灵运（康乐）有关。这也许只是一个美丽的传说。不过，康乐园的确洋溢着浓郁的人文气息与诗情画意。但对于人文学科而言，光有诗情是远远不够的，更重要的是必须具有严谨的学术研究精神与深厚的学术积淀。一个好的学科当然应该有优秀的学术传统。那么，中山大学中文系的学术传统是什么？一两句话显然难以概括。若勉强要一言以蔽之，则非中山大学校训莫属。1924 年，孙中山先生在国立广东大学成立典礼上亲笔题写“博学、审问、慎思、明辨、笃行”十字校训。该校训至今不但巍然矗立在中山大学校园，而且深深镌刻于中山大学师生的心中。“博学、审问、慎思、明辨、笃行”是孙中山先生对中山大学师生的期许，也是中文系百年来孜孜以求、代代传承的学术传统。

一个传承百年的中文学科，必有其深厚的学术积淀，有学殖深厚、个性突出的著名教授令人仰望，有数不清的名人逸事口耳相传。百年来，中山大学中文学科名师荟萃，他们的优秀品格和学术造诣熏陶了无数学者与学子。先后在此任教的杰出学者，早年有傅斯年、鲁迅、郭沫若、郁达夫、顾颉刚、钟敬文、赵元任、罗常培、黄际遇、俞平伯、陆侃如、冯沅君、王力、岑麒祥等，晚近有容庚、商承祚、詹安泰、方孝岳、董每戡、王季思、冼玉清、黄海章、楼栖、高华年、叶启芳、潘允中、黄家教、卢叔度、邱世友、陈则光、吴宏聪、陆一帆、李新魁等。此外，还有一批仍然健在的著名学者。每当我们提到中山大学中文学科，首先想到的就是这些著名学者的精神风采及其学术成就。他们既给我们带来光荣，也是一座座令人仰止的高山。

学者的精神风采与生命价值，主要是通过其著述来体现的。正如司马迁在《史记·孔子世家》中谈到孔子时所说的：“余读孔氏书，想见其为人。”真正的学者都有名山事业的追求。曹丕《典论·论文》说：“盖文章，经国之大业，不朽之盛事。年寿有时而尽，荣乐止乎其身，二者必至之常期，未若文章之无穷。是以古之作者，寄身于翰墨，见意于篇籍，不假良史之辞，不托飞驰之势，而声名自传于后。”真正的学者所追求的是不朽之事业，而非一时之功名利禄。一个优秀学者的学术生命远远超越其自然生命，而一个优秀学科学术传统的积聚传承更具有“声名自传于后”的强大生命力。

为了传承和弘扬本学科的优秀学术传统，从2017年开始，中文系便组织编纂中山大学“中国语言文学文库”。本文库共分三个系列，即“中国语言文学文库·典藏文库”“中国语言文学文库·学人文库”和“中国语言文学文库·荣休文库”。其中，“典藏文库”（含已故学者著作）主要重版或者重新选编整理出版有较高学术水平并已产生较大影响的著作，“学人文库”主要出版有较高学术水平的原创性著作，“荣休文库”则出版近年退休教师的自选集。在这三个系列中，“学人文库”“荣休文库”的撰述，均遵现行的学术规范与出版规范；而“典藏文库”以尊重历史和作者为原则，对已故作者的著作，除了改正错误之外，尽量保持原貌。

一年四季满目苍翠的康乐园，芳草迷离，群木竞秀。其中，尤以百年樟树最为引人注目。放眼望去，巨大树干褐黑纵裂，长满绿茸茸的附生植物。树冠蔽日，浓荫满地。冬去春来，墨绿色的叶子飘落了，又代之以郁葱青翠的新叶。铁黑树干衬托着嫩绿枝叶，古老沧桑与蓬勃生机兼容一体。在我们的心目中，这似乎也是中山大学这所百年老校和中文这个百年学科的象征。

我们希望以这套文库致敬前辈。

我们希望以这套文库激励当下。

我们希望以这套文库寄望未来。

2018年10月18日

吴承学：中山大学中文系学术委员会主任、教授，长江学者特聘教授
彭玉平：中山大学中文系系主任、教授，长江学者特聘教授

序　言

林伦伦

母校中山大学中文系编辑出版前贤之“典藏文库”，师兄吴承学教授是主事者之一，推荐我及陈景熙博士编辑校注《黄际遇文集》一书，原因是我们俩都是中山大学的校友，并曾经编辑出版过《黄际遇先生纪念文集》（汕头大学出版社2008年版），有一定的文献资料积累和编辑工作经验。当然，促使我们欣然承担这项任务的，则是我们对黄际遇教授这位母校前辈、著名学者及澄海乡贤的无限敬仰和怀念之情。10多年前，我们编辑《黄际遇先生纪念文集》，纯属出于对先生的崇拜，希望有更多的我们的同辈人和后学能够知道这位文理兼通的博学鸿儒，使这颗曾经璀璨的学术明星不至于被历史之幕所遮盖而黯淡甚至被淡忘。现在编辑这本《黄际遇文集》，也基于相同之原因，希望先生之学问能够“永广其传，昭示来学”（詹安泰《〈黄任初先生文钞〉序》）。

黄际遇教授乃旷世奇才，学贯中西，兼擅文理。编选他的文集，实属不易。20多年前，潮汕历史文化研究中心曾经有过整理出版《黄际遇日记》的计划，几位潮汕文史教育界的前辈各自领了几卷回家研读之后，觉得难以完成任务，原因就是黄先生日记内容之跨界及渊博。后来，潮汕历史文化研究中心也只好把先生的日记影印出版。现在我们编选这本文集，也不敢有过大的动作，只能以70年前出版的《黄任初先生文钞》（以下简称《文钞》）为主要内容（剔除其中不属于先生原著的一篇文章），把我们能搜集到的并能确认的文献补充进去，并按《文钞》原来的框架体例，分列为述、书、启、记、序、传、碑、诔、赞、颂、论、联12卷。书后有附录2卷：其一收录姚梓芳、饶宗颐所撰黄际遇先生碑传及新近发现的追忆先生的文章2篇，其二收录1906年至今先生著作、纪念文集所见序跋。全书篇幅已是原《文钞》的两倍多，是这次选编本书的增益之处。

这里要重点说一下的是，本书所用的《文钞》底本为黄际遇教授长公子黄家器先生亲笔批注的版本。黄家器先生昔年毕业于山东大学数学系，曾任澄海中学校长（参阅《黄际遇先生纪念文集·黄家器自传》）。其亲手批注之《文钞》，具有一定的历史文献价值。

关于本书的资料来源、校勘原则和校注的具体方法，景熙博士都已在本书后记中说明清楚，我这里就不再赘述了。

文集的编选和校注，全仗景熙博士之力，我只是与其讨论了编选内容及原则，并校读了编选出来的文献而已。景熙博士在海内外潮人社会人文研究，尤其是海外潮人宗教史的调查研究方面，成果颇丰。其田野调查及文献稽查、校勘之功夫，扎实而严谨，为学界所公认。再加上他与黄际遇先生的后人有较多的交往，获得了不少有价值的文献资料。相信本书的辑校出版，对我们了解和学习黄际遇先生的学问，一定会有裨益。

末了，要感谢中山大学中文系办了一件大好事，编辑这套“典藏文库”，弘扬前辈学者的卓越学问和治学之精神；也感谢文库的主编把《黄际遇文集》的编校任务交给我们，使我们得以重温这位乡贤和母校著名教授的著述，再沐春风。

己亥元宵于广州南村

目　录

一　述

哀　学　篇

——《不其山馆日记》（第三册）序①

岁行在亥，九秋已尽。苞篁霣②箨，山雨欲来。羁旅之臣，不言守土。余乃平章笺帙，拾掇旧文。于橐于囊，患得患失。相守平生，分飞一旦。何时归去，与尔千秋。蹊路瞻望，还增③悢悢。上念传经历厄之痛，俯伤寒士聚书之难。小邑海陬，稀睹中原之文献；不其丛稿，亦复浪迹之孑遗。忍令斯文，沦于夷狄；相率鸡犬，踰彼梁山。学术亡矣，国乃真亡；天下溺矣，人实诳女④。夫入关而但收载籍，其意⑤云何？欲其子之语学鲜卑，其⑥心难问。四库开馆者七，大半之书，盖已度⑦关而东；世事可叹者三，十五国风，怯诵自郐已下。侏儒操刀以为学，井蛙⑧坐井而观天。挹余沥者，醉心反哺之功；弋时名者，龋齿效颦之舞。一哄之市，众呴漂山。画地为牢，仰天而唾。视彼插架，无非言不及义之编；便了购书，不见冡⑨以养正之本。徘优名士，蛩蚷相依；说士达官，聋盲与比。

---

① 原载《不其山馆日记》第三册（1935年11月15日），见黄际遇著、潮汕历史文化研究中心编《黄际遇日记》卷五，汕头大学出版社2014年影印本，第124～128页，影印本编者误以该册为第二册。又载《黄任初先生文钞》，国立中山大学出版组1949年版，第1～4页，其编者命名为《哀学篇（有序）》。全书注释所引日记原文即《黄际遇日记》，及《黄任初先生文钞》均为上列版本，不再出注。

② “霣”，古通“陨”。

③ 《黄任初先生文钞》本作“迁憎”，今从日记原文作“还增”。

④ “女”，通“汝”。

⑤ 《黄任初先生文钞》本作“志”，今从日记原文作“意”。

⑥ 《黄任初先生文钞》本作“居”，今从日记原文作“其”。

⑦ 《黄任初先生文钞》本作“渡”，今从日记原文作“度”。

⑧ 《黄任初先生文钞》本讹作“硅”，今从日记原文作“蛙”。

⑨ 《黄任初先生文钞》本作“蒙”。“冡”，古同“蒙”。

推原始作俑者，或但求一朝之快意；不料煽其风者，辄奉为千金之玉条。等群经于螫蛇，挟书有禁；钳士论于乡校，偶语可科。虽有老成，胡不遄死？谁是先觉，哀此萌生？嗟虖[①]！其父报仇，其子行劫；公无渡[②]河，公竟渡[③]河。学变之祸，心死之哀，一至此哉！况复竭泽而渔，居夷无可浮之海；伐山刊木，绵上无可耕之田。吾党之小子斐然，先人之敝庐宛在。凿鲁王之壁，载器南奔；逃嬴政之硎，化石北济。吊怀在昔，为赋哀学之篇。

缅古时之盛轨，视《周官》之一书，括囊乎大典，网罗乎众家。洎幽王而礼乱，虽素王而道孤。被发而祭于野，如棠而往陈鱼。王者之迹以熄，风诗之教蔑如。非春秋之代作，皆及溺而载胥。逮两楹之既梦，始众说兮[④]喧嗔[⑤]。夷子思以易天下，许行耕欲有其田。坚白异同，雕龙谈天。家炫不龟之药，客抚无弦之弦[⑥]。微言旷断[⑦]，大义泯然。杂说之兴，一尊所苦。[⑧]鞅斯[⑨]人桀，傅翼于虎。应令徙木，亦乱法之徒；指鹿为马，而莫予敢侮。师儒冠猴，经书粪土。名士纵多于[⑩]鲫鱼，坑无不尽；图籍即贮之阿房，终付烈炬。虽传祚止二世，极古今之多事。叔孙生居然圣人，郦食其自称长者。冯轼下齐七十城，迺公马上得天下。徒好书律，笑瓠[⑪]白之张苍；（眉批：苍当斩，解衣伏质，身长大，肥白如瓠。王陵见而怪其美士，乃言沛公赦勿斩。《汉书》本传）妙有辩才，羡寿终之陆贾。诗书于我安事？此为生民以来未之有也。巨君泥古，弁髦旧常。更始之将，妇衣绣裾。博士避席而不讲，诸将笑走于吏卒。横舍不禁采薪，园蔬生于虚室。达士经生，掉首不屈。或夹书以[⑫]入林，或赁舂而行乞。典文残落，风云氤郁。

---

① 《黄任初先生文钞》本作“乎”。“虖”，古通“乎”。
② 日记原文作“度”。
③ 日记原文作“度”。
④ 《黄任初先生文钞》本讹作“分”，今从日记原文作“兮”。
⑤ 《黄任初先生文钞》本讹作“填”，今从日记原文作“嗔”。
⑥ 日记原文、《黄任初先生文钞》本均作“无弦之弦”，疑当作“无弦之琴”。
⑦ 《黄任初先生文钞》本作“绝”，今从日记原文作“断”。
⑧ 《黄任初先生文钞》本此处增入“矧以枭秦统一寰宇”八字。
⑨ 《黄任初先生文钞》本讹作“新”，今从日记原文作“斯”。
⑩ 《黄任初先生文钞》本作“比”，今从日记原文作“于”。
⑪ 《黄任初先生文钞》本作“肥”，今从日记原文作“瓠”。
⑫ 《黄任初先生文钞》本作“而”，今从日记原文作“以”。

诸刘毕，文叔出。老吏垂涕而陈词，不图复见汉官威仪于今日。是故东京之治，媲隆西汉。三百载之昌期，二千两之秘翰。天子方亲临三雍戒昧旦，太后亦重乡射之礼，修兴学之馆。岂知传至太初（日记原注：质帝年号。王先谦云，应作“本初”），学风畔喭。善士流废，章句夌[①]乱。清流以挡援为名高，儒生遂风流而云散。虽经籍[②]之臧[③]，参倍于前；而董卓移都，学统中断。自兰台石室，辟雍东观，典册文章，割散糜烂。小乃制为縢囊，大则连为帷幔。司徒收而西者，裁[④]七十乘；道路艰远，复弃其半。黥首刖足，未足蔽中郎之辜；赤眉黄巾，直数至长安之乱。既而魴鱼赪尾，神鼎三分，中原板荡，麋鹿成群。相尚玄虚，罕通典坟。华阳建国，西不至秦。量斗论才，诸葛一人。士元、孝直，俱西而臣。数子勑（原注：秦宓）与允南（原注：谯周），已隰苓而山榛。《礼书》《乐经》其谓何？久矣！《蜀志》之无闻。东南之美，不独竹箭、弘嗣并良史之材，仲翔亦载道之选，今曜亦汉之史迁。不纪孙和而立传，孟德尚杀孔文举，几亨虞翻于谈宴。一时清妙，威尊命贱。王业之兴，肇于邺都；崇山巍巍，应谶当涂。倾世才之八斗，夸天命之在孤。谈经则繇歆朗肃，述文则应刘陈徐。莫不金声而玉润，鞭蜀而笞[⑤]吴。皆一时之俊伟，而后世之难诬。集圣证以讥郑，尤蒙询于吾徒。其他荀、杨、孔、祢，才不保躯；何（原注：晏）、邓（原注：飏）、李（原注：胜）、丁（原注：谧），昧于进趣。干戈之祸亟矣！自太初以至咸熙，几绝于天壤间者，卫道之真儒。世运之衰，有乘其敝。清谈玄理，遂以哗世。荀（原注：觊）、挚（原注：虞）之徒，虽议创制，袭丧乱之灰余，移风俗而未济。自是衣冠横溃，天地为闭。值江左之草创，难禽狝而草薙。宋、齐国学，时或开置，而建国了无百年之基，告朔空存饩羊之祭。永元兵火，燎遵之势[⑥]，鸿都经籍，劫灰长瘗。暨乎尔朱之乱，散落人间。后齐迁邺，颇事搜探；河阳岸崩，埋书江潭。天统、武平，美令娄[⑦]颁；人不爱宝，功不补患。后周始基关右，强邻眈眈，戎马生郊，喋血

① 《黄任初先生文钞》本作“陵”。“夌”，古同“陵”“凌”。
② 《黄任初先生文钞》本作“牒”，今从日记原文作“籍”。
③ 《黄任初先生文钞》本作“藏”。“臧”，古同“藏”。
④ “裁”，通“才”。
⑤ 《黄任初先生文钞》本讹作“苔”，今从日记原文作“笞”。
⑥ “遵”，古同“原”。此句《黄任初先生文钞》本乙作“燎之原势”。
⑦ “娄”，通“屡”。

朱殷。君子有猿鹤之感，小人极深热之艰。隋氏建邦，寰区一统；炀皇好学，逸书错综。越大业之季年，所丧失者亦众。唐兴而令狐、魏征登庸并用，禄山乱之，乾元旧籍之沦亡，尤贞观以来一大隐恫。黄巢干纪，再陷两京，王室如毁，弦诵无声。书既亡于迁洛，劫逐浩于广明。经天纬地所资以长存者，又乌能与豺狼狐貉以相争？奉遗书而永叹，愧作赋之未成。

述书（上）①

书之为事，本以记姓名而已。狱谳日繁，刀笔苦之，别为隶分②，便于舆皂。《急就章》兴，解散隶体。汉俗简惰，渐以行之。（日记原注：此四语节《书断》所存王愔语）波磔犹存，别名章草。其非此者，谓之草书。（原注：节黄伯思《东观余论》语）《说文·叙》云：汉兴有草书。《董仲舒传》：草稿未上。《屈原传》云：属稿未定。似草书之名，本于稿书。钟张二王，大张其军。匆匆不及草书，尤言其慎也。时已简体大行，纡徐为妍，意之所之，法可不论。省“灋”之从廌以为“法”，去“與”之舁声以为“与”。汉碑晋刻，所在而然。召陵解字，难障百川；陈留石经，仅传三体。江左风流之后，新亭麈拂之余，礼且不为我辈设，书又岂足万人敌？泉明读书，不求甚解；东山得札，题后答之。盖脱略简易之势然矣。“卿”之为“マ”，但存偏旁；“门”之为“つ”，劣得轮廓。能以意为之，而业大尊。草圣纵笔，吾书意造如有神；女③曹画虎，视犬之字不如犬④。固亦倡优所畜，主上所戏弄，一经有力负之，以趋九万扶摇，万流钦仰。其时茉苡采女，免置武夫，口授竟成佳札，曳泥亦解彼怒。龙门廿品，鲜传书撰之人；敦煌千年，犹庋藏经之字。文章行行，未尽彣彰。纸笔纷纷⑤，以为纸笔⑥。渡江名士，顾影自怜；韩陵片石，狗吠仅免。北

---

① 原载《因树山馆日记》第十五册（1938 年 12 月 29 日），见《黄际遇日记》卷八，第 423～426 页。又载《黄任初先生文钞》，第 4～7 页。

② 《黄任初先生文钞》本作“书”，今从日记原文作“分”。

③ “女”，同“汝”。

④ 《黄任初先生文钞》本作“狗”，今从日记原文作“犬”。

⑤ 《黄任初先生文钞》本讹作“讹”，今据日记原文校正。

⑥ “以为纸笔”，《黄任初先生文钞》本作“殆难觌缕”。

碑南帖，就此分畺[①]；妩媚犷粗，各驰背道。贞元[②]文物之盛，如日中天。昌黎伯以[③]文起八代之衰。复有鲁郡公，以书济[④]天下之溺。大小麻姑，立楷学之极则；争言仆射，流行草之芳徽。结字合乎六书，用笔本于二篆。欲令正俗合契，隶分同原；正中有行，今不背古。法既彰矣而不过于严，神则[⑤]和矣而不伤于流。旋中矩而周也中规，心既正斯笔无不正。仰止山斗，不废江河。余姚（原注：虞）、钱唐（原注：褚）、北海率更，虽年辈稍前，骖驔天纵，而或则食古未化，格磔仍存，或则变今未能，法意交敝。然亦莫为之前之君子，使我如登不见来者之幽台。有宋诸贤，具体而微。坡公、涪翁，有志未逮。才力足以[⑥]追古，书法乃以从众。信贤者之不免，能勿[⑦]望古而遥集也哉。夫道既若大路然，其间必有名世者，岂无阳冰、梦英[⑧]，上武斯相；怀素、智永，继踵[⑨]右军？篆草分镳，后先一揆，芬芳史牒，流落人间。而泰山仅留羽毛，载乘如此廖寂。建炎以后，数至初明，落落千年，悠悠长古。晦翁楷法，仅树典型；道人丽书，殊惭宗室。香光晚出，号祖二王。其书靡然，入清滋炽。宗之者崇之[⑩]牛耳，毁之者指为螯虫。而法乳怀仁，兼祧《兰序[⑪]》，永嘉之风未沫，笔冢之胤如存。未可以其《画禅随笔》之不经，华亭里谈之遗行，一眚一德，混为一谈。晚有二王（原注：王宠雅宜，王铎觉斯），张以文（原注：衡山）、祝（原注：允明），细书狂草，妙绝人寰。诸子故为[⑫]未及古人，自一时之俊[⑬]也。后之作者，已不逮矣。旷胜清一代，亦仅二王（原注：梦楼，良常），稍追明风，劣见古意，简洁岸峭，尚无拥肿之习。自诸城、仪征，恣为碑

---

① “畺”，古同“疆”。

② 《黄任初先生文钞》本作“观”，今从日记原文作“元”。

③ 《黄任初先生文钞》本脱“以”字，今据日记原文校补。

④ 《黄任初先生文钞》本作“援”，今从日记原文作“济”。

⑤ 《黄任初先生文钞》本作“既”，今从日记原文作“则”。

⑥ 《黄任初先生文钞》本作“故足”，今从日记原文作“足以”。

⑦ 《黄任初先生文钞》本作“无”，今从日记原文作“勿”。

⑧ 日记原文初作“恕先（原注：郭忠恕）”，复改作“梦英”。《黄任初先生文钞》本作“恕先”，今从日记原文作“梦英”。

⑨ 《黄任初先生文钞》本作“承祧”，今从日记原文作“继踵”。

⑩ 《黄任初先生文钞》本作“以”，今从日记原文作“之”。

⑪ 《黄任初先生文钞》本作“叙”，今从日记原文作“序”。

⑫ 《黄任初先生文钞》本脱“为”字，今据日记原文校补。

⑬ 《黄任初先生文钞》本作“隽”，今从日记原文作“俊”。

说，适便不学，煽为末流①。大兴未脱馆阁之羁，怀宁时遗形声之误。安吴双楫，只善谈兵；湘乡脊令，止知其意。泾县弟子，至乏滕更之徒；板桥狂流，遂滋曼生之蔓。书虽小道，乃亦遂无可言者矣。别有怀璞者流，好学沈思，经有颛②门，词③无支叶。洞六书之故，通八体之原。不言自芳，未歌而韵。书名或掩于其学，真迹耻落于凡夫。论世者未必知人，求书者莫穿其户。宁汨于狐貉以同尽，行且濬渊潭以自沦。引老姥为知己，揖古人而失笑。以兹说字，无④异谈禅。尝扫㡀⑤庐，特县⑥名墨。伯安、惜抱，心焉仪之；里甫（原注：谢）、子高（原注：黄），里有仁焉。（眉批：谢兰生，字佩士，号澧甫，又号里甫，别号里道人，南海乾隆举人，嘉庆翰林。阮芸台重修省志，延任总纂。书法出入颜、褚、李，画宗仲圭、香光。黄子高，字叔立，一字石溪，番禺人，优贡第一，受知阮芸台。工篆隶，能画梅。有《石溪文集》《知稼轩诗钞》《续三十五举》《粤诗搜逸》）又有余杭⑦（原注：章）、揭阳（原注：曾）、蕲春（原注：黄）、武进（原注：屠），并有著书，咸标独造。义宁（原注：陈师曾）画品，上虞（原注：经子渊）印章，可突冬心，无惭㧑叔。居然千里一室，异代同情，近接遐思，我师我友。我思诸友，已侪古人；后之视我，未知何似⑧？乙丑余生，（《黄任初先生文钞》原注：乙丑十四年十一月上海归舟，沉于诏安，仅以身免）良悔少作；丙子⑨去鲁，感念⑩壮游。颇思卧碑，重拂尘研⑪，去背古之太甚，补壮学之未行。庶几坠绪茫茫，复时闻呜声喔喔者。张有不作，几见复古之篇；窦臮云遥，乃赓述书之赋⑫。

---

① 《黄任初先生文钞》本作“俗风”，今从日记原文作“末流”。

② “颛”，通“专”。

③ 《黄任初先生文钞》本作“辞”，今从日记原文作“词”。

④ 《黄任初先生文钞》本作“何”，今从日记原文作“无”。

⑤ “㡀”，古同“敝”。

⑥ “县”，古同“悬”。

⑦ 日记原文初作“杭县”，复改为“余杭”。《黄任初先生文钞》本从前者，今据日记原文从后者。

⑧ 《黄任初先生文钞》本作“又将奚若”，今从日记原文作“未知何似”。

⑨ 日记原文作“丙寅”，《黄任初先生文钞》本作“丙子”。按：丙寅年为1927年，丙子年为1936年。据黄际遇先生日记，黄际遇先生离开山东，南下广州任教于中山大学为1936年，即丙子年。今从《黄任初先生文钞》本作“丙子”。

⑩ 《黄任初先生文钞》本作“弥感”，今从日记原文作“感念”。

⑪ 《黄任初先生文钞》本作“砚”，今从日记原文作“研”。

⑫ 《黄任初先生文钞》本于句末衍一“尔”字。

述书（下）[1]

作书惟心使臂，臂使指，指使管，不假矫揉，毋助苗长。予于前卷[2]尝记[3]昔贤翦毫挂腕而论其[4]非法矣。《记》云：子能食饭，教以右手；人生离乳，而学匕[5]箸，毋抟饭，毋泽手，（日记原注：周前，似未用箸。然《史记·十二诸侯年表》云："纣为象箸而箕子唏。"）饭黍毋以箸。《曲礼》之言，不行于汉。故有借箸而筹，闻雷而堕者。其[6]制也极简，而用之至[7]曲，当以之攻坚导窾，兼弱夹[8]柔，无不悉如人意。岂若西夷之人，刀戟栉比[9]，箝钳骈列，复助以手，而犹弃骨委肉[10]哉！顾胜衣之童，未必胜箸。饔飧十载，奏箸茫然。谋食且如斯[11]之难，而谓易于谋道乎？临池尽墨，面壁九年，不如匿舅三月之楼，（日记原注：张得天事）与君一夕之话。内志正，外体直。相其荡漾空中，下笔以前之蓄势；迹其掉离毫末，一往意深之行云。其转也，方则用翻，圆则用绞；其端也，一波三折，一唱三叹；其入也，直来横受，横来直受；其出也，无往不复，无发不收[12]；其映带也，左凝右盼，仙禽欲下先偷眼；其策应也，击首应[13]尾，雁陈书空一字斜；其燕居也，见尧于羹，见舜于墙，无终食之间无古人；其挥洒也，虱大如轮，目送归鸿，（眉批：《世说新语》："顾长康道画：'手挥五弦易，目送飞鸿难。'"）问

---

① 原载《因树山馆日记》第十五册（1939 年 4 月 20 日），见《黄际遇日记》卷八，第 538 ～ 540 页。又载《黄任初先生文钞》，第 7 ～ 9 页。

② 《黄任初先生文钞》本脱"于前卷"三字，今据日记原文校补。

③ 日记原文初作"记论"，复删去"论"字。《黄任初先生文钞》本作"论记"，今从日记原文校正。

④ 《黄任初先生文钞》本作"等之"，今从日记原文作"而论其"。

⑤ 《黄任初先生文钞》本讹作"上"，今从日记原文校正。

⑥ "其"字前，《黄任初先生文钞》本衍"夫"字，今据日记原文删正。

⑦ 《黄任初先生文钞》本作"也"，今从日记原文作"至"。

⑧ 《黄任初先生文钞》本作"怀"，今从日记原文作"夹"。

⑨ 《黄任初先生文钞》本作"齐临"，今从日记原文作"栉比"。

⑩ 《黄任初先生文钞》本作"弃肉委骨"，今从日记原文作"弃骨委肉"。

⑪ 《黄任初先生文钞》本作"是"，今从日记原文作"斯"。

⑫ 日记原文作"无发不复，无往不收"，今从《黄任初先生文钞》本作"无往不复，无发不收"。

⑬ 《黄任初先生文钞》本作"击"，今从日记原文作"应"。

尔师那一笔是自己？是知八法之传，尽于永字；盈寸之拳，禀命天君。（日记原注：《荀子·天论》："心居中虚，以治五官。夫是之谓天君。"）世有不学而能者乎？我[1]无是也。今岂异于古所云邪？子勉乎哉！又思择术，至于伶工操缦，以要时誉，冀空万人之巷，莫卖明日之花。要亦弦不断不妄更，功不十不易器。原夫丝之于肉，其利断金；鼓之于铙，如声应谷。忆当年孙（原注：佐臣）琴、陈（原注：德霖）曲之一奏，令人不辨其是肉是丝；谭伶[2]祢鼓之三挝，只今恍闻其如抗如坠。良工云往，斯术寖微，改弦更张，元音荡焉。或则骈标两弦，助其靡靡；或则独标一线，鄙同哇哇。（原注：欧阳修诗："儿童助噪声哇哇。"）岂无架琴在盘，借水音以流响；托弦于钹，假金钲之悠声？斯并不登大雅之堂，难枉知音之顾。吾闻弦筝名手，概屏指衣。三折肱乃知良医，三日甲乃弹筝琶。古乐云亡，俗乐亦非。轻改制言书[3]无侣，奏曲更莫对巴人。黯淡江山，苍茫今古，恐君思卧击壤而歌焉乎[4]。

述　　交[5]

（原注：书揭阳姚氏《述德征言》后）

夫以孔文举之有重名，忘年而结尔汝之友；公沙穆之游太学，定交乃在杵臼之间。伐木丁丁，鸣鸡胶胶，往往遇于班荆，期之千古。而况乎挹清叔度之坐[6]，问奇子云之亭，尝托累世之通家，更复为群而拜纪者乎！落叶尺深，庭椿已拱；江山易老，謦欬如新。折梅寄岭外之人，春风永挹；索米困长安之市，旧雨可怀。用迹前尘，载歌往德。

忆昔戊戌之冬，日方向莫[7]，登堂有客，设馔无鸡。获以髫年，辟咡执烛，与林宗共载，望若松乔，状李邕魁仪，观者阡陌。予兄诏之曰：

---

① 《黄任初先生文钞》本作"吾"，今从日记原文作"我"。

② 日记原文作"工"，今从《黄任初先生文钞》本作"伶"。

③ 《黄任初先生文钞》本作"之"，今从日记原文作"书"。

④ 《黄任初先生文钞》本作"尔"，今从日记原文作"乎"。

⑤ 原载《因树山馆日记》第二册（1936 年 5 月 26 日），见《黄际遇日记》卷六，第 171～173 页。又载《黄任初先生文钞》，第 9～11 页。

⑥ "坐"，古同"座"。

⑦ "莫"，古同"暮"。

此揭阳高士姚先生也。汝其得从先生游矣乎！

闵予不造，蹭蹬秋风。庚辛之际，乃及先生于鲩江撰杖之所。逐流废学，释策而嬉，犹不以其不可教而不教之。后二年，先生遂观光京师，陟泰岱，载誉河洛之间。我来自东，则闻姚丈嵩生先生，辱在下邑，主于先大夫，持论亘[①]日夜，兴学劝教以外，无枝词。

微丈言，汝几不卒所业。

先君虽终，言犹在耳。拜东岩夫子之赐，逾于百朋；（原注：揭阳县北，上有石湖，四时不竭。绝顶有石浮图，下有二岩，东岩曰“竹冈”。相传宋邑人陈希伋[②]读书于此。元祐中，举经明行修第一，目为“广南夫子”。故又名“陈夫子岩”。见《广东考古辑要》）卜南安门第之昌，不待五世矣。玉步虽更，薪木未毁。畿沽馆舍，迭为宾主。姚氏内外群从，振振兮蔚起。其游学京朝者，以十数，皆昵于予。予日为蝇头书，则竞先匿去，以为笑乐。醍醐酪乳，萃于一门。遏末封胡，何止二到。酷似其舅，有阿士[③]之文章；何妨不栉，传左芬之赋颂。人但屈指东南之竹箭，我尤推心杜孟之宝田。一经一籝，其效可睹矣。只今观之，又二十年间事耳。当年舞勺舞象之侣，靡不各本所学，显用于时。岭南故不乏耆儒，姚先生今最为老师，三推祭酒，灵运颖生，兴言祖德，士衡文赋，祇诵清芬。推于自出之耳仍，共隆百年之心祭。凡以使末俗咸知君子之泽远，杰士不待文王而后兴也。无改淑世之勤，寄其终身之慕，永锡尔类，信夫孝之大者矣！

独念际遇受读父书，见知蚤岁。亦尝伏阙从大家之读，摩肩写太学之经。而食粟略同曹交，诵言妄比臣朔。既无名于达巷，徒奉手于通人。重劳他山，错此顽石。污为故楮，亦识精思。能无甚惭下交，轸怀知我。

手《述德征言》一卷，遥致南州孺子之刍；歌投玖报李卒章，永言东海太公之化焉尔。

（眉批：曹星笠云，此篇潜气内转，英华外发，允足轶北江而追容甫玉佩）

---

① 《黄任初先生文钞》本讹作“互”，今从日记原文校正。

② 日记原文作“陈希汲”，今正之。

③ 《黄任初先生文钞》本讹作“在”，今从日记原文校正。

二　书

复姚秋园书（一）[①]

秋园先生执事：

春初一晤，未饫教言。解缆北征，倏逾三月。低徊去日，载戢高风。难遂抠衣之诚，时深健履之祝。今之少年，不睹耆旧。谅兹阛阓，亦无畸踪。辄与晨夕良朋，展诵曾丁佳传，莫不叹榕水之流，上接望溪；黄岐[②]之秀，远承蕺山者也[③]。仆以久中荒跷之气，每逐两兔于同时，而欲于营逐之余，安策十驾于峻坂，其亦难矣。然先生善人之善，不啻若己出。而仆喜张己之长，常愠不人知。度量相越，岂不远哉！近惭灯影，远辱嘉评。虽汝南月旦，高子将之人伦；而冀北群空，谓士元之溢量耳。惟是齐民失学，久不得赵德之师；鲁颂绝弦，谁与赓东塾之记？先生群峦之领，万流之归，发为文章，资人菽麦，推无行不与之志于号称易治之乡，尤足令小子后生取则不远矣。时或扣钟不鸣，其道大觳。而不其山下，且有罗拜之黄巾；本初幕前，何须称官之弟子？高邮桥梓，世业肯堂；栖霞夫妻，注经赌莽。此缁尘之难浼，即清气之长存。亦所以衣被群生，冠冕卿士者也。所见瑞安多识字之士，华亭半明算之俦。学会名以籀庼，徐家世为天监。君子之泽，有不必于身亲见之者。仆久负家山，食言誓墓。（原注：乙丑飞鲸沉舟之难，急时自祷于天，谓幸而免，归葬父事毕，不再行役）纵阙里之多士，北面甚惭；忝扶风之及门，东归无易。所以迟回，遂揽辔也。剪西窗之烛，话雨何时？睎南雁之飞，因风将意云尔。伏惟节卫不宣。

---

① 原载《万年山中日记》第二十七册（1935 年 6 月 21 日），见《黄际遇日记》卷四，第 572～573 页。又载《黄任初先生文钞》，第 11～12 页。

② 《黄任初先生文钞》本作“歧”，今从日记原文作“岐”。

③ 黄家器批注易作“矣”。

复姚秋园书（二）[1]

秋园先生撰席：

南中转到除夕一简，敬稔安抵珂里，阖宅檀栾，献岁迎春，观傩于乡。此至乐也。非不怀归，畏此简书，远辱订期，又孤良晤耳。

北局杌陧，危于累棋。比来默察盱衡，遂不觉归志浩然，宦情顿减。留九江廿年之林下，挹二侯（原注：度康兄弟）竞爽之草堂。欲行未能，形之于梦。

吾粤自玉生、叔立、兰甫、子远、子襄诸先达，以经学文章溉濡后进，风流未沬，謦欬犹新。得先生翱翔其间，典型宛在于是。岭南有桐城之学，方来志乘，不可诬也。

更有请益者，尊箸[2]《文阶序》，类举孟韩周张诸作，示人博约之方。力大声宏，江河万古。惟韩子之序张中丞、答李翱句中，“中丞”下疑夺“传”字，《答张翱》疑为《答李翊》。依《五百家注释》本樊注本云：

> 公答李翊二书，或作李翱，非也。

又《答李翱》自有一书，似非尊旨所在。

际遇窃承此意，拟举《太史公自序》《圣哲画象记》《进学解》《论骈体书》（原注：刘孟涂《与王子卿太守》），附以《欧阳生文集序》。庶几修己治人之纲领，六家《史记》之要指，进学修辞之大法，粲然具备，不知其有当乎否也。更欲秉李越缦所有志未逮者，辑录论学骈文诸篇为一卷。如牛里仁《请开献书之路表》、孙过庭《书谱》、纪晓岚《〈四库全书〉告成进表》、汪容甫《广陵对》、孔巽轩《〈戴氏遗书〉总序》、刘孟涂《论骈体书》，附以拙著《哀学篇》。所不知者，请附益之。

昔谭（原注：莹）、黄（原注：子高）诸老，为学海堂学长，并历数十年，抱道传经，原殊传舍，无论末流。迁变何似，不能不赖二三垂老抵死不变

---

① 原载《不其山馆日记》第四册（1936年2月6日），见《黄际遇日记》卷五，第372～373页，影印本编者误以该册为第三册。

② “箸”，古同“著”。

之士，主持撑拄于其间。南望几坛，不胜硕果之慕矣。又怪清人选本，如姚、黎及王氏二纂粤人之作，仅最张曲江文三首，谭玉生一首。（原注：王氏《骈文类纂》，谭玉生《温伊初〈梧溪诗画册〉后序》）殊恐未为知定之论。《九江先生集》较晚出，其中卓然可传之作尤多。《清史》列九江于《循吏传》，然循吏又何足以传九江哉？

诸所云云，阛市人蛾，已无解语，山中又无人迹。自为腹语，积成暗疾。恃逾分之爱，妄尘清听。或蒙视同此中人语也。

致黄季刚书（一）①

季刚尊兄史席：

白下一夕之谈，等于笙磬。临岐赠语，何止作十日之思。惠我新诗，传观知好，万流宗仰，未敢私阿。

旋遵沪滨，言归旧馆。有寇未至，琴木依然。祭酒赵君，深致心折，属为传语，以当先容。黉舍环山，士风椎朴。惜乏先觉，牖我后生。国学鳣堂，尤希清响。愿虚讲席，只迓教鞭。奚啻嘤嘤之鸣，聊致喈喈之意。庶几曲阜坠绪，高密余风，幸借心传，平添掌故耳。

善宣令德，远贶佳音。

际遇临书再拜

附：黄季刚复书（一）②

任初尊兄先生左右：

八年契阔，一昔欢言。蹊路徘回，还增悢悢。顷奉手札，慰诲殷勤。首夏犹清，吟眺多暇。甚善，甚善！

侃近仍揅③讨清史，默察时埶④，绝类晚明。仰屋而思，废书而叹。

① 原载《万年山中日记》第九册（1933年4月27日），见《黄际遇日记》卷二，第223～224页。又载《黄任初先生文钞》，第12页。

② 原载《万年山中日记》第十册（1933年5月4日），见《黄际遇日记》卷二，第239～240页。文同本书第112～113页《记黄季刚》中所录，文字略有出入，并录之。

③ “揅”，古同“研”。

④ “埶”，古通“势”。

既无斧柯之借，唯思薪火之传。逃命秦硎，藏书鲁壁。浮丘伯，高堂生，则我与兄所当向往者也。（原注：按《汉书·儒林传》申公事齐人浮丘伯受诗。又汉兴，鲁高堂生传《士礼》十七篇）

海隅讲学，道近不其。（原注：按，不其，县名。汉置，北齐废。以不其山名。故城在今山东即墨县，不其在今即墨县东南。东汉初，北海逢萌隐居琅琊不其山中，即此。——《词邍[1]》。又按《后书[2]·逸民传》，逢萌字子康，北海都昌人也。家贫，给事县为亭长。时尉行过亭，萌候迎拜谒，既而掷楯叹曰：大丈夫安能为人役哉！遂去之。及光武即位，乃之琅琊劳山——原注[3]：在今莱州即墨县东南，有大劳山、小劳山——养志修道，人皆化其德。北海太守素闻其高，致礼不答，使捕之。行至劳山，人相率以兵努捍御。吏被伤，流血奔而还。后诏书征萌，托以老耄，迷路东西，语使者曰：朝廷所以征我者，以其有益于政，尚不知方面所在，安能济时乎？又据此，不其山即今劳山——俗作崂）带草犹存，黄巾不至。（原注：《郑玄传》：会黄巾寇青部，乃避地徐州。建安元年，自徐州还高密，道遇黄巾贼数万人，见玄皆拜，相约不敢入县境。玄《戒子书》曰："黄巾为害，萍浮南北，复归邦乡。"）倘得依风问道，其乐云何？

别后颇有歌诗，谨录数篇，以资咍笑。如见存忆，亦睎（原注：希也）时以述造示之。

临书虔颂兴居清胜。

五月一日，宗弟侃再拜

（原注：带草，书带草也。常绿多年生草。旧称出山东淄川县郑康成读书处，本名"康成书带草"）

致黄季刚书（二）[4]

辱与足下论交江城，朝夕过从，而未尝以文请益，实未学为文也。

别来冉冉八年间，有所记述而未敢求足下论定，实未自以为文也。乃冡[5]奖掖有加，懃[6]懃相诱，用录数首，求指迷途。弟虽垂垂老矣，而尚有志于此。惟吾兄以其不可教而终教之，亦以存友朋古道于今世也。

---

① "邍"，古同"原"。

② 黄际遇先生惯于将《后汉书》简称《后书》，全书同，不再出注。

③ 此处指《后汉书》原注。

④ 原载《万年山中日记》第十册（1933 年 5 月 20 日），见《黄际遇日记》卷二，第 297～298 页。

⑤ "冡"，古同"蒙"。

⑥ "懃"，古同"勤"。

此间日相往来者，有姜君叔明，笃实奋发，学如其人，信能承北方学者之风者，十年以前亦足下执经弟子，著有《说文转注考》四卷，即以寄呈。

附录日记一则。末世交友益难，即以日记自友，不足深论。

耑此。它未具及。

附：黄季刚复书（二）[①]

任初尊兄先生左右：

别后数蒙赐书，阙然不报。以知我有素，定能识察耳。

尊兄天性过人，其于友朋，不愧久要之道。虚怀好学，绝去矜夸。环瞻此世，未有斯比。顾弟以萍泛之身，未能树立。并生平所学，亦厌弃之。韬精沉饮，泯绝见闻。每见尊兄治学之勤，进德之猛，辄不禁望洋而叹。所示日记序，吉躅无溢辞，而音节铿锵，极似近世复堂大师之作。弟久废文事，姑妄评之。

丁鼎丞前邀游劳山，春假倘得成行，当造精庐，叙契阔也。

小弟侃再拜言

附：黄季刚复书（三）[②]

任初尊兄先生侍右：

违离教益，亟阅清煊。

追怀鄂中之游，过则相规，善则相诱。岂唯谈燕[③]之友，实为患难之交。

顾书疏稀阔，至于数年者，亦良有以。

---

① 原载《黄任初先生文钞》，第 12～13 页。

② 原载《万年山中日记》第三册，见《黄际遇日记》卷一，第 180 页。据黄际遇先生 1936 年 2 月 12 日于《不其山馆日记》第四册（见《黄际遇日记》卷五，第 380 页）中所述，黄侃该函撰于“己巳七月晦日”，即 1929 年，在时间上早于上录黄侃二函。然因黄际遇先生先此致黄侃之函未见，故姑将此复函附录于此。

③ “燕”，通“宴”。

盖自丙寅北窜，婘[1]属累人。晨出佣书，抵暮乃反[2]。甫能糊口，不为转尸。以此绝宾客之欢，忘文史之乐。一也。

丁卯之秋，长男遽夭。念其孝弟温厚，实是佳儿。体弱而耐劳，资鲁而好学。门户之寄，乃在斯人。遂遘斯灾，惊怛已极。方欲冥心孤往，回向弥陀。二也。

东渡辽水，挈家以从。虽其地人情敦厚，可以相容；而冰雪无垠，苦寒难受。穷冬蛰处，妻怨儿谛，斗室喧嚣，川绪庞杂。三也。

及来秣陵，殊有朋尊诗社之乐。然自维轻率，颇畏讥谗。耳目适可视听，笔舌已敛锋芒。望若萧闲，实多忧患。每至夜阑薄醉，往往泪下沾衿。四也。

此即侃频年状况，度兄亦必详知。上年在金陵大学遇贵乡吴生，言兄自汴中反粤，必当过宁。冀于尔时得展契阔。后段凌晨过访，因从问兴居甚详，知教于汴中，颇能行道。实为彼都人士庆，微独朋友相誉之私也。

昨承手书，如闻声响。并知老伯母大人康强胜昔，更为兄庆。承召赴汴一游，不禁踊跃。况闻李世兄廉方先生在彼，尤愿与之聚首，一诉离悰。且侃近日山水之好颇深，将趁此往登中岳。日来稍有文债未了，（原注：宁波童君托作其先人墓表，应之数月，近日催迫益急）兼须略为聚粮。倘俗冗已清，当先以书驰告，恳饬仆从相迎驿亭。中州本侃旧游，昔已乐其风土。伊鲂、河鲤，尤足餍口腹之求。此番奉访，度未必久留。然既得奉手高明，复得与贵校诸老先生觌面，遍求指诲，亦云幸矣！或者兄明年仍祭酒彼都，侃能摆落此间牵累，庶谋长聚，重寻钓渚当年之乐耳。

顷日，闻书法大进。捧玩手札，诚为不虚。侃则依然罗、赵于此，见频年百无进益也。

秋风渐清，愿益加调卫。

宗小弟侃顿首，顿首，顿首！

九月二日，即此七月晦

廉方世兄先生均此敬候。

---

① “婘”，古同“眷”。

② “反”，通“返”。

唁黄夫人书[①]

季刚尊嫂夫人礼次：

陡闻报载宗长兄捐馆之耗，嗒然累日。追忆平生交相责善之义，感念身后藐是诸孤之艰。随会九京，从此媲[②]人间更远；居易未冠，至今说长安之难。夫人遘此闵凶，岂惟家之不造？吾道逢兹丧乱，又值人之云亡，真可为天下恸也。

差幸二世兄行已长大，诸弟复颇[③]有父风。（眉批：东坡《答陈季常书》："吾子迈文颇有父风，咄咄皆跨灶之兴。"[④]）满箧遗书，礼堂方须写定；凿楹克日，肯构信有传人。共挹画荻之恩，谁谓茹荼之苦？金石跋录，报德父之呕心；（《黄任初先生文钞》原注：李易安居士为夫赵明诚跋《金石录》）江都成书，嘉喜孙之克荷。（《黄任初先生文钞》原注：江都汪氏丛书，成于江喜孙）则夫人今日所仔肩者，正非沟渎之为谅矣。

遇[⑤]自闻哀，颇思南走，亲致唁赙，并理遗编。九秋叶枯，一馆匏系；马首安仰，驴鸣未申。传状挽章，借为奠告，如需面命，一苇可杭[⑥]。

际遇再拜[⑦]

---

① 原载《不其山馆日记》第二册（1935 年 10 月 16 日），见《黄际遇日记》卷五，第 16～17 页，影印本编者误以该册为第一册。又载《黄任初先生文钞》，第 13 页。

② 日记原文作"媲"，《黄任初先生文钞》本作"比"，今从前者。

③ 日记原文先作"素"，复改作"颇"。《黄任初先生文钞》本作"素"，今从"颇"。

④ 《黄任初先生文钞》本无此眉批，今从日记原文。

⑤ 日记原文作"遇"，《黄任初先生文钞》本作"际遇"，今从前者。

⑥ "杭"，古同"航"。

⑦ 《黄任初先生文钞》本无此落款，今从日记原文。

唁黄焯、黄念田书[①]

焯[②]、念田贤宗世侄礼鉴，并叩贤侄堂上清吉：

比获报书，斌然知礼之言，凡属素交，同为亡灵告慰。事已至此，只有逆来顺受。膏粱文绣之场，无名子弟。菜根不咬，不为知味。吾侄勉之！

身后之事，待理万端。惟有三事，须及今而言者。筹思累日，不敢默而息也。丧具称家之有无，大夫亦三月而葬，料量所费，勿逾二千。大学尊师，不后于人，抚恤有条。需之今日，可匄[③]旭初先生大力负之。即以此款，平章丧葬。丰俭失宜，殡宫久旅，非所望于贤昆仲者，一也。

抚养诸弟，后死共之。孝哀大节，经济亦非小事。念田贤侄见隶何校？此后之计，可于三数好友中，商定一人，卒哭之后，襆被从之，奉以为师。躬率小子之役，但借抄胥博[④]食而足。此古今中外，成人成学之法也。大都究不可以久居。尊公弟子姜叔明云，都市子弟，有钱者学不好，无钱者无从学好。访旧稽存，言之可痛。既幸得一椽之庇，即以为三窟之谋。入室他人，归田故里；挹兹屋产，置我薄田。啜齧布衣，不失一乡之善士；革鞋过市，非复三代之斯民。毋贪建业之鱼，宁饮武昌之水。鼓角山下，雨声弥清；钴鉧水边，湖光尤胜。（日记原注：并见《蕲州志》）延先人半耕之绪，读举世欲烧之书。鸡犬桑麻，并歆明德；蓬头历齿，亦为愿人。此所望于诸弟、妹、母夫人者，一也。

《郑志》八篇，自须善述；邺架三万，尤赖明时（原注：一作昌期）。苟非其人，毋裨为枕中鸿宝；世无闳识，更不赖车下弋名。韫匱[⑤]而藏，盛名无既。亦有异文，校于一手。眉端细字，行里端书。乙夜之劳，辛勤所萃。岂惟手泽？即此心传。便合传家，以待来者。至于泛览简编，原同屐货，聚于所好，无妨达观，举以相随。适足为累，博薪换米，自古而然。

---

① 原载《不其山馆日记》第二册（1935 年 10 月 28 日），见《黄际遇日记》卷五，第 51～53 页。又载《黄任初先生文钞》，第 14～15 页，题为《唁黄念田书》。

② 《黄任初先生文钞》本脱“焯”，今据日记原文校补。

③ “匄”，古同“丐”。

④ 《黄任初先生文钞》本讹为“传”，今据日记原文校正。

⑤ “匱”，同“椟”。《黄任初先生文钞》本讹作“匮”，今据日记原文校正。

理董有方，即是孝道；经权交守，乃为通人。此所望于亢宗贤母者，又一也[1]。

借箸狂言，出于至悃；过车痛腹，无负初心焉尔！

某率复[2]

唁马隽卿书[3]

隽卿足下：

卅年棣萼，一水蒹葭。翘首高风，感怀旧雨。去年腊尽，克日南归。哭奠小祥，凄依封垄。庐居之侧，曾芜片函。骊驹在门，又惊倭寇，寇退则反。学无常师，芸人之田，学古之道。间有收获，寡所取资。既思古人，益念良友耳。

忽报书来，陟伤弦断。仳离之什，蒺藜之宫。回首当年，抚心三叹。闻弦而坠，（原注：《战国策》：雁从东方来，更羸以虚发下之。魏王曰：射可至此乎？更羸曰：[4]此孽也，故创未息，而惊心未去，闻弦者音烈而高飞，故创陨也）讵[5]因风急天高；凭庑而舂，思我布衣椎髻。（原注：《后汉书·逸民传·梁鸿传》，又《汉书·陆贾传》注：椎髻者，一撮之髻，其形如椎）何图吾友，重罹其屯。忝属通家，素钦淑德。方谓作嫔君子，葛覃鸟飞；乃以倏渡中元，梧桐叶落。媪婢戚党，感缅遗芬，童媄舂杵，咸为罢相。矧吾兄情深故剑，谊重同穴，能无鼓严周之盆，杖刘实之制邪？（原注：《晋书·刘实传》：字子真，丧妻，为庐杖之制，终丧不御肉。轻薄笑之，实不以为意）

弟以去国万里，助引未能。思君卅年，分哀无计。书成裂帛，权当诔词，寄奠灵帷，并申唁赙云尔。此启。[6]

---

① 《黄任初先生文钞》本讹为“他”字，今据日记原文正之。

② 《黄任初先生文钞》本脱此三字，今据日记原文校补。

③ 原载《万年山中日记》第四册（1932 年 10 月 10 日），见《黄际遇日记》卷一，第 326～327 页。又载《黄任初先生文钞》，第 17 页。

④ 《黄任初先生文钞》本此处阑入“讵”字，今据日记原文删之。

⑤ 《黄任初先生文钞》本此处脱“讵”字，今据日记原文校补。

⑥ 《黄任初先生文钞》本此处脱“此启”二字，今据日记原文校补。

复马隽卿书（一）[①]

隽卿如兄左右：

渴望玉音，为日旧矣。遐心匪远，旧梦可温。比岁言溯练江，薄游珂里。和平桥下，摩挲信国之碑；（原注：文相国有“和平里”三字碑，在和平桥下）清平阁前，低徊尚书[②]之泽。（原注：《一统志》云：在潮阳练江沙陵上，宋尚书王大宝建）瞻西山之宝塔，人话唐僧；（原注：相传唐僧慧照居此）数远游之名庵，我思吴隐。（原注：县西北麻田山中，宋逸士吴复古隐此，东坡有铭）辱二三子，作十日欢。鲁酒醇醪[③]，《齐谐》俳弄。世态本如此，刻画前道之驺；贤书信可人，喧哄满堂之腹。（原注：马荦飞孝廉语[④]妙天下，演说《四人抬桥[⑤]笑林》）处也连席，出也接舆。群季肩随，履綦踵比。日涉成趣，开府[⑥]之小园半弓；林不在深，先生之宅前五柳。迈郭门则桑麻弥望，远尘世而鸡犬亦仙。平畴无辍耒之夫，方舟急溯湍之楫。寒砧莫杵，蜡鼓声中，祭韭涤场，含饴节后。躬谒扶风横舍，绛帐如新。（原注：六联马大宗祠学[⑦]）指点史云祠堂，外黄伊迩。（原注：过范家祠）路旁相目，竞折一角之巾；老父独耕，枉劳百步之道。（原注：《后书·逸民·汉阴老父传》事）兰亭未序，东山之诗已传；辋川有图，摩诘之疾亦愈。（原注：事见唐朝《名画录》）斯游疑非世有，结念深于友于[⑧]。

属闻爆竹除年，催访戴归人之棹；忍听塞笳诀别，折缮书蔡女之翰。（原注：《文姬传》语）（眉批：左思诗：“弱冠弄柔翰。”翰，笔也。《说文》引《逸周书》云：“大翰若翚雉。”）极目去舟，呕心呷药。传经未毕，饰巾已矣。哀乐靡常，一至此哉！从兹孤坟孑孓，宿草离离；飒飒秋风，萧萧潘鬓。浮生多感，况过中年。涉世寡欢，难逢知己。虽成陈迹，非太上未能忘情；追理昔

---

① 原载《万年山中日记》第二十七册（1935 年 7 月 8 日），见《黄际遇日记》卷四，第 612～613 页。又载《黄任初先生文钞》，第 15～16 页，原题《复马隽卿书》。

② 《黄任初先生文钞》本讹作“曹”，今据日记原文正之。

③ 《黄任初先生文钞》本讹作“醲”，今据日记原文正之。

④ 《黄任初先生文钞》本脱“语”字，今据日记原文校补。

⑤ “桥”，疑系“轿”讹，姑存原文。

⑥ 日记原文先作“庾信”，后易为“开府”。《黄任初先生文钞》本从前者，今从后者。

⑦ 《黄任初先生文钞》本脱“学”字，今据日记原文校补。

⑧ 《黄任初先生文钞》本脱“于”字，今据日记原文校补。

游，即[1]梦中宛然在目。天寒酒薄难成醉，伤赋江南；巴山夜雨会有时，独吟渭[2]北。故人之禄未厚，久断音书；下濮之田就荒，乃瞻衡宇。方聚粻于三月，无羞于王霸之妻；约偕隐兮何期？忽远致子卿之札，揖使南首，奉书叩头，遥知老眼无花，聪明犹昨。载咏孔怀，常棣兄弟，莫如属以题辞，敢不将命？惟是维舟在岸，解缆来朝。会逢孺子太学之归，挈依先人敝庐之庇。迟便鸿于鮀江之曲，订及瓜以为期，效倚马于猎较之乡，当投李之永好焉尔！

复马隽卿书（二）[3]

隽卿如兄史席：

及瓜披书，履冰稽复。

登楼心悸，赴洛道岐。默计杖国之年，称觞佳日。即以不舞，亦当来朝。亲觌天下达尊之三，口称刘季贺钱者万。后立春五日，开筵之盛，信君之得春独先，正臣朔一石不醉之时。逮醉亦扶肩而出，共仰郭前之桑梓，私幸沛中之枌榆。杂掷鞬于里少年，争举饧于群稚子。出听叱犊，入亦呼卢，复有剧棋以助捧腹。凡此皆崔九堂前寻常见事而已。

惊沧江岁晚，几度难闻；梦里河山，旌旗无改。老来诗酒强项何如？吟卷三百余篇。此后更增几许？上寿百有二十。只今才过半耳。

善护景光，复瞻丰采。刺船看竹，蜡屐寻梅。

复邢冕之书（一）[4]

冕之先生阁下：

迩来二十有五年矣，非敢忘左右也，特以所得于此二十五年者，揆诸古今人，百无一似，坐是引拙自臧[5]，不敢径达。时从远人刺问起居，申

---

① 《黄任初先生文钞》本脱“即”字，今据日记原文校补。

② 《黄任初先生文钞》本讹作“喟”字，今据日记原文校正。

③ 原载《因树山馆日记》第十五册（1939 年 2 月 6 日），见《黄际遇日记》卷八，第 458 页。原文无题，辑校者拟题。

④ 原载《黄任初先生文钞》，第 17～18 页。

⑤ “臧”，古同“藏”。

其跂望而已。

前年陟彼劳山，适在从者，偕沅叔督学胜游之后。名山有幸，珠沖未干。载挹流风，兴怀旧雨。归为游记，盛夸朋侪。后至王戎，未克从公，于迈更相笑也。

比以妇病，溽暑南征。甫息尘劳，忽承佳札。先生望高北海，乃复知有豫州；在我遇过西州，窃甚惭于羊子。悠悠去日，不胜没齿之悲；鹿鹿覆车，弥甚切肤之痛。见知深厚，敢不尽言。

遇也幼局咿唔，冠耽象数。自侍君子之教，益灏畴人家言。渡海极东，从大夫之善数；望尘而北，嗟吾道之莫殚。偶播菑畬，旋同糟粕。既逐食所焉托，爰盗名而安之。间好操翰，羞比画墁，欲以八法轨于六书。而自光武兵中之年，至兰陵游齐之日，数更府主，坐失筌蹄，空过屠者之门。废然不其山下，因放[①]越缦之为记，亦日知其所亡。正领[②]东之土音，冀民不忘其本。妄成日记卅卷，富于东方所诵之言，抽呈方言一篇，（原注：《潮州八音误读表说》）不俟敬礼，它年而定。至于先哲名言，新欧绝技，各有所至，不为妄同，佞拒两非，稗贩皆是。学术将溺于天下，何夫子之不援？孝章要为有大名，况贤者之有足。因崇斯义，乃发訾言。

附：邢冕之复书（一）[③]

白露为霜，我思君子。双凫方去，一雁旋归。展纸申函，如慰饥渴。先生淹贯九流，旁通八法。殚心畴人，驰骋文囿。乃复不弃鄙野，锡以高文。屏绝俗书，发皇故训。匪惟追扬轶章，抑且凌江掩戴。而弦歌之暇，箸[④]述斐然。文翁石室，逊厥精深；汉上琴台，同其淹雅。斯诚多能君子，博物张华。昔存中载笔，学者纪其渊深；文定遗书，识者惊为奥衍。不图今世，乃见斯人。

比一孔之士，高言减字，臆说国音，大氐[⑤]奉胥隶为师儒，踵佉庐之故智。先生领袖群伦，宁能忍而与之终古耶？

---

① “放”，通“仿”。

② “领”，通“岭”。

③ 原载《黄任初先生文钞》，第 18～19 页。

④ “箸”，古同“著”。

⑤ “氐”，通“抵”。

弟淹留故都，蹉跎终老。感修途之多艰，嗟炳烛之已晚。而青云天末，既乏知音；白发镜中，弥伤迟暮。顾瞻周道，已痛沦胥；东望海滨，有同邹鲁。何时访郑君于高密，期成连于海上，风雨连床，平原十日，话劫后之沧桑，见公门之桃李？斯则白水为期，寐寤永叹者也！

山中梅鹤，亮[①]早偕行；阶下兰枝，度当脱颖。北风多便，惠我好音。如盼琼瑶，俾纾杼轴。专覆布臆，不尽亶回。

复邢冕之书（二）[②]

冕之太史足下：

自被[③]佳书，时用自壮；再叨俪札，滋拜盛情。三年不言，容为破笑；一刺已漫，尚存诸怀。荆州阶前，既许尺地；汉中门下，不俟通家。腹中黄祖，何啻万端；心危郑侨，敢请小间。

凡百事物，存于自然。厥于其间，系之以法。圣者作之，贤者述之，中材以下，守之而足。法之为物，因时演进。由繁溯简，古意或乖。上蔡同文，武康声谱，或颇省改，自谓入神，而灭断古文，谬创声律。适今变古，功罪惟均。六朝缛文，五代沸鼎。声响相胜，戎马生郊。文敝史庞，鲜可省览。马头人斗，极于宋明。虽昌黎有言，须略识字。楚金祛妄，云去师心。（眉批：朱子云，韩昌黎、苏明允敝一生之精力，皆从故人声响处学。姚姜坞云，以真知文之深者。《说文》无“祛”字，篆作“袪”）积重之下，起衰实难。南渡以还，反经匪易。茫茫千载，徒奉隶书；区区九千，厪[④]属专业。人不爱宝，自焚自坑；天丧斯文，愈变愈烈。引车卖浆，而操文衡；裂冕毁冠，以阿世好。揭橥简字，篡制国书。雨粟鬼哭，于今而信。彼自逐臭，醱醨而甘，乃有当涂，披风而靡。著为法令，垂诸宪章。自不识字，与民同之。曰简字体，三百廿四。筵及卿士，询谋佥同。“簡”省为“简”，斯焉取斯？“阁”“阀”“闹”“闺”，何劳类举？“圣”可作“聖”，“怪”字何从？“聽”而作“听”，听然而笑。“医”本盛弓，不可假人。“袜”以束衣，

---

① “亮”，通“谅”。

② 原载《不其山馆日记》第二册（1935年10月20日），见《黄际遇日记》卷五，第26～28页。又载《黄任初先生文钞》，第19～21页。原题《再复邢冕之书》。

③ “被”，通“披”。

④ “厪”，通“仅”。

《类篇》误“褸”。宋后有然，犹曰俗书。“廿”而为“念”，咻及吴语。（眉批：钱大昭《〈说文统释〉叙》“读‘廿’为‘念’”句下注云：“唐开业寺碑阴多宋人题名，有云：‘元祐辛未阳月念五日题。’以‘廿’为‘念’始见于此。”明杨慎说，“廿”字韵书皆音“入”，惟市井商贾音“念”，而学士大夫亦从其谬）“皃”“貌”本同，识者几人？“賛”“贊”“亜”“亞”①，所简几许？荪卿曰②：“其为人也，多暇日者，其出人不远矣！”夫子所谓“夫我则不暇”。

如此典章，徒轻世士，绕朝而溺，鼓吏为羞，女安之，则为之。公不言，仆亦不敢妄叹也。榜诸国门，敬谢结舌。愧非小范，无须畏讥。逢此百罹，歌及采葛耳。（原注：《诗序》：“采葛，惧谗也。”）江滨岛濑，久惯独行。飞辨骋辞，未闻心赏。王霸之子，礼则未知；袁隗有妻，箕帚而已。一游太学，并在田间。有子七人，如交九尺。东原求归，尚思一馆；九江林下，犹有廿年。自同昔人，愈疏阔矣。卬须我友，如挟纩然。乙亥既觏君子，霜降率复不庄③。

（日记原注：二十三日，市报载长沙何键电，反对简字体云。咄咄怪事！吾邑武秀才王某既攫议席，又欲使其子为校长。陈硕友曰：“澄海教育其兴乎！武秀才尚如此热心也。”）

附：邢冕之复书（二）④

前奉手教，并辱高文。东坡表涑水之碣，不负平生；中郎书有道之碑，洵无愧色。季刚先生文行茂美，得公椽笔，自可信今传后。

今年，晦闻先生逝世，而侃叔又继之。黄氏清才，惟公健在。汪汪千顷之波，亭亭物表之望，惟期于左右矣！

时艰日亟，天方洊辞，哀我人斯，于何从穀？减字之说，且令冡⑤诵。昔金轮制字，孙皓作书，但思取快一时，讵足远追往古。今当局者，无西夏造字之能，鲜⑥满洲国书之创⑦，乃欲使“聖”“怪”不分，“雞”

---

① 《黄任初先生文钞》本作“贊賛亞亜”，今从日记原文。

② 日记原文作“白”，今从《黄任初先生文钞》本作“曰”。

③ 《黄任初先生文钞》本脱末12字，今据日记原文校补。

④ 原载《不其山馆日记》第三册（1935年12月19日），见《黄际遇日记》卷五，第216～217页。又载《黄任初先生文钞》，第21页。

⑤ “冡”，古同“蒙”。

⑥ 《黄任初先生文钞》本讹作“解”，今据日记原文校正。

⑦ 《黄任初先生文钞》本讹作“物”，今据日记原文校正。

“難”无别。真可谓蚍蜉撼树，夏虫语冰，昔颇愤嫉，今惟目笑存之耳！

（日记原注：按佛经言，转轮王中以金轮王为最胜。王出时，诸国咸服。则天称“金轮圣神皇帝”本此。吴孙休造为“䨻”“莔”“䨺”“羿”等不经之字。北江《晓读书斋录》云：“身既早夭，妻子遂即灭绝。”）

唁姜叔明书[①]

不见只三月，相思尔许深。亦度今市人，更无能相爱护者。因此益念共知辛苦之友耳。自君之出，庭遂无人。非至万不得已，或百无俚赖，不能安于室时，绝不下帷窥园，与世人作鸬鹚之笑，度世亦不复知有此人矣。（眉批：《初学记》，朱彦时《黑儿赋》：“忿如鸐鸽斗，乐似鸬鹚喜。”鸬鹚，色黑，得鱼而喜，黑人喜态似之也）今冬久不雪。比日忽大雪。拂晓入山踏雪，雪径皆未经人道。如此闹市，久成独行。圣代无隐者，料量山中，不复作弟[②]二人之想。足下又远处南海，纵一日三札，难减愿言之怀。

一月初旬，书报秋老，坿[③]去近文二首，藉尘几侧。旋得秋老归园消息，知寄书不达。

忽[④]母太夫人赴[⑤]来，钩比月日，去足下一月九日最近来函，仅余四日。吾道南行，江水东逝。终天之恨，弟尝同之。箫鼓声中，雨雪载途。投止望门，庳棺三尺。以兄纯孝，能无骨立？惟念太夫人，耄耋之年，贤晜[⑥]仲承家有日。商瞿五子，一经可遗；右军之门，五之并箸。南被尉佗以冠带，西论图纬于扶风。皆非可得之井中、牖下者。尹珍从学，经术遂移[⑦]牂柯；季札来观，周道尽在于鲁。伏想伯母太夫人，归真含笑，无复有涓滴系念存焉者矣。东鲁经儒之邦，承风有责，敢援扬名之义，以遏过情之哀。丧虞诸礼，准古酌今。及今不定，或将中断。总以为吾辈今日所负之重，非仅八口衣食而已。昨今遇人，辄询石岛何以自达？南州孺子，

---

① 原载《不其山馆日记》第四册（1936 年 2 月 3 日），见《黄际遇日记》卷五，第 366～368 页。又载《黄任初先生文钞》，第 21～22 页。

② “弟”，古通“第”。

③ “坿”，通“附”。

④ 《黄任初先生文钞》本此处衍一“以”字，今据日记原文删正。

⑤ “赴”，古同“讣”。

⑥ 《黄任初先生文钞》作“昆”。“晜”，古同“昆”。

⑦ 日记原文为“攺”，《黄任初先生文钞》本作“传”。本书辑校者疑其为“移”字异体。

愿致生刍；茂陵长卿，适横病榻。会丧已迫，欲言苦多，虑非其时，仅将薄奠，借叩灵右，企分苦思。

复李廉方书[①]

微兄书来，何曾相忘？寥落数行，弥增懭悢[②]。既拜纸短心长之意，曷任会希别远之怀。

夏间因事，一诣旧都，徐、薛、俞、查，（黄家器批注：徐侍峰，北平师大教育教授，曾任河大教授。薛培元，曾任河南大学教授。俞珊，谅系山大校长赵畸之妻。查良钊，曾任河大校长）共乘接席。经年积痒，为之一搔。旋复归与栖迟山下。蹩蹩靡骋，落落寡欢。虫蛀为邻，木石与侣而已。

念古来学人，未见有以老废学者。而儿辈[③]豚犬，尚不至责善则离耳。由是老不自量，犹日丹黄冡[④]诵之书；少不如人，未遑袒裼倮裎之国。楹书具在，陔兰渺然。苦比茹荼，甘未啖蔗。个中得失，就正末由。方寸卷葹[⑤]，借公一发云尔。汲中故人有垂问者，为道未忘结习，犹有童心可耳。

致萧韵庭书[⑥]

比来岩谷遁荒，楮墨并缺，弥少通讯，行其疏懒。旬前曾一致书，良无甚事，不过山中桑麻之语而已。记书末托转致成中教授，代将柳州贺王参军之意。所谓若果荡焉泯焉而悉无存，兹吾所以尤贺者也。

饥来驱我，复为人师。前日归庐，村尨犹似识我。益感天地亲师之所赋畀者良厚。我以摄身励学应运之旨自策，且以勖诸儿曹。足下同气同声，正不知如何同感耳。

---

① 原载《万年山中日记》第四册（1932 年 10 月 16 日），见《黄际遇日记》卷一，第 351 页。又载《黄任初先生文钞》，第 23 页。

② 《黄任初先生文钞》本讹为“恨”，今据日记原文正之。

③ 《黄任初先生文钞》本作“童”，今从日记原文作“辈”。

④ “冡”，古同“蒙”。

⑤ 《黄任初先生文钞》本讹为“施”，今据日记原文正之。

⑥ 原载《黄任初先生文钞》，第 23～24 页。

昨朝半日清谈，等诸笙磬。前辈风流露润，久而弥光。在仆私心，夙欲竭其不文，存之惇史。盖深感髫年之知遇，父执所习闻。复重慨乡里后生，鲜能自顾其睫。乡贤先达，不克举其名字。故久思发为载记，以俟有事地方志者之别择耳。矧以君家累叶畸人，即仆及见之世，一门鼎出，能不耿耿于心哉？

日者还自深山，两袖虽敝，尚无京洛淄尘。以之称诵先芬，或可得三数语不尽食人间烟火者。不然，祝聱献词，昌黎谀墓，在昔中郎犹且不免，兹亭林之所以毕生不为一文也欤！

草草述怀，不罄什一。

与陈季超书[①]

凉风送暑，新月迎秋。仆仆征尘，萧萧落叶。每念左右，辄为低徊。

比者还自旧都，依然杜户。败书一架，浊酒一尊，疗其素贫，寄其幽想而已。

足下以长袖之才，扶摇碣石，亦尝弹冠之暇，眷恋嵩云否？

善护景光，敬勖勋彩。

致陈硕友书[②]

荷香清漪，蝉声澈朗。不审比日清兴何如？

弟治事多疏。五十之年，忽焉将至。益以读书为乐。山中华表不越七十度，得此清凉一席，殊不甘辜负也。冷灶闲僧，别有滋味。

因风怀想，不任钦迟。

---

① 原载《黄任初先生文钞》，第 24 页。

② 原载《万年山中日记》第一册（1932 年 6 月 19 日），见《黄际遇日记》卷一，第 27 页。

柬陈硕友（一）[①]

得知千载，正赖读书；作吏一行，遂废此事。

而研田可耨，结习难忘。自遁空山，复修旧业。舌耕助读，手录成书。亦愧面墙，不堪覆瓿。

寒天归棹，聊当土仪。一雁南飞，系书将意。

柬陈硕友（二）[②]

久不通讯，弟之罪也。但多少总得把我一点资料放枪不还枪。兄以坚壁清野之法相待，真令人执笔旁皇，欲以曳白博公垂青乎！一咲[③]。

篱菊含葩，海天一色。几间清旷，如挹高风。

石牌村中与妇书[④]

凉秋九月，残暑犹骄。逖闻废都，立冬已雪。卅年北雁，一旦南飞。节异地迁，履霜增怛。白云山下，非无故人；红豆花枝，实生南国。于以优游文酒，采撷芳菲。时泛访戴之舟，亦寻季隗之约。同声难得，人生几何。即此归林，奚悲秋草。属遭时变，胜会不常。期月之间，迹留人往。姜生返棹，秋叟灌园。文学清言，倏尔契绝。（眉批：倏，走也，从犬攸声。《系传》曰“儵眩忽兮返常闾”，字作“儵”，假借）又疑侯门海阔，客路三千。蒹葭苍苍，榛苓悠悠。之子有行，肥泉永叹。独遗异客，苦恨江南。无酒则尽人不识，偏君辈姓名难记；有酒则无人不识，从夷门屠沽者游。

---

① 原载《万年山中日记》第三册（1932年9月18日），见《黄际遇日记》卷一，第239页。又载《黄任初先生文钞》，第24～25页。《黄任初先生文钞》本题作《与陈硕友书》，今从日记原题。

② 原载《万年山中日记》第四册（1932年10月16日），见《黄际遇日记》卷一，第352页。

③ “咲”，古同“笑”。

④ 原载《因树山馆日记》第五册（1936年11月13日），见《黄际遇日记》卷六，第503～504页，原题《村中与妇书》。又载《黄任初先生文钞》，第25～26页，题作《石牌村中与妇书》。

大学之大，所居成聚。小之又小，其邻有村。王化未渐，野龙不吠。纵其屐齿，往据石头。鸭鹜可盟，桑麻与话。想卿闻此，亦为轩眉。

地迥林深，何来一老？秋园石交，杨翁铁夫，七十之年，千里不远。（眉批：《国策》："此所谓弃仇雠得石交者也。"）谓予胶东之馆，道接不其让西之斋。人指因树，冥冥之行，昭昭之功。既闻所闻而来，不能无见所见而去。不图所南《心史》，未函井中；竟蒙汉阴上人，远来海岛。炳烛披蝇头小字，老眼无花；削简雠马足异文，秋风落叶。猥称克赓东塾之记，清于越缦之声。即以汗青，无俟头白，叨敬礼定文之赐；奚事它年，感豫州知我之言。证以此日得友之乐，何如枯柳揩疥，为之加饭读书，顿忘况瘁。

起视明月，霜天正高。陶陶心期，与卿共之。客梦安隐（原注：即"稳"字），苜蓿而甘。老屋雏儿，殷勤将视。聚粻三月，博经一籯。为卿护鸡，窃比高凤。

示匀珪诸儿文体书[1]

（黄家器批注：匀珪原名蕴珪，因祖父别号韫石，故改名）

诗至唐之排律，赋至清之律赋，遂极工整之盛轨，韵叶之奇观。汝曹于《唐诗三百首》及《赋学正鹄》，各尝读过几首，知其格式矣。今为汝曹言骈体文。

文有骈、散二种。经、传、子、史中[2]之文，大抵骈散并行，奇偶错变。试取已读之文，覆按之，当绝无不具骈句之文。五古、七古歌行，处处必插入对句，其气方有停滀，不至一泻无余。其声调亦觉得格外铿锵，音如金石。即如善词令之人说话，试细听之，其中夹有如许并排句法。此亦自然界中，一种自然之理。

至专以骈体文称者，汝曹已读过屈平《卜居》《渔父辞》、陶潜《归去来辞》、孔珪《北山移文》、王勃《滕王阁序》、骆宾王《讨武曌檄》、

① 原载《万年山中日记》第三册（1932年9月11日），见《黄际遇日记》卷一，第209～211页。又载《黄任初先生文钞》，第26～27页。

② 《黄任初先生文钞》本脱"中"字，今据日记原文校补。

杜牧《阿房宫赋》、李华《吊古战场文》、韩愈《进学解》《祭田横墓文》、王禹偁《待漏院记》、汪中《自序》、余之《爰旌目诔》等篇。此等文字，较难上口。选本所未及者，更无论矣。然骈体文不但为文体中不能缺少之一格，且可认为文格之最高者。

予于此道素疏，向[1]亦未经为汝曹论之，家中藏本又多未备[2]。比年次第得《庾[3]子山集》（日记原注：庾信）、《汪氏丛书》（日记原注：汪中）、《洪北江集》（日记原注：洪亮吉）、《茗柯文编》（日记原注：张惠言）、《越缦堂文集》（日记原注：李慈铭）、《寿恺堂集》（日记原注：周家禄）、《缦雅堂骈体文》（日记原注：王诒寿）、《国朝骈体正宗》（日记原注：曾燠辑）、《四六笺注》（日记原注：陈维崧）、《续文选》（日记原注：雷瑨）、《八家四六文注》（日记原注：吴鼒选，许贞干注。八家：孙星衍、洪亮吉、孔广森、刘星炜、邵齐焘、曾燠、袁枚、吴锡麒[4]）、《国朝十家四六文钞》（日记原注：王先谦选。十家者，刘开、董基诚、董祐诚、方履篯、梅曾亮、傅桐、周寿昌、王闿运、赵铭、李慈铭）等书，方计日而读之。近人中，推汪中为最高，而选本多未之及，殊不可解。洪亮吉、李慈铭，予所最爱读者。选本则以王先谦《骈文类纂》类目宏富，取裁得体。此书尚未购得。

兹亦非欲详示汝曹骈学。姑检出《国朝骈体正宗》一部，圈出毛奇龄《与秦留仙翰林书》、陈维崧《〈周栎园先生尺牍新钞〉序》、袁枚《与蒋苕生书》、邵齐焘《答周芝山同年书》《送顾古湫同年之荆南序》、汪中《自序》《汉上琴台之铭》、阮元《重修郑公祠碑》《〈兰亭秋禊诗〉序》《〈四六丛话〉后序》、洪亮吉《〈伤知己赋〉序》《〈八月十五夜泛舟白云溪诗〉序》《适汪氏仲姊哀诔》《与孙季逑书》《与孙季仇书》《出关与毕侍郎笺》、刘嗣绾《颐园读书记》《山中与鲍若洲书》、吴鼒《〈八家四六文钞〉序》、彭兆荪《与吴韵皋书》，凡二十首。有便舟南归，寄示汝曹先钞读之。他日归里，再为讲解，或以所得者分饷俭腹耳。此示。

壬申中秋前四日[5]

---

① 《黄任初先生文钞》本衍“来”字，今据日记原文删正。
② 《黄任初先生文钞》本讹作“俻”，今据日记原文校正。
③ 《黄任初先生文钞》本讹作“庚”，今据日记原文校正。
④ 日记原文作“骐”，今据传世吴氏墨迹当作“麒”。
⑤ 《黄任初先生文钞》本脱此七字，今据日记原文校补。

柬云溪宗兄[①]

中秋前三日，遇白：

一行作吏，此事遂废。槐花方黄，举子皆忙。

长夏如年，粗治声律。秋风乍起，校务孔多。既畏简书，坐以茶懒。所得既微，旋又失之矣。

卬[②]望邃修，寡可告语者。比日寄示儿辈论文体一书，计呈座晚。点窜所及，无吝斧斤。

明月在天，莼鱼可忆。

复黄云溪书[③]

今日接廿五日书，备知舍徒而车之苦。王道之不平，非晋之耻也。

比者欲以读书为补拙之地，少言为寡过之阶。用是程功于日记中。即胸中别有阳秋，而笔下不敢月旦。念古今成学诸儒，未有以老废学者。

大作道出真旨。容日学步再呈。

柬　慧[④]

前日写存一柬，阁[⑤]置箧中。昨晚又得华笺，如吾腹意。灯前月夕，手此为欢；红豆莼鱼，心乎爱之。

明日中秋，一年佳节，虽有分外之明，雅无共乐之侣。举杯邀酌，空成三人；对酒当歌，何心三匝。岂曰无车？出有蒲轮。谁谓河广？渡有杭苇。（原注：青岛非全市之名，乃大学前一小岛，有舟可渡）宁乏翩翩裙屐，点缀景光？只余落落心期，低徊尘影。子山哀江南而作赋，孝穆囚北齐而致书。

---

① 原载《万年山中日记》第三册（1932年9月13日），见《黄际遇日记》卷一，第214页。

② “卬”，古同“仰”。

③ 原载《万年山中日记》第四册（1932年10月2日），见《黄际遇日记》卷一，第285页。

④ 原载《万年山中日记》第三册（1932年9月14日），见《黄际遇日记》卷一，第218～219页。

⑤ “阁”，古同“搁”。

酣读纵声，辄为泪下。矧在孤客，孰能无情？

是用遁迹山阿，行吟泽畔。以去国离乡之感，发美人香草之思。山榛隰苓，嵩云秦树，寄迢迢于一纸，摅脉脉之孤怀。亦知积痒之躬，不堪结轖；（眉批：《七发》："中若结轖。"）但申同心之旨，利在断金云尔。

千里共明，祇希亮照。（眉批：美人迈兮音尘阙，隔千里兮共明月）

中秋前一夕

复陈觉非书[①]

某君足下：

黄君白：（眉批：用王无功答书例，自称"王君"）石牌村居，不闻车马。人言市乐，西笑而已。出既无代步之车，门遂乏长者之辙。声尘久歇，驱驰为劳。石头一坐，于焉终日。冠带觞豆，日月至焉。匪我忘世，世亦忘我。谁泥袁闳之室？谁瘖焦光之口？畏行荆棘，欲言嚅嗫。（眉批：《说文》无"嗫"字；言部，"讘，多言也"。昌黎《送李愿序》："口将言而嗫嚅。"《正字通》："欲言复缩也。"《集均[②]》："或作呫咊。"）坐令邓禹笑人，翟公摈我耳。重辱厪[③]注，弥切依迟。奉檄之难，助子累息。

承告当道黄侯，谬采虚声，猥蒙倾襟，实未通刺。长安人海，庸别有惊坐[④]之陈遵；临淄齐庭，亦窃笑王前之颜斶。希冀高风，请以异日。至云义宁介弟，并今之第五伦。卝角论交，庶矢车笠。问襜帷之所驻，或巾屦以相从。惟拘阂卅年，頫[⑤]卬[⑥]一世矣。良觌可期，不方雅命。

率复不宣。

黄君白

（原注：《说文》无"觌"字，应作"儥"）（眉批：星笠称此书踵武北江）

---

① 原载《因树山馆日记》第五册（1936年12月25日），见《黄际遇日记》卷六，第617页。原无题，辑校者据日记前文"陈觉非投书……挥简谢之"拟题。

② "均"，古同"韵"。

③ "厪"，通"仅"。

④ "坐"，古同"座"。

⑤ "頫"，古同"俯"。

⑥ "卬"，古同"仰"。

复马豁叟书[①]

豁叟足下：

比逃海外，益思坡老，渐喜不为人所识之言。然坡老逃朝入市，酿酒买花，虽曰词赋从今须少作，独于海棠虽好，未尝题诗，不乏明远馈粮，惠之以字。天涯何处无芳草？时随柳絮因风舞。律以招摇过市，公又奚辞？

我来自东，慆慆不归。敢标坐隐之名，聊为忘世之助。世亦莫能举此人矣。辱一纸远贻，语长心重。隔年有约，为黍与鸡。何令人神往一至于此。自从兴戎，至于今日，束书敦煌之室，寄命东陵之上。绵蕞礼绝，（原注：《叔孙通传》）刍牧时荒。拳拳私记，晦冥共之；往往一字，未成投笔。寝门终食之间，吐哺倒屣。顾年来险阻艰难，情伪危状，大约在是矣。乱中成篇，劣完六卷。幸有联襟之日，携为载贽之修。南山之北，北山之南，复见此四皓者，蹶吟豁拳，盲棋隽赏。（原注：《六研斋笔记》："俗饮以手指屈伸相博，谓之'豁拳'。盖以目遥觇人为已伸缩之数，隐机关捷。颇厌其嚣。"唐皇甫松"手势酒令"，大指名"蹲鸱"，中指"玉柱"，食指"钩棘"，无名指"潜虬"，小指"奇兵"，掌名"虎膺"，指节名"私根通"，五指名"五峰"。则当时已有此戏。今曰"拇战"）岂惟山水有灵，亦许知己？抑亦鸡犬不惊，不知有汉之雅集哉！虽不能至，先报此书。其不尽者，悉之以梦。东风日紧，加卫不宣。

复胡伯畴书[②]

伯老足下：

并以离乱，遁逃来此。茶初睡醒，抗坐健谭。亦遂忘情，蜗角大事。日有冥悟，博弈之间。执事恢恢，岂不大哉！鲰生沾沾，自喜何似？猥许舌锋，可愈头风。一夕之谈，三年之艾。不需秦缓，竟忘河鱼。诚仁人溥利之言，君子爱人以德者。

---

① 原载《因树山馆日记》第十四册（1938 年 9 月 13 日），见《黄际遇日记》卷八，第 295～296 页。

② 原载《因树山馆日记》第十五册（1939 年 3 月 3 日），见《黄际遇日记》卷八，第 475 页。

自从养疴，以至今日，澄心请祷，希冀盘桓。属枌榆无恙，游钩可怀。悠然言旋，杖乡杖国。候门欢迎，无间于知与不知者。斯则安定学派，长流泰州，叔心布衣，终主白鹿。（原注：明胡居仁，余干人）寻当鼓棹，归诣精庐；策蹇溯源，烧烛竟委。时起吾公，捻髯微笑也。

节言清听，慎食熟眠。天下事，不过如此。

某率白

三　启

谢张幼山赉酒启[1]

（眉批：景芝酒）

踯躅青齐，当炉谁侣？徘徊廛井，买醉乏资。佳节每逢，抚杯棬而霣[2]涕；良辰如此，抱明月以长终。忽荷隆施，沾及口腹。行此直道，沁我心脾。仰子倾囊之高，免其罄瓶之耻。方将沉浸酴馥，薰沐芬芳。既乘兴以屐游，复咏归而墨舞。栖迟之下，不负名山；酩酊之中，犹知铭刻。

消寒第一会移檄[3]

山中无度日之方，夜长多梦；秋后乃消寒之会，心热于僧。

祖裼裸裎，既有伤于风化；阛阓佻达，又非属于诸公。愿以垩笔余闲，创为飞觞雅集。藏钩几匝，可以忘年；鲁酒数盏，酬兹莫[4]岁。

倘有同志，不吝高踪。

---

① 原载《万年山中日记》第三册（1932 年 9 月 15 日），见《黄际遇日记》卷一，第 220 页。又载《黄任初先生文钞》，第 28 页。

② “霣”，古通“陨”。

③ 原载《万年山中日记》第六册（1932 年 11 月 18 日），见《黄际遇日记》卷一，第 549 页。

④ “莫”，古同“暮”。

谢王宗炎赠篆书联启[①]

假馆鲁学，比及三年。

方晤文孙，感慰交并，恭叩杖安。撰述益盛，老成型典，钦企何穷。重冡[②]高文，宠荣之极。

芸人之田，学荒已久。加鞭倍奋，捧研何期。

敬尘数言，伫候明教。

中山大学理师两院数天同人联欢大会启事[③]

盖闻五星交会，天启其祥；两大升恒，经著其象。吾党畴人子弟，职兼天官。窃从商高，大夫亦称善数。而北箕南斗，散在四方；东序西庠，艰于一面。甚非吾儒以友辅仁之旨，亦乖大学一贯求是之真也。

兹者江南草长，故国之旗鼓如何？河汉星遥，玉宇之天孙在望。矧彼鸟矣，求其友声；况吾人斯，未见君子。用敢发为骀唱，载咏鹿鸣。修禊于槐花黄前，浴风于鸡鸣山下。双柑斗酒，祇迓蜡屐之阮生；辋川旗亭，共参谈天之驺衍。庸非我大学数天同仁所深许者夫！

谨启。

征刊丁雨生中丞《百兰山馆政书》启[④]

雨生先生，岭东竹箭，海南明珠。由循吏而名臣，合儒林于文苑。一洒处士虚声之耻，岂直潮州耆旧之贤？以言著书，亦盈皕卷。（原注：公所著有《诗文全集》《百兰山馆词》《巡沪公牍》《淮鹾公牍》《淮鹾摘要》《藩吴公牍》《抚吴公牍》《吴闽全稿》，手订《法人游探记》《地球图说》《西法兵略》《七种牧令书辑要》《吏治书辑要》《持静斋书目》各如干卷）得其绪论，可当百城。对策一封书，咸仰斯人之不出；藩吴八个月，至今吏治犹师之。而枣板所传，仅于麟爪；礼堂写定，

---

① 原载《万年山中日记》第十册（1933年5月21日），见《黄际遇日记》卷二，第299页。

② “冡”，古同“蒙”。

③ 原载《黄任初先生文钞》，第28页。

④ 原载《黄任初先生文钞》，第28～30页。

文郁薰膏。

其经国谟猷，毕生精力，尤在《百兰山馆政书》十四卷中。入告尔后，胥贾山之至言；老无宦情，犹留侯之画策。知闭关之不足以自守，则创水师，兴农政，皆力行之，以新子之国；谓投鞭之不可以断流，则筹远交，谋近攻，是卧榻阃也，岂容人鼾睡？公固尝言：国家为重，千秋为轻。吾党亦谓：岂秦无人？谋适不用。乃公薨一年，而有甲申之役。又十年，而有甲午之役。又未十年，而有庚子之役。太息徙薪无力，想公犹涕泪于九原。讵乏补牢之书？惜莫传天人之三策。谨按全书，四十万言，写成一千余纸，经公手定，比诸心传。举凡整军经武，柔远抚侨，钱谷刑名，盐漕保甲，竭股肱之力，达古今之变。施之当日，既以通民隐而洞吏情；垂诸方来，亦谢以千金不易一字。潮之为州也，去京师万里，苦海祸千年。稽公之御盗绥民，筹边靖海，荦荦大端，累累名牍，《百兰政书》，其灿然者矣。近之不惭东莆、襄敏乡贤，上之亦方元敬、石齐国士。至于文章茂巸，美不胜收。政学兼施，优[①]布在方策。

半山万言之策，同耀千秋；宣公一日之书，可成数百。而兵潹之赐，金石为摧；国粹之亡，文献尤痛。其卒使吾侪子孙，不复上窥吾乡六十年前有此一介臣焉，忧深虑远，心尽画周之有如此者。庸非今日吾侪之罪也夫？际遇等或及见琴书，或及闻诗礼，高山仰止，发楹彷徨。一片瓣香，陈经列庚子之拜；千狐集腋，成裘借庚癸之呼。窃意诸君闻先生之风，当共深后死之责，挹其廉泉之惠，注彼写宦之资，亲睹汗青，无俟头白，一编可遗。豫卜世有达人，百世之下，如友士之仁者尔！刻书一瓻，还书一瓻。略具左方，条陈概要。

谨启。

谢张荪簃馈甘[②]启[③]

某启。登彼西山，采薇已尽。自同庾衮，拾橡而安。（原注：《晋书·庾衮传》："与邑人入山拾橡。"）何处携斗酒双甘？（原注：《云仙杂记》："戴颙春携双柑斗酒，

---

① "优"字疑衍。

② "甘"，通"柑"。

③ 原载《因树山馆日记》第七册（1937年4月1日），见《黄际遇日记》卷七，第21页。

人问何之，曰：‘往听黄鹂声。此俗耳针砭，诗肠鼓吹，汝知之乎？’”）此间有望梅止渴。（原注：见《世说》）

不图青鸟，（原注：《史记·司马相如传》：“幸有三足鸟为之使。”注：“三足鸟，青鸟也，主为西王母取食。”）远致黄包。（原注：潘安仁《笙赋》曰：“披黄包以授甘，倾缥瓮以酌醽。”）累累盈筐，煌煌佳实。（原注：宗炳《甘颂》：“煌煌佳实，磊如景星。”）解其羊枣之嗜，比于木瓜之投。坠橘可怀，羡陆郎之有母；（原注：《吴志·陆绩传》）海棠虽好，惜坡公之未诗。

报之芜言，揖拜厚贶。

此启。

四　记

谒　墓　记[1]

辨色而兴，促小子起起，汲水澒嗽。

振衣东行，言迈郭门。东方始明，日出皓兮。（眉批："皓"，《说文》作"晧"）树梢不动，牛喘可闻。经日骄炎，长夜未解。

堤行六百武，先茔安隐，宿草郁葱。远山峥嵘，（眉批："峥"，《说文》作"崝"，崝嵘也。铉曰："今俗别作峥，非。"）近水清远。展拜之下，可以栖迟，可以眺瞩。稚子捉蛙以当蟀，牧童横笛而度犊。青青庐侧之秧，离离园中之果，靡不涵餐清露，挥洒天然。于以濯足沧浪，息阴涯涘；亦足饮思先泽，高谢缁尘。闻人过者，共式黄公之垆；今我来思，甚惭郭儿之孝。（日记原注：《南史》郭原平子长恭，在《孝义传》）（黄家器批注：蕴珪《谒墓记》有"墓草萋萋，音容寂寂"之句。阿爷见之，感念春晖，不禁泣下）

劳　山[2]游　记[3]

晨，饱餐腊肠、蒸飰[4]，觕[5]携罐头、麦酒、旅具之属，呼校车，驱迎游泽丞、姜叔明、张怡荪、张王夫人登劳山。

胶岛初夏，犹是春和景明。我负名山，裹足二载矣。（原注：辛未初夏，偕闻一多、黄淬伯、方令孺女士等，入山一次，三宿而还）三十里至李村，南折乌衣巷。梨树已阴，杨槐初绿。禾油麦秀，海碧天高。布谷催耕，飞泉流响。

---

① 原载《因树山馆日记》第三册（1936 年 8 月 22 日），见《黄际遇日记》卷六，第 305 页。又载《黄任初先生文钞》，第 30～31 页。

② "劳山"，"崂山"古名。

③ 原载《万年山中日记》第十册（1933 年 5 月 5 日），见《黄际遇日记》卷二，第 241～244 页。又载《黄任初先生文钞》，第 31～33 页。

④ "飰"，古同"饭"。

⑤ "觕"，古同"粗"。

鸣驺入谷，村犬吠风。始皇帝之车尘，而今安在？逢（日记原注：萌）征君之棠荫，旷古如新。望三神山之蓬莱，其存其没；睇五百人之田岛，可泣可歌。借此望古遥集之情，杀其我躬不恤之感。同乘共载，求其友声。驾逸绝尘，出自幽谷。清风满袖，笑语满车。奇峰倒迎，村童骈足。

近海有村，名曰“仰口”，欧战时日兵攻青岛登陆之所，今韩军方深沟固垒，军作方殷，边将失官，守在领海矣。披发杖锡，遑论魏晋。

车行一百四十五里，需时八刻。急湍峻岭，行有戒心。车道尽头，丰碑屹立，“山海奇观”四文，大可逾丈，清乾隆巡抚惠龄所书。书手不及石工，了无惊人之处。闻且以此被劾落职，博得行道口碑，游人载笔，亦[1]幸事也。

逶迤西上，夹道萧森，二里而遥，抵华严寺。耐冬尚花，牡丹半落。僧门之下，可以栖迟。当地素蔬，别饶况味。（原注：土人呼为“拳头菜”）果腹既毕，整衣顶礼。那罗宝殿，梵呗声宏。明憨山大师驻锡于此。怡荪颇通方外文献，索住持开阁摹经。同游者共仰憨山手书七律巨幅，摩挲不释。余为移录数纸，遍贻所好。诗云：

> 独上高台眺大荒，飞来空翠洒衣裳。
> 一林寒吹生天籁，无数昏鸦送夕阳。
> 厌俗久应辞浊世，濯缨今已在沧浪。
> 何当长揖风尘里，披服云霞坐石床。

署：

> 登小金山妙高台作。僧清。

印二方，曰：

> 僧印德清。

---

① 《黄任初先生文钞》本讹作“大”，今从日记原文作“亦”。

曰：

憨山道人。

周肇祥意其白衣讲道羊城时，写寄山中者。

斜倚禅床，联句解颐，善戏谑兮，未敢存录。

未刻垂尽，方决计摩白云洞，以补前年西行不至之憾。洞去华严寺不满十里，而巉岩壁立，攀者舌挢。鼓勇直上，张妇亦从。捷者伸眉，后者短气。未肯托足肩舆，大惧跨步折齿。落帽有孟嘉之侣，振衣迈太冲之豪。巳刻未终，叔明拔帜先登，予与泽丞、张君夫妇亦[1]接踵而至。据欲坠之巨石，荫横空之蟠松。登东山而小鲁，先入关者为王。俯仰苍狗之光，吐纳白云之乡。（眉批：杜甫诗："天上白云如白衣，须臾忽变为苍狗。"）披襟当东海之雄风，引吭谱大风之泱泱。终隐在心，夕阳在山。长揖高歌，彳亍归去。披葺扪壁，孑孓相依。

投止寺门，低徊树影。老僧温劳，村妇笑依。铙钵齐鸣，缁尘不浼。何以解烦[2]？惟有杜康。何以永夕？坐有东方。纵一榻之所如，凌万古之茫然。暮[3]鼓晨钟，朝阳挂户。山中日出，为天下先。

记留东四川某生事[4]

川籍女士[5]某，留学日本东京竹早町女子师范学校，藉藉有声。女校长器爱之，逾于常徒。问字之外，且令就宿其家焉。

时有同籍生某君，心焉爱之。顾以礼自绳，未敢通款女士，但刺得女士里籍，驰书父母向女士家长求婚焉。

女士居女校长家，其家之小居停，则隳落书生也，非我族类，实逼处

---

① 《黄任初先生文钞》本作"张君夫妇亦与泽丞"，今从日记原文作"予与泽丞、张君夫妇亦"。

② 《黄任初先生文钞》本作"忧"，今从日记原文作"烦"。

③ 日记原文作"莫"。"莫"，古同"暮"。

④ 原载《万年山中日记》第二册（1932 年 8 月 4 日），见《黄际遇日记》卷一，第 145～147 页。又载《黄任初先生文钞》，第 33～34 页。

⑤ 《黄任初先生文钞》本作"女生"，今从日记原文作"女士"。

此。女士慧觉之，乃托词僦居他处。顾以师生之谊，时尚往来女校长之门。

一夕留饭，饭已而大雨倾泻不休，主人觅车送客。车以油幕笼罩，车夫亦深衣大笠，不可辨色。奔驶越程，杳不知其所之也。车停而匕首见，闪烁逼人，严词喧吓，谓今夕之事，一言而决，得之则生，不得则死，俺之相伺，非一日矣。女士辨声，方恍然所御车夫，乃小居停之化装。林野旷深，强御咫尺，十年不字，俄顷死生，不复有盘旋回荡之余地矣。乃忽有一少年，突起草莽之间，趋凶手搏斗。女士得间，蓬首跣足，逸出号诉。逻者寻声而至。女士乃知遇险之处，为上野公园也。踉跄归寓，忐忑未曙，而《朝日新闻·晨刊》已越扉送到，赫然二号大活板字大书："支那留学生杀人!"女士如梦方醒[1]，如海浮大石，事之离奇，宁有至是者乎!

异史氏亦适居东，闻之蜀人曰：支那留学生者，即川生[2]某君也。某君之于女士，备致倾爱之忱，且备知将有不利于女士者。故由爱慕之切，而隐为保护之勤。或先之，或后之。情之所钟，金石不渝。况彼已得川书，详及两定约事，则女士已为其未婚之爰俪哉！情斗之下，胜负分焉，杀人者死，爰书已定矣！

女士胍胍寸心，亦惟有向所谓支那留学生者，挥一掬同情之泪而已。四川同乡会极鸣不平，吁之留东使者若监督等，抵倭庭力争，仅仅弛此垂死之命。其时女士乃得家书，天乎痛哉！毕生之所天，竟为向夕之镳客；须臾之决斗，即为终身之定情。于是诣庭申辩，洒泪鸣冤，辞旨清哀，闻者酸鼻。卒以徒刑十五年定谳。某君以伟大之爱，求仁得仁，甘之如饴耳。而造物不仁，以情场供牺牲，以青年为刍狗。悠悠苍天，尚何言哉！乃者，巢鸭犴狴之内，有声凄楚，如泣如诉。则女士与所爱者决别之一幕也。女士卒废学归蜀，为某君守此十五年之约云。

余当年尚能历历道其姓名，今但撮记其事略如上方。

---

① 日记原文与《黄任初先生文钞》本均作"如醒方梦"，疑当作"如梦方醒"。

② 《黄任初先生文钞》本脱"生"字，今据日记原文校补。

从化游记[1]

拂晓，车子已驾舆户外。遂别陈庐，呼啸而东。思避嚣尘，暂寻幽胜。苏簃彬彬，雅怀同志，遂相与纵辔，适彼乐郊。

出自北门，未见东旭。村烟霭霭，夏木阴阴。凯风自南，披襟当之。晨曦欲上，疏林隔之。习习之凉，顿忘入夏；青青之秀，犹留芳春。衫薄怯朝露之泠，尘轻逐传车之影。未知所指，只在此山之中；似曾相逢，云是当前之路。白云苍狗，今日去年。曾日月之几何，幸江山之无改。

北驰百里，言抵从化之城；东折数程，占尽番禺之胜。桑麻鸡犬，疑武陵虚拟之图；松壑竹林，悉辋川梦中之境。但闻飞泉之响兮，何必及泉；亦知夫水与月乎，有如此水。水澄青见底，宛然有鱼。泉清在山，其次避地。笑昌黎之奢愿，但求数顷之田，寻烟波之钓徒，假我一叶之寄。数竿竹下，屋小于舟；万木山中，青来排闼。于以倚曲槛，临清波，听孺子之歌，鼓渔父之枻。断流而度[2]，无投鞭之劳；遵渚而行，靡临深之惧。维时日在禺中，人在深处。骄阳敛威于茂木，急湍激响于下滩。倾盖低吟，怊怅靡芜之引；班荆长啸，骀荡箜篌之音。步兵而后，啸伎久绝于人间；梁甫有吟，大曲曼歌于陌上。底事山邱华屋，居然钓水采山。偶息尘劳，皆成馨逸。

午憩于温泉客舍。荫老树，面浅溆，片帆下上，游屐东西。为携一尊，自有千古。嚼齐梁之丽语，胜膏粱之悦心。下酒奚必《汉书》？食蟹未熟《尔雅》。坐有接篜雅士，相应同声，殊惭平生，久疏韵语。

白石谱就，何人唱晓角城空？黄鹤楼遥，一例是乡关日暮。归与小子，慨然兴怀。寄语山灵，后会有日。尔乃鸣驺出谷，掉臂辞林。山色四围，一鞭残照。景翳翳以将入，风飘飘其吹衣。车过石城，为道父老无恙；笛横牛背，欲问使君何之？此处亦有士，五百其徒，曾与清兵耐苦战；使齐之封内，南东其亩，犹见健妇把锄犁。曲江潜行，式野老吞声之哭；永州产异，感蒋妇出涕之言。我赋《硕鼠》之三章，子咏《缁衣》

---

① 原载《因树山馆日记》第八册（1937年5月16日），见《黄际遇日记》卷七，第147～148页。原无题，辑校者拟题。

② “度”，通“渡”。

之四句。声穿林薮，渊然金石之遗；兴逐云飞，无逾树杞之里。怀良辰以遄往，抱明月以长终。南皮之游，良不可忘；东山之上，月出皓兮。

袖名山之淑气，李愿归来；存此日之清尘，征夫遑止。

荷浦泛舟记[①]

荔子丹时，曲江有序；（原注：张九龄有《荔枝赋序》）首夏雨罢，荷浦始波。群莺乱飞，都人冶游。泌之洋洋，舟子招招。

客也自弃明时，终焉归成。彷徨学海，优游吟驂。遇辛有于伊川，感旗鼓于故国。伤行客之万里，迟寻春以十年。深戒狂夫之言，来与芦中人语。肩随得问字之侣，心仪为无怀之民。在水一方，溯洄从之。舸轻一叶，租才百钱。鼓棹而东，人寰已绝。白云何极，苍波漾空。韵情寄秋水之篇，帆影留骚人之迹。孤烟落日，逐两岸不系之舟；玄裳缟衣，疑千载去家之鹤。玉笛清角，度出昭华之琯；珠娘善讴，如话南唐遗事。乱后枯树，感慨于承平；谢氏乌衣，纵悲歌于篇什。（原注：苏簃[②]作《远东行》）敢吟绝句，惊星斗落江之寒；安索解人，招下士绝缨之笑。柳荫选胜，放舟萧艾渚边；草堂有资，老我江湖之上。相忘物我，何处烟波。猿鹤可期，江潮为券。

樊樊山《西溪记》后，几人缋以金粉，眷此粤山？（原注：樊增祥有《西溪泛舟记》）海仙馆荔子湾头，为道珠水依然，玉箫无恙。（原注：海山仙馆，番禺潘仕成斋名。仕成，字德畲，丛书六十二种。今荔香园即其故址，门镌一联云："明月有时来，恰当荔子湾头，素馨斜畔；夕阳无限好，最爱柳波渔唱，花坞人归。"时人陈家鼎有联云："海上有三山，珠水依然，玉箫何处？岭南第一景，黄昏时候，红荔湾头。"）

万年山中日记（1932年7月26日）[③]

晚，吴子春、赵太侔、杨金甫、何仙槎夫妇来饮于此。粤厨乡味，颇

---

① 原载《因树山馆日记》第八册（1937年5月30日），见《黄际遇日记》卷七，第179～180页。文首无题，辑校者据文末所云"以此为《荷浦泛舟记》"录题。

② 张荃，字苏簃，日记原文笔误为"荃簃"。今正之。

③ 原载《万年山中日记》第二册，见《黄际遇日记》卷一，第117～118页。又载《黄任初先生文钞》，第68～69页。

博时誉；鲁酒渗冰，心脾羽化。

饭后，同至蒋梦麟祭酒处。蒋君谓余，比在公园，晤一卖瓜老者，为述彼之来青岛也，山尚童童，且自云识余，言之历历。因忆及大学道旁，皤皤一老，予亦息肩绿荫，与话桑麻，虽曾班荆，却未投刺，而彼已心识矣。酒逢名士饮，礼爱野人真。今夕何夕？见此良人。

入夜，涛声凄厉。挈儿辈，驾车沿大学路直下，南折过汇泉。山静如醉卧，海鸣似陷阵。车驶如飞，灯耀欲坠，戛然而止，炮台半屿尽处也。公瑾当年，雄姿英发。安所得铜筝铁板，为唱大江东去哉！旋乃下车穿径，据石濯缨，万里海天，廓然无物。以兹之乐，何异登仙？银河高横，乃以车返。纵御者之所如，历乱山而阒然。茂草丰林，仅可辨径。一环百曲，车行若梭。夜半游山，惟恐不邃。方之古人，未见著录。假使车御陡然失职，既涂辙之不辨，将马首之安瞻？忽望群火明灭，骤讶飞萤。御者告余曰："此台东镇也。"然则车行郊外已数十里矣。急回俗士驾，为君敛浪迹。

翻然就寝，日影在窗。

万年山中日记（1932年8月1日）[①]

今日温度不加高，而潮热实甚，挥汗如雨。

上午，赴校办公。絜仲往青岛医院，并趋慰季超。

归来，为之废读。检出庚午年所为《家慈登寿八十有六征言略》一文，督平儿缮写一通，托一多带诣燕城，请师曾六弟寅恪为遗像赞，署伯严先生款。

晚，赵少侯祖一多之道，实秋、太侔、泽丞及予作陪。金甫同赴席即归，订定聘李宏斋、王恒守事。

归校舍，十时矣，热尚未解。儿辈欲往观水族馆，乃共驱海滨公园。有亭翼然，画栋朱栏，逼真大内。晦日亥正，潮方怒长，断崖悬石，搏激有声。遵海滨而行，下上低徊。俯焉拾级，仰焉攀巢。新馆在望，星电争辉，而馆门将闭矣，以刺诣之，优待有加。蛇行曲巷之中，蠖屈长衖之

① 原载《万年山中日记》第二册，见《黄际遇日记》卷一，第139～140页。又载《黄任初先生文钞》，第69～70页。

径。游鱼可数，伏甲不飞。容与漾漪，别有天地。斯时游者依稀，龙潜蠕动，欲抱珊瑚而长终矣。

甫出洞门，凉风习习，披襟当之，真不知人间天上，今夕何年？

万年山中日记（1932年9月22日）[①]

连夕娄[②]以观奕[③]废学。放情于博奕之趣，毕命于花鸟之妍。劳瘁既同，岁月共尽。（日记原注：北江《与孙季逑书》语）

青市海浴成风，夷歌达旦。大学之道，世少同情；先生之风，时遭吠日。又复高谈声律，杭志形群。（日记原注：大学二、三年级设《近世代数学讲坐[④]》，讲各代数式之形及群论）斯所谓陈钟鼓于海濒，炫芾冕于倮国（日记原注：李莼客《与张孝达书》语）者矣！

万年山中日记（1932年9月25日）[⑤]

三月已[⑥]来，一室反键。青灯有味，游屐无心。蠖屈不申[⑦]，龙潜勿用。

业不加进，力不综摄。虽未减东阳之带围[⑧]，（日记原注：《南史・沈约传》：约字休文，隆昌元年出为东阳太守，尝以书陈情于徐勉，言己老病，百日数旬，革带常应移孔，以手握臂，遂计月小半分）而已元潘岳之病发。

晨粥甫毕，偕李保衡、家器儿健步一时许。道访游泽丞、宋智斋、杜毅伯，剧谈而归。（日记原注：潘岳《秋兴赋》：“余春秋三十有二，始见二毛。”）形神一振。

---

① 原载《万年山中日记》第三册，见《黄际遇日记》卷一，第248～249页。又载《黄任初先生文钞》，第70页。

② “娄”，通“屡”。

③ “奕”，通“弈”。本篇下同。

④ “坐”，古同“座”。

⑤ 原载《万年山中日记》第三册，见《黄际遇日记》卷一，第255页。又载《黄任初先生文钞》，第70页。

⑥ “已”，通“以”。

⑦ “申”，通“伸”。

⑧ 《黄任初先生文钞》本作“圈”，今从日记原文作“围”。

万年山中日记（1932年10月8日）[①]

夜来秋风，萧槭殊甚。袷衣犹薄，出户负暄。

一片天心，孤帆橹影。挹兹高爽，陟彼岵冈。既无倚闾，为谁负米?（日记原注：《越缦》句）终鲜兄弟，安插茱萸?

远闻野童引吭，听谯楼倒板一阕，如闻捣衣声，急返读书处。

万年山中日记（1932年10月8日）
——徙宅文[②]

（原注：集《越缦堂日记》句，有序）

夜偕姬人自西郊[③]移居锦鳞桥下黄华衖。

小舟一镫，破匧数卷。主人之面，瘦如削瓜；侍姬之鬟，乱于历稞。倚身一襆，入霉欲斑；传家片氊，与蠹俱徙。病仆偻背，傭婢出匈。庚横箬柴，丁倒盆盎。折足之几，半挂积尘；缺耳之铛，尚余焦饭。风吹帷而皆裂，月穿箓而悉空。君子固穷，道旁皆叹。钟馗徙宅，止有槭窬；杨朴压车，半以鸡犬。倘有好事，传之丹青，风彼将来，永为佳话。

（眉批：箬，竹皮也。铛，鬴有足曰铛，三足温酒器也。箓，竹高箧也。稞，青州谓麦曰课[④]。历，疏也，宋玉《登徒子好色赋》："齞唇历齿。"齞，唇不掩齿也。槭窬，《说文》："亵器也。"杨朴，宋郑州人，有《东里集》）

寒酸之气，咄咄逼人；啾啾之声，不可向迩。善戏谑兮，先生有之。任初评。

---

① 原载《万年山中日记》第四册，见《黄际遇日记》卷一，第313页。又载《黄任初先生文钞》，第72页。《黄任初先生文钞》本讹为11月，今正之。

② 原载《万年山中日记》第四册，见《黄际遇日记》卷一，第317页。又载《黄任初先生文钞》，第71页。

③ "郊"，日记原文为上下结构，上"高"，下近乎上"口"下"丁"，今暂释读为"郊"。

④ "课"，疑为"稞"讹。

万年山中日记（1932年10月9日）[1]

午，为正坤、逸峰及儿辈讲国学概略，以文、周、孔、孟，班、马、左、庄，葛、陆、范、马，周、程、朱、张，韩、柳、欧、苏，李、杜、苏、黄，许、郑、杜、马，顾、秦、姚、王，三十二言为立言程序，其部类为经、史、子、集，其分科为政事、德行、诗文、掌故、考据，其朝代为周、汉、唐、宋、清。

汉唐之间为六朝，词章特盛，而不关典章文物之大要。

唐宋之间为后五代，年代既促，（原注：共五十三年）尤无闻于坛坫雅颂之林。（日记原注：孙梅《四六丛话》论列作家五卷，至元而止。元亦仅录阎復子靖、姚燧端甫、王恽仲谋、袁桷伯长[2]、虞集伯生、刘埙数人而已）（眉批：《骈文类纂》录元十八人、明四人）

独异乎宋清之间，（原注：一二七七至一六四四年）改玉三朝，载祀四百，而窳敝鄙�，凡百无称。纵或以元之词曲，明之书画，亦极神州艺术之观；然艺术之于学术，究非五雀六燕之比。君子断代，以观世变。又知上下二千余年间，一部文化史之隆替，与欧西不乏升降相若之处。虽欲不委之为运数，而不可得也。（日记原注：三十二人中，以姚之重量为最轻。涤生自言："国藩之粗知文章，由姚先生启之也。"故以殿焉。已不啻声明如举子发科请客，例得请塾师坐首席矣）

莼客论宋明文家可节摭资证者，（原注：《越缦堂四记》十册五十四叶）如云：宋文最高者，欧、曾、王三家，然已不及唐之韩氏。欧、王毗于柳子厚，曾毗于李习之。苏氏，老泉最胜，东坡次之，然仅毗于杜樊川（原注：杜牧），而笔力且不逮焉。子由则又次矣。遗山、牧庵（原注：元姚燧）皆学韩而不得其意；道园（日记原注：元虞集，字伯生，蜀郡人。《四库全书目录》道园《学古录》条下，谓不减庐陵之在北宋）学欧而不得其神。（日记原注："震川得神而忘骨，望溪得骨而遗神"二语原删）此固气运为之。明文之病，非特时文之为害也。盖始之创为者，潜谿、华川、正学三家，皆起于草茅，习为迂阔之论，不知经术。其邍[3]已不能正。故其后，谈道学者，以语录为文，其病�；沿馆阁

---

① 原载《万年山中日记》第四册，见《黄际遇日记》卷一，第323～324页。又载《黄任初先生文钞》，第71～72页。

② "伯长"，原文作"伯生"，今正之。

③ "邍"，古同"原"。

者，以官样为文，其病霩（日记原注：与“寥廓”之“廓”通）；夸风流者，以小说为文，其病俚；习场屋者，以帖括为文，其病陋。明士文章，如然[①]犀矣。

万年山中日记（1932年11月23日）[②]

昨日覆阅完《越缦堂日记》五十一册竟，其文篇一一校存之，诗词概从割爱，联语则择尤移录。其论小学、经学，不少独到之处，间刺数则，俾资启发。阅书所记，尤具只眼，时并钞录，便资楷模。至于史学掌故，自愧所知太少，无从评骘。爱伯间亦略治象数，自无足论。其尤时感事，虽心存[③]爱国，而所见实不高。吾侪以专治数学之人，处身五十年之后，持今衡古，不能谓能得其平。

要之，爱伯文章，典丽哀艳，稍逊容甫格调一筹而已。北江、季逑，未之或先也。若论学与识，则仍为一事。吾终以为，爱伯若能屏绝功名之念，澹泊妻孥之累，其所造，当更有不止于[④]此者。然其所成就者，已有如此。举世诵习之徒，乃至不克举其名字。没世之称，若或靳之。斯又事之不平者矣！

万年山中日记（1932年11月27日）[⑤]

辰中起床，朝阳满几。料检乱案，出挹清光。

器儿随行，为示清代学派分类大较。

乱山枯箨，气宇竫深；野鸟绕枝，闻声远遁。伤我孤立，方逃荒阿；遇此无情，距人千里。

振衣长啸，归倚南窗，开卷横陈，改从北面。

---

① “然”，古通“燃”。

② 原载《万年山中日记》第七册，见《黄际遇日记》卷二，第28～29页。又载《黄任初先生文钞》，第72～73页。《黄任初先生文钞》本讹作13日，今正之。

③ 《黄任初先生文钞》本脱“存”字，今据日记原文校补。

④ 《黄任初先生文钞》本脱“于”字，今据日记原文校补。

⑤ 原载《万年山中日记》第七册，见《黄际遇日记》卷二，第52页。又载《黄任初先生文钞》，第73页。

万年山中日记（1932年12月2日）[①]

阅《畏庐论文》，闽县林纾琴南著。彦和《文心》，千载独步；过庭《书谱》，三折其肱。缅彼徽音，未闻嗣响。岂考城之才尽？亦邯郸之难学。与会稽《通义》，安吴《艺舟》，时可解颐，要非击掌。侯官曾祺吴氏[②]晚出，倡为文谈，楼名“涵芬”，意追“宝晋”。虽非善战，亦负攻坚摧朽之才；却好谈兵，饶具知彼知己之妙。畏庐此作，更后十年，金针度人，匠心自运，信能公文章于天下，证得失于古今。风兹将来，有裨初学。

顾章、包之学杂，其敝也夸；吴、林之才弱，其敝也拘。吾儒有事诗书，盱衡事理，当养其气以迎艰巨之来，博其识以究天人之变。与其姝姝自悦，守一先生之言；毋宁恢恢其仪，克备[③]万物于我。若论隘与不恭，君子不为。然与不恭也，宁隘；与其夸也，宁拘耳。是则畏庐所论，又大有可探讨者在也。

书首《述旨》，文章恐终古[④]难出艺术范围，必谓为圣贤之所心传，宇宙之所纲常，说来说去，不出文以载道[⑤]之窠臼，恐论者未易以为知言耳。

次《流别论》：

> 曰赋，谓赋者，铺也，铺采摛文，体物寓志也。曰颂曰赞，谓颂者敷写似赋，而不入华侈之区；敬慎如铭，而异乎规戒之域。赞者，约举以尽情，昭灼以送文。铭、箴，谓箴全御过，故文资确切；铭兼褒赞，故体贵弘润，陈义必高，选言必精，赋色必古，结响必骞。如此遣词，颇具神解。曰诔曰碑，诔者，累也，累其德行，旌之不朽也；碑者，埤也，上古帝皇，纪号封禅，树石埤岳，故曰碑也。今人

---

① 原载《万年山中日记》第七册，见《黄际遇日记》卷二，第80～81页。又载《黄任初先生文钞》，第73～75页。

② “侯官曾祺吴氏”，《黄任初先生文钞》本讹脱作“侯宦”，今从日记原文校补。

③ 《黄任初先生文钞》本讹作“僃”，今据日记原文校改。

④ 《黄任初先生文钞》本脱“古”字，今据日记原文校补。

⑤ 《黄任初先生文钞》本脱“载道”二字，今据日记原文校补。

之制哀辞者，盖诔之变体也。又谓哀辞之[1]哀，为言依也，悲实依心，故曰哀也。曰史传，谓传之为言，转也。

引实斋[2]《文史通义》曰：

《经礼》，二戴之记，各传其说，附经而行，虽谓之传可也。其后支分派别，至于近代，始以录人物者[3]区为之传，叙事迹者区为之记。

实则化编年为[4]列传，成正史之传体，其例实创自史迁，而刘彦和虑其事远则同异难密，事积则起讫易疏，斯固总会之为难也。

万年山中日记（1933年3月30日）[5]

连夕与怡荪、叔明、泽丞诸友，推论学术、世变相关之理。

予谓，凡百学问，清人过于明人；而书事，总是清人写不过明人。

诸友均曰，气节不及之也。

汉学家之治学也，诚云得法；其立志也[6]，亦甚苦。究竟章句之儒，难裨国是。观夫有明之亡，上有殉国之君，野遍死节[7]之民。有清中兴，所[8]倚为柢柱者，率多理学之儒。宇内人安，赖以斡旋者，亦数十载。今世则何如哉？抚舷击棹，感不绝于予心，辄忆及之，君子于此以觇世变也！

---

① 《黄任初先生文钞》本脱“之”字，今据日记原文校补。

② 《黄任初先生文钞》本讹作“齐”，今据日记原文校改。

③ 日记原文、《黄任初先生文钞》本脱“者”字，今据《文史通义》原文校补。

④ 《黄任初先生文钞》本脱“为”字，今据日记原文校补。

⑤ 原载《万年山中日记》第九册，见《黄际遇日记》卷二，第189页。又载《黄任初先生文钞》，第75页。

⑥ 《黄任初先生文钞》本脱“也”字，今据日记原文校补。

⑦ 《黄任初先生文钞》本脱“节”字，今据日记原文校补。

⑧ 《黄任初先生文钞》本脱“所”字，今据日记原文校补。

万年山中日记（1933年4月10日）[①]

午，子春、绎言宿中国饭店，来电话邀往共饭[②]。方自西湖归来，行将南旋也。即席口拈七言一律赠之：

江城羊石两西东，白下春深一苇通。
各自中年怜意气，那堪此别又飘蓬？
劳劳歇浦风尘侣，落落岭东老倒翁。
与子重要偕隐约，酒阑人散月明中。

万年山中日记（1933年4月12日）[③]

午饮微醺，欹睡片刻。

三时，奋可、思敬、祥人同车，驶二十里而弱，抵龙华寺，盖唐刹也，居民聚镇，以寺得名。金尊法宝，备[④]受皈依。莫[⑤]鼓晨钟，发人深省。藏经阁备，空传梵咒之音；罗汉殿圮，非复庄严之旧矣。

出寺，迂折田畔，入韦园。园为韦氏墓庐，有司启闭者。叩之，乃得其门。古柏参天，嫩茵席地。幽通曲径，流绕一邱。红叶当阶，皆饶[⑥]春色；隔篱黄犬，亦是知音。都自廛市中来，到此尽消烟火气。为问沮溺而后，几人复与木石居？绕园三匝，衣履皆仙；引吭一歌，鸟兽率舞。

崦嵫日莫，偃蹇策归。拾贝折枝，各有幽趣；车尘辙迹，几遍沪西。予往来沪滨，已三十年，而西行未至此也。特记之，以谂同游者。

---

① 原载《万年山中日记》第九册，见《黄际遇日记》卷二，第198～199页。又载《黄任初先生文钞》，第75页。

② 《黄任初先生文钞》本作“来电邀共饭”，今据日记原文校补。

③ 原载《万年山中日记》第九册，见《黄际遇日记》卷二，第202～203页。又载《黄任初先生文钞》，第75～76页。

④ 《黄任初先生文钞》本讹作“俻”，今据日记原文校改。

⑤ “莫”，古同“暮”。本篇下同。

⑥ 《黄任初先生文钞》本讹作“绕”，今据日记原文校改。

万年山中日记（1933年4月29日）[①]

为讲演事[②]，晨独步花园，兀坐凝想。

授“微分”“几何学”二课，已晌午矣。翻《纂诂》各书。

午饭后，曾省之驾车，偕杜毅伯、刘仲熙来迓，共往沙子口（日记原注：六十里）看梨花。岩阿山麓，皆作银色；淡妆素服，别饶风情。车行一时许，抵沙子口，有大学“海滨生物研究所”在焉。省之备茶饼之属，盛意款待。短檐矮屋，可以避嚣；怒潮净滩，门前即是。渔舟蚁集，为数盈千；鱼虾鳞陈，贱不论贾。揖舟子而谈话，不知秦汉；慨猛虎之苛政，安问狐狸？敛重征烦，自谓生财有道；威尊命贱，安知埋骨何山？渔人偶聚，仅成小集。户不满百，地皆无贾；行不旋踵，一览无余。而治乱兴亡之感，奔辏怀来。

夕阳在山，废然而返。

万年山中日记（1933年4月30日）[③]

晨起，窗棂水珠，累累而下，疑春雨也。

开户视之，方知重雾压境，密云翳空。指点春深，心愁花落。及今凭吊，或有余妍。

复偕保衡老入花丛。落红粉披，坠英凌乱矣。隔篱桃花相映，酒帘高摇；点缀盛时，自怯衣薄。

归检残匳，空忆前尘。

---

① 原载《万年山中日记》第九册，见《黄际遇日记》卷二，第225页。又载《黄任初先生文钞》，第76页。

② 《黄任初先生文钞》本脱“事”字，今据日记原文校补。

③ 原载《万年山中日记》第九册，见《黄际遇日记》卷二，第226～227页。又载《黄任初先生文钞》，第77页。

万年山中日记（1933年5月7日）[1]

梨洲黄氏论宋元二季人物，以为皆天地之元气。

全谢山《九灵先生山房记》系曰：

> 呜乎！古来丧乱，人才之盛，莫如季宋。不必有军师、国邑之人，即以下僚、韦布，皆能砺不仕二姓之节。然此则宋人三百年来尊贤养士之报也。元之立国甚浅，崇儒之政无闻，而其亡也，《一行传》中，累累相望。是岂元之有以致之？抑亦宋人之流风善俗，历五世而未斩，于以为天地扶元[2]气欤？

实发梨洲之论而光大之。荡胸归来，清气长存。袍笏空山，古贤如见。

不其山馆日记（1935年8月2日）[3]

未卯而兴，更衣出郭。

近雨三日，涧沟又溢。孤村封垄，出没潢池。东方甫明，隐约仅辨。列岛远屿，乃在田间。洵海国之奇观，郭门之美望也。

沿堤而东。诸小子跃随里许。心会鸭鹅之入水，多识草木之小名。阁阁蛤蛙，采采芣苡。故天之生物厚矣，我生之观物澄然。看残廛市之洋场，弥爱岭南之乡味。褐衣野老，犹是三代之民；牛背牧童，勿问相公安往。田荒皆治，畔隘莫争。何必寻黄石高踪？即此是青山胜地矣！南国之化油然，北门之管无恙。维舟亭际，仓沮祠前，思古无穷，瞻望弗及。

负暄入郭，答访隐夔。一老皤皤，载言晏晏。烹茶松下，解渴归来。

---

① 原载《万年山中日记》第十册，见《黄际遇日记》卷二，第245页。又载《黄任初先生文钞》，第77页。

② 《黄任初先生文钞》本“元”字前衍“之”字，今据日记原文删之。

③ 原载《黄任初先生文钞》，第77～78页。

不其山馆日记（1935年8月19日）[①]

上日课题，为代友人覆书。

器儿有句云：

负笈经年，此番归去。想高堂茂萱之荫，弟妹竹马之迎，话别后之沧桑，问北来之车笠。

数句尚见思路，惟皆不能写出代字。偶为缀尾云：

特恐阻道且长，致书未达；用敢托君知我，借箸而筹。昔渊明有自祭之文，是真达者；仲言致佳书与妇，乃为衡山。假君妙文，答客之难。洵乎聚千里于一室，得同心之二人。何必对影而成三？兹乃无偶而非独。人之相知，贵相知心。知君之心，莫如君矣。努力加餐，当前即是。率复不宣。

因树山馆日记（1941年6月8日）[②]

小雨，甘霖未孚，喁喁然者众矣。

及见湘乡诸老者言，公每于已视事接宾客，时一身应理之事，殆已理毕。

予自窜逐，媲于赁舂，膏火不修，黎明即起，驽缓无似。投笔彷徨，辄至禺中。百废未举，一旬休沐，过者盈门矣。

午，践子春伉俪之约。跻彼高斋，有酒盈尊。杀鸡燔肉，以介眉寿。生受隆情，为之放怀，一斗亦醉。

樊将军起自屠狗，生啖犹豪；廉信平奋而据鞍，伏枥为耻。亦江湖之载酒，闲话扬州；数丝竹于中年，永怀谢傅。兴之所寄，亦无必读之书；

---

① 原载《黄任初先生文钞》，第 78 页。

② 原载《黄任初先生文钞》，第 78～79 页。

逝者如斯，淘尽几多人物。沧江一卧，世上千年。翁仲笑人，铜驼入洛。看今夜酒醒何处也，更不如今还又。

因树山馆日记（1941年6月16日）[①]

是日，先大夫百岁冥寿。

儿子家器禀请征吁知友嘉言，如揭阳姚氏《述德征言》例。

遭国大故，蒙尘于外。同丁令之辽鹤，伤少卿之双凫。多少楼台烟雨中，一例草木城春后。空倚思亲之操，久食誓墓之言。自比棘人，何心乱世。惟晏子楹书之半在，《颜氏家训》之具存。坟虽关河累年，端忧莫齿，犹冀礼堂春永，报国日长。并补稚存灯影之图，作士衡祖德之赋耳。兴言笞录，弥负析薪。订坠抱遗，至车殆马瘏，而始迫矣乎！

生我之爱，益以严师。口授群经，窗寒十载。

自出受傅，稍接通人。东西二儒，尤深私淑。堂名“越缦”，诞降会稽。数可以群，发于德李。并与先子，同年虎贲。赞叹钩稽，毕生父事。其有所进，幸也；无所进，终吾身而已矣。

子山家世，自等龙门。尔为太史，毋忘吾所论著矣！伤哉！

山林之牢日记（1945年3月18日）[②]

黎明，信步里许。看邓村山桃丛李，苓落参差；绀珠绘素，自成馨逸。又见一年春矣！

归为侍读诸生讲《孟子》三章，《西汉文》□[③]首。亦邠卿题辞所云“聊欲系志于翰墨，得以乱思遗老”也。

有山上村乡人来，迹予问同寮消息者。深林人不知，明月来相照。尚非其俦也。

读司马《通鉴[④]》十二卷。（原注：至二百八十四卷）

---

① 原载《黄任初先生文钞》，第79页。

② 原载《山林之牢日记》，见《黄际遇日记》卷八，第617页。

③ 日记原文此字为墨迹遮盖不辨。

④ 日记原文作“监”。“监”，通“鉴”。

山中方七日，世上几沧桑。燕云十六州之父老，已呜咽百年矣！（原注：太平兴天国，修状[①]王韬对策讨虏檄中警句）

夜澡。

山林之牢日记（1945年3月19日）[②]

例课毕，漫游附山村落。二里外，至欧家村，三五人家，负山自给。村童识面，争馈食品，礼爱野人真也。

归，庄有馈生豚者。庖有肥肉，不素餐兮。

直日读《通鉴[③]》八卷。（原注：至二百九十二卷）

张作人觉任复书来，亦有佳谱。

---

① “状”，通“撰”。

② 原载《山林之牢日记》，见《黄际遇日记》卷八，第617页。

③ 日记原文作“监”。“监”，通“鉴”。

五　序

《中华中学物理学教科书》编辑大意[①]

本书遵照教育部定章编纂，专供中学校、师范学校物理教科书之用。

中学校、师范学校课程，教授物理时间，约得百六十小时。本书共五万字，以每小时授三百余字计之，按时授毕，无过多过少之嫌。

本书全书分七编，先后顺序，照教育部所定之课程标准排列：第一编力学，第二编物性，第三编热学，第四编音学，第五编光学，第六编磁学，第七编电学。

本书以日本理学博士中村清二所编之《最近物理学教科书》为根据，而以本多光太郎氏之《物理学》、野田贞吉氏之《物理学》、陈学郢编译之《物理学讲义》为参考。复按照我国中学程度，以及教授时间之多寡，而增减之。凡关于自然现象之知识，物理学上之原理定则，以及物理学器械之构造，无不详细讲述，以期适于中学校、师范学校之用。

本书所用名词及术语，参酌新旧各书，择其最适当者用之，且附原文于其下，以便查考。

书中遇有术语，或定则、定律等之紧要处，多用套圈或密点标明之，以引起学者之注意。

本书遇有重要处，多附列问题，以便增进学生之思考力，俾所得不囿于一隅。

编者于此书，虽极意斟酌，但未妥处尚恐不免。倘蒙海内通人，匡其不逮，尤为企祷。

---

① 原载黄际遇编辑，陈纯、沈煦校订《中华中学物理学教科书》，中华书局1914年初版（1915年再版），第1～2页。原题《编辑大意》，今用全称。

《中等算术教科书》序文[1]

数学非难也。宽以悠游之岁月，导以剀切之教师，虽愚鲁之资，未始不可计日程功，期以可至之境。

顾今日国家教育，将以数年一定之时间，予学子以种种不可缺之智识。而数学占有之时间，乃其八分之一耳，六七分之一耳。苟无适用之教科书，虽有良师，无能为役矣。

若代数，若几何、三角，为地球共通之学，适用之书，时或有之。惟算术一科，则与本国之国俗、历史，又有不可离之关系。妄言移译，实不免甲方乙病之讥。

中学者，与小学相衔接者也。编中学算术者，漫然以数为发端，而命数，而记数，而四则。取小学所已习，重复说明之，一若初等算术之教育，丝毫无效焉者。其失也繁。

鉴其弊者，又谓中学算术，宜自开方求积始。卒亦不能收应用驯熟之效。所谓矫枉过正者也。其失也略。

且算术与代数，非划然判若鸿沟也。抽象之理解，加以抽象之证明，较诸专借举例设数以证明者，领悟更为易易。可知编算术书而不谋联络代数者，其失又在于拘也。

本书宗旨，在整顿小学已具之智识，充满中学应有之智识。不敢繁，不敢略，亦不敢拘也。其果于中等教育有当焉乎？此则仍不敢自信耳。

---

① 原载黄际遇编纂《中等算术教科书》卷首，商务印书馆 1915 年初版（1925 年第九版）。原题《序文》，今用全称。

《天文学讲义》弁言[①]

（原注：丙辰）

大矣哉！宇宙之文章也。广大悉备，有天文焉，有地文焉，有人文焉。日月星辰，运行不息，是为大块之文章。风云雨露，变化无穷，是为大地之文章。子臣弟友，礼义廉耻，所以相维相系于人道者，乃至与天地参，宇宙间奇文壮观，莫或过是矣。

知也无涯，生也有涯。吾侪不敏，不敢以有涯逐无涯。吾侪畸人子弟，职兼天官，聊以耳目心思所可及者，侈事谈天。

天不可知乎？顾征诸古今魁儒硕彦之所研几，则天之可知者，荦荦具在。

天果可知乎？则以一蝶一菌之微，今日犹未可知其究竟。东海有虫，巢于蚊睫，命曰焦冥。焦冥之睫，又有巢者。在昔人或且以为庄周之寓言，在今日乃骎骎乎浸成科学之实事。

夫以蠡测有涯之海，世已相传为笑谈。矧以管窥无涯之天，其可大笑而冠缨索绝者，当又奚若。

抑尝闻之，昔泰西某天文家，夜行郊外，失足沟中。一老妪遇之，曰：

> 先生何乃若是？

曰：

> 吾仰观天文也。

---

① 原载《因树山馆日记》第十一册（1938年1月22日），见《黄际遇日记》卷七，第527～528页。该文之前，按语为："检录旧作一首于此（原注：《武昌高等师范学校数理杂志》）。"该文标题下原注"丙辰"。据上，该文原刊于丙辰年（1916年）《武昌高等师范学校数理杂志》。另据武汉大学图书馆特藏部邬纪明整理《武大老教师著述及相关资料篇名索引》（网络资源：http://www.lib.whu.edu.cn/gjg/files/teacher.doc），该文原载武昌高等师范学校《数理学会杂志》1918年5月第1期。二说未悉孰是，今并录二说待考。

老妪笑曰：

先生近不能见跬步之内，远乃能见千里以外乎？先生欺予哉！

不揣谫陋，辄箸[1]兹篇。宁受老妪之揶揄，而不甘居于寓言之列。览者自得之。

《藤泽博士续初等代数学问题解义》序[2]

藤泽《续初等代数》，曩经不佞译注，复撮其要点若干，条弁之其首。本书不过其中例题问题之详草耳。此序其可以毋作也。吁！此书而仅为藤泽《续初代》之问题详草，则不惟此序可以毋作，此书亦可以毋作也。

英国竞争试验之风，最称剧烈。故英本试验问题集之书独多。日本频年以来，此风尤炽。各高等学校投考者，率在及第人数之十五倍以上。青年学子，对于转学前途，旦莫[3]皇皇[4]，揣摩风尚。棘闱何日，场屋销磨，不图于号称教育发达之国见之。于是《算术五千题》《数学大辞典》等书，乃利用之为投机事业。其为害于教育界者，正非细故。中等学校，几成一高级学校之预备所。学生读书，但以通过试验难关为目的。英语之Cramming，日语之押込主义，盖痛乎言之。教育至此，尚有价值之可言耶？

犹忆我国科举盛时，小题十万选，大题真珠船，充斥坊间。自好者犹避之若浼。尤而效之，罪尤甚焉。仆虽下愚，亦厕身教育之列，更何敢择术不慎，重为士论羞哉！

故自执笔以至脱稿，却顾趑趄，未能自信者屡矣。顾原书译行之微意，倘辱蒙读者不以为不然，则此书其不可以毋作也。藤泽教授以严正之说明，周密之讨论，著为原书。不佞乃窃本教授之意，著为《解义》。解

① “箸”，古同“著”。

② 原载黄际遇《藤泽博士续初等代数学问题解义》卷首，国立武昌高等师范学校1917年版。原题《序》，今用全称。

③ “莫”，古同“暮”。

④ “皇皇”，通“惶惶”。

义者，不仅以立题之解法为能事，而尤以阐题之义理为天职也。不佞于原书弁言第五发问之条有曰："不于既知数、未知数之大小、正负、可能不可能之时，一一胪述而比较之，则何必以文字代数?"又曰："代数者，岂惟论代未知之数而已？代已知之数，更当详加讨论。"本《解义》实以此旨相终始。夫同一问题，用普通解法，寥寥数言可尽者；用本书解法常累至千言，而犹虞有未尽之处。然善以此流派之法讨论一题，较之以普通之法草演数十题，正未知孰得孰失也。第四编以后诸题之繁难，殊超越乎吾侪意料之外。甚至散见各《高等代数学》之定理，多被采入为问题。无惑乎藤泽《续初代》问题艰难之声，满天下也。吾意此亦藤泽教授之苦心，惴惴恐士人之自尽。使读其书者，亦有仰之弥高，钻之弥坚，瞻之在前，忽焉在后，喟然兴叹之一日。因是以磨濯其勇往之气，发扬蹈厉，蔚为学术之光。惟国家实利赖之。

不佞半生蹀躞，芜落自伤，间有所治，旋即弃去。近益以簿书鞅掌，业焉不专，无能为役。兹篇之作，鲜所依傍，又不获加以岁月，精心结撰。其中乖谬疏忽，知所不免。读者以为可教而辱教之，会当于再版之日，刊正以副盛意。夫岂惟不佞一人之荣幸已哉！

中华民国六年四月十五日，黄际遇识于武昌高等师范学校数学教室

《抚时集诗》序[①]

盖有顾瞻周道，对禾黍而兴凄[②]；宛彼鸣鸠，咏鸱鸮而结叹者矣。废池荒垒，蔓草自春。失群塞鸿，声噍以杀。故乡壮士，望古谱大风之章；易水白衣，只今伤渐离之筑。自来词客，属际衰朝，并有离音，申其牢悃。而况蓬山风急，激抃巨鳌；青冢[③]霜寒，长驱旅雁。何处洒新亭之泪？行见汝荆棘之中。哀我人斯，胡天此醉。

王子士略，海濒一介；书剑丁年，胸具十万。横磨手障，百川东倒。寒笳管短，发为从军之歌；秋士悲来，缀成邱仲之曲。（日记原注：《风俗通》：

---

① 原载《因树山馆日记》第二册（1936 年 6 月 8 日），见《黄际遇日记》卷六，第 204 页。又载《黄任初先生文钞》，第 34 ～ 35 页。

② 日记原文初作"悲"，复改定为"凄"。《黄任初先生文钞》本从前者，今从后者。

③ "冢"，古同"蒙"。

邱仲造笛）如听白石清角，冷月城空；欲振铁板铜琶，大江东去。庾子山《江南赋》后，几见宾王；刘越石河朔楼中，独怀士稚。（日记原注：《晋书》：刘琨字越石，魏昌人，在晋阳为胡骑所困，乘月登叹清啸，常恐祖生先吾着鞭）

呜乎！虞渊可返，矢共弯后羿之大弓；社鼠未歼，亦永标梅村之诗史。

揭阳秋园先生七十寿序[①]

夙闻天下谈士，相聚而言，但愿一识韩荆州；野王县令，慨然叹曰："去人远矣羊叔子！"

际遇昔以岭东童子，叨计公车，久耳楚南先生，不翅儒域。楚南，秋园先生之前字也。何令人倾慕一至于此，陇西流落之言；恐没世不复见如此人，右军毛骨之誉。先生文惊海内，未及光武军中之年；赋哀江南，成于甲午蹙国之日。禁中传诵，致恨不与同时；马上露布，傀焉不能终日。未知[②]先生者，以为必耆儒硕学[③]如八九十者也。儒冠误我，且以为天下忧；学剑不成，去而学万人敌。南丰两字，终属先生；北宋半山，崭然后起。匡衡抗疏，刘向传经。员馀庆岸然，以半千易名。岭[④]以东，繇是有桐城之学。古文掩于八比，震川韫山俪[⑤]语，弃自中年。异之曾亮，述学三九；几索解人，传灯六一。善哉居士，刘蕡[⑥]不第，吾辈[⑦]羞颜；罗隐无名，秀才说过。要是，一脉千钧[⑧]之重，岂啻[⑨]二十七松之贤？（《黄任初先生文钞》原注：粤廖柴将《廿七松堂集》）天方荐瘥，终身不复东面；时无所后，吾道于焉西行。文翁石室之遗，锦江泽永；尹珍函丈之下，牂牁流长。时

① 原载《黄任初先生文钞》，第35～37页。又载姚梓芳《秋园文钞》卷上，香港侨光印刷所1950年版，第101页。以下所引《秋园文钞》均用此版本，不再出注。

② 《秋园文钞》本作"未见"。

③ 《秋园文钞》本作"宿儒耆学"。

④ 《黄任初先生文钞》本作"领"，今从《秋园文钞》本作"岭"。

⑤ 《黄任初先生文钞》本作"丽"，今从《秋园文钞》本作"俪"。

⑥ 《黄任初先生文钞》本作"贲"，今从《秋园文钞》本作"蕡"。

⑦ 《秋园文钞》本作"我辈"。

⑧ 《秋园文钞》本乙作"一千脉钧"。

⑨ 《秋园文钞》本作"岂特"。

先生年方强仕，而道济[1]天下，有如此者。出偶与人家国[2]事，与宾客言；退却常在山水间，驴子背上。收武林[3]六桥，淑气并入秋园；挹燕赵三叠，悲歌谱成学苑。插架三千多于笋，树人百年国之本。醉经乐志，泽古颐情。[4]老犹聪明，沈麟士之手写；声出金石，刘海峰之心传。因声求气之至言[5]，口耳[6]即成师友；畸刚毗[7]柔之微旨，张吴仅及阼阶。并有箸[8]书，未悭度与，所藏箧衍；都为不刊，畏庐侈数。授徒以文，鸣者仅有蜀刘（《黄任初先生文钞》原注：洙源）揭姚。末学所见，选本吾粤文者，止于曲江玉生。一师私说，颇[9]引为荣；百家箸[10]录，亦非定论。夫以彦和艰于一字，犹自负车；知几不调十年，几濒[11]投阁。而[12]南学祭酒，一见[13]优昙，贝海征文，孤青梨枣。此则陛下好武而颜驷好文，亦例诸祖生耆[14]贷与阮生耆屐而已[15]。天或未丧斯文，世殆浑忘此事。而先生入此岁来，年七十矣。满眼干戈，几人知故称心？斧凿并世寂寥。属孔李通家，李张小友。鱼泉濡呴，驱蛩依迟[16]。微武子兮，吾谁与归？抚正平曰，正得祖意。茫茫[17]西望，常叹今去之郑生；滔滔东流，不复抚弦于成子。山民橐笔，深徇修撰，卧楹之知，宁人鲜文。敢峻天生，寿亲之请。室迩人远，我劳如何？无以为礼，侑之以歌，歌曰：

---

① 《秋园文钞》本讹作“侪”。
② 《秋园文钞》本作“国家”。
③ 《黄任初先生文钞》本作“武陵”，今从《秋园文钞》本作“武林”。
④ 《黄任初先生文钞》本脱“醉经乐志，泽古颐情”八字，今据《秋园文钞》本校补。
⑤ 《秋园文钞》本作“名言”。
⑥ 《秋园文钞》本作“口语”。
⑦ 《秋园文钞》本作“畀”。
⑧ “箸”，古同“著”。《秋园文钞》本作“著”。
⑨ 《黄任初先生文钞》本作“敢”，今从《秋园文钞》本作“颇”。
⑩ 《秋园文钞》本作“著”。
⑪ 《秋园文钞》本作“频”。
⑫ 《秋园文钞》本无“而”字。
⑬ 《秋园文钞》本作“现”。
⑭ “耆”，通“嗜”。
⑮ 《秋园文钞》本作“亦例诸阮生嗜货与祖生嗜屐而已”，今从《黄任初先生文钞》本。
⑯ 《秋园文钞》本作“蛩驱依驰”。
⑰ 《秋园文钞》本作“漫漫”。

道未[1]坠地，雨晦[2]曀天。思子东山，忽焉三年。
魔高十丈，道高几许？子所至者，去天尺五。
二王三洪，以学世家。今于南安，云胡[3]不如？
古称上寿，百有二十，才过半耳。道在不息，
经儒多寿，往往而然[4]。段桂朱王，实为之前。
非经寿儒，非寿不儒。琴书千古，风雨一庐。
鹤清而颀，树声皆韵。嵩亭之前，长贻庭训。
黄岐苍苍，榕江汤汤。徘徊[5]溯洄，如何可忘？

钟（日记原注：大金）母张太夫人寿序[6]

颍川著姓，钟繇标善书之名；萱草无忧，张纲厉清节之望。不以仕而废其学，可知堂构之贤；闻其政未式其庐，已卜闺门之教。冠球君以不世清才，屈百里令长。三年风偃，一县花开。憩甘棠之阴，听舆人之诵。使君到喜，儿童骑竹马而郊迎；潘岳有亲，父老欲板舆以浆奉。民食其德，人以为荣。

自岭以东，未有如钟张太夫人者也。太夫人系出清河，家承耕读。五华钟公显廷，方励志锄经，小人有母；惊心故剑，中馈无贤。于是求弋雁于敬姜，谐伯鸾之梁妇。必有酒肉，体曾子养曾皙之心；躬执巾栉，谓寡君使婢子之意。箕帚不形于色，蕉萃靡出诸声。秋萤半囊，月夜有待客之酒；寒砧一杵，闵氏无啼饥之儿。乐夫子采芹之归，于以采蘋，虔祭先庙；禀[7]欧母画荻之训，譬彼画虎，垂惕后昆。终令幼长女归，赘秦并山阴之选，不独亲亲子子。饭信哀王孙之穷，种德于公之门，五百之孤寒垂

---

① 《黄任初先生文钞》本讹作“末”，今从《秋园文钞》本作“未”。

② 《秋园文钞》本讹作“两晦”，今从《黄任初先生文钞》本作“雨晦”。

③ 《秋园文钞》本乙作“胡云”，今从《黄任初先生文钞》本作“云胡”。

④ 《秋园文钞》本作“自古而然”。

⑤ 《秋园文钞》本作“回翔”。

⑥ 原载《不其山馆日记》第四册（1936 年 1 月 3 日），见《黄际遇日记》卷五，第 270～272 页。又载《黄任初先生文钞》，第 37～39 页。

⑦ “禀”，通“秉”。

荫；进号严氏之妪，万石之封君媪荣。人指五之之门庭，世艳二乔之夫婿。太夫人顾而乐之之中，独深生可求乎之虑。隽不疑行县而返，必问平反几人；李景让治军有年，不宽儿时之笞。宜乎钟侯诸贤昆仲，琴堂春永，怀南陔生我鞠我之恩；简书露泠，数北堂倚门倚闾之日。舟泊修岸，犹忆飘篷；檄奉公朝，敢忘覆餗？方赤眉之肆毒，煽青犊之劫灰。焚山及绵上之田，问津乏秦时之舸。太夫人誓守先陇，远遣其孥，火焚赵礼之居，躬陈大义，箭及薛包之室，无惜兼金。卒之，铜马解围，武城之薪木如故；黄巾崩角，郑公之桑梓无惊。室家叨再造之恩，比落蒙瓦全之赐。

以今思昔，援古例兹，称引嘉言，皆非溢媺。况值太夫人六十览揆，开百岁之期颐；二月花朝，播五华之椒瑞。庭深萱翳，阶前之玉树交柯；日煖春晖，海上之蟠桃齐熟。

某等瞻倾婺曜，被若慈云，介祉心同，抚尘谊切，能勿扬南国之隆化，荐鲁酒以延年。又指鲰生，粗解文章，属为贤母，略陈梗概，重违嘉命，遥献椵辞。

《畴厂[①]坐隐集》序[②]

天道恢恢，岂不大哉！弹棋六博，亦足以解纷。纷有起于天者，有起于人者。未有万物，已有天地。天地之纷，天地自解之。天地不自解之，天地或将自趋澌灭也。既有天地，乃有万物。于是焉，天地之纷，其可解者，尽力于人。其不可解者，听命于天。至于万物之纷，有生于必然者，则群焉以求其所以然。有生于盍然者，则常有一二不安于饱食之人，俯焉以穷其当然。由前者而言之，为社会之学术，为天体、地球之学术。由后者而言之，为超越之学术，为建设于数个假定或简单符号之学术。无时间性，无空间性，将始也简，终毕也巨。百学之中，以数学为女王。弈之为数，小数也；而在众伎之中，隐嘫[③]于学术之范畴，具体而微焉。

予少非多能，略通鄙事。虽不若子云深湛之思，而永怀尼山群居之

---

① “厂”，同“盦”。本篇下同。

② 原载《因树山馆日记》第八册（1937年5月13日），见《黄际遇日记》卷七，第140～141页。

③ “嘫”，古同“然”。

诫。入庙有每事之问，知十必合一之求。寄馆津沽时，尝语家人曰：

它年里居，资以永日者，写字与著棋二事尔。

五十而游于齐，经月不入城市。枕畔长侣，弈谱而已。于晚明来国手遗局，类能倍诵之。入车造车，出门不知其合辙否也。时亦驱车历下，求诸酒肆博徒间。世衰道微，是区区者，亦不数数见。起而言者，多于鲫；坐而隐者，非今世之人之所喜也。

自客岁归粤，何子衍璿相从治数之外，无日不以棋学相切磨。因以尽识东南弈人黄（原注：松轩）、曾（原注：展鸿）、冯（原注：敬如）、卢（原注：辉）、陈（原注：镜堂）、潘（原注：权）、谢（原注：侠逊）、罗（原注：天阳）诸子，最后又得龙少年（原注：庆云）、何童子（原注：醒武）。岂惟衔杯酒，接殷勤之余欢？我车既攻，我马既同。白日西匿，炳烛继之。周旋战坛之下，揣摩戎幕之间者素矣。纵未为王以前驱，亦叨从军之记者。养由基穿杨百步，华不住策马三周。其伎至此乎，可按图索骥也。武夫力而斗诸原，儒生坐而议其后。转战苦思之陈迹，举步失足之指评。或未尽入彀中，要亦存其大略。

粤东象棋前辈名最著者，有若巫之苏，胡之林，（原注：见上月《越华报》）而名局竟无一存。吾为此惧，成《畴厂坐隐集（初卷）》，藏因树山馆中。人有恒言：好事者为之也。夫子不曰：为之，犹贤乎已乎。任初之自序云尔。

《万年山中日记》（第一册）序[①]

平生作日记，不下五六次，作辍无恒，良用愧恧。

所见有《曾文正公日记》《翁文恭公日记》，皆手笔影印本，致深爱之，而卷帙繁重，直[②]复不赀，非寒家所能购有。随阅大凡，聊为过屠门

① 原载《万年山中日记》第一册（1932年6月10日），见《黄际遇日记》卷一，第2页。日记各册序之日期若无标记，则以册首之篇日期为记，或据日记他篇记载推知。

② “直”，通“值”。

之嚼而已。比日又得图书馆所庋《越缦堂日记》五十一册，亦原迹景[①]印，纵读酣浸，神情飞越。

乃复执笔札记，写其心影。非但无问世之心，并乏备忘之意，兀坐斗室，用以自娱乐云尔。

《万年山中日记》（第二册）序[②]

日记之为体，原无一定程式。

自惟怠荒抱愧，蓬转为生，既深及身无能为役之烦，复怀儿辈豚犬已耳之感，乃于执鞭之余，札记存之，并其篇目，以资取订。

今世读书之事，乃至不易言矣。后生小子，有不克相从问学，或株乡不获明师者，以予斯记，助其爬梳。敢云空谷之足音，聊比老马之辙迹。

《万年山中日记》（第三册）序[③]

顾氏《日知录》，亦日记之类也，郑重瞻顾，审之又审，可称百世不磨之书。刘梦莹日记，则言情之作也，言动心影，纤毫毕书。（原注：年来杭州三角恋爱案，哄动一时，今尚在上诉中）亦备法官定谳之具。就日记而言，未可有轩轾于其间也。

予治学之朴，既惭昆山；写实之文，又愧屋漏。望古遥集，学步未能。俯仰之间，弥觉进退失据，致可伤已！

《万年山中日记》（第四册）序[④]

山中无消夏之方，日长如岁；乱后读《小园》一赋，心枯于僧。

间亦效冯妇之下车，逼迫上道。幸不为冯驩之弹铗，归来有家。勒马

---

① “景”，通“影”。

② 原载《万年山中日记》第二册（1932年7月13日），见《黄际遇日记》卷一，第90页。

③ 原载《万年山中日记》第三册（1932年9月6日），见《黄际遇日记》卷一，第186页。

④ 原载《万年山中日记》第四册（1932年9月26日），见《黄际遇日记》卷一，第263页。又载《黄任初先生文钞》，第39页。

不待临崖，入山何须被[1]发？

盗窃文史之末，因循书数之间。（日记原注：六艺——礼、乐、射、御、书、数）箕坐岩颠[2]，厕身蟫（日记原注：《尔雅》："蟫，白鱼。"）蠹。斯亦由之，不知其道而为之，犹贤乎已者矣。

方今中秋风飞，中原云涌，先生以困人天气，中酒心期。客去必手一编，兴来辄书数纸。未可贻之好事，或以寄彼知音。蒹葭可怀，蟋蟀入户。时闻虫声之唧唧，助予獭祭之翛翛。结念芳华，游心道艺。但求克己，何用不臧。若以方人，则吾岂敢？

任初自序

《万年山中日记》（第五册）序[3]

先生就馆于海之濒，稗贩绝学，肩负传薪。其道大觳，（日记原注：《庄子·天下篇》："其道大觳，使人悲，使人忧。"大觳，无润也）其生不辰。奄有讲席，徒数十人。加减乘除，言之谆谆；言稽筹策，如数家珍。退食自公，与古为邻。古今枘凿，艺器杂陈。日记盈寸，大疵小醇。多岐（日记原注：俗作"歧"）亡羊，其徒断断，（日记原注：《史记》："洙泗之间断断如也。"）栩然自得，走俗抗尘。

徒曰：

> 异哉！先生之学。伊古经生，学称曰朴，一经可遗，比玉之璞。不[4]则哗世，睽睽所目，策名清时，蜚声流俗。安能泯泯，藏诸韫椟？吾侪从游，信道颇笃。窃所未喻，敢请发覆！

徒言未竟，仆诮于旁：

> 闻诸人言，衣锦还乡，宗族之荣，闾里之光。仇雠膝行，亲厚扶

① 《黄任初先生文钞》本作"披"。

② "颠"，通"巅"。

③ 原载《万年山中日记》第五册（1932 年 10 月 18 日），见《黄际遇日记》卷一，第 357～358 页。又载《黄任初先生文钞》，第 40 页。

④ 《黄任初先生文钞》本作"否"。

浆。我来田间，引领相望，共指达人，以爷呼黄。胡云是歆，苟无相忘。曾是北来，终日皇皇。炳烛咿唔，闻鸡彷徨。无显者来，曰善刀臧[①]。

先生之风，山高水长。子云解嘲，孟坚宾戏。宋玉东方，厥创文例。平子应问，亭伯达旨。《进学》《送穷》，亦师此意。望古遥集，学尤未至。锄经致知，胠匧典记。幼学壮行，百无一遂。违古悖今，婢叹奴咥。人之多言，云亦可畏。吾以钩稽，安其寝馈。岂敢盘桓，有所希冀？民食刍豢，流分泾渭。尔无我嬲，先生已睡。

壬申二十有[②]一年十月任初自序

《万年山中日记》（第六册）序[③]

自左氏、屈原，始以文章自为一家，而稍与经分。（原注：《困学纪闻》卷十七引汪彦章语）曾涤生亦谓，左氏传经，多述二周典礼，而文辞烂然，浮于质矣。其序《湖南文征》，又谓《离骚》诸篇，为后世言情韵者之祖。

夫言之无文，则其行也不远。然言之无物，则载道亦托空言。故扬[④]雄曰：

今之学者，非独为之华藻，又从而绣其鞶帨[⑤]。

君子于此，以觇学术之隆替也。马班史书，列传儒林，蔚宗后书，乃析“儒林”“文苑”为二，坐致代有间言。斯亦礼乐分崩，典文残落之余，所末[⑥]如之何者。蔚宗不云乎：

---

① “臧”，古同“藏”。

② 日记原文衍一“有”字。

③ 原载《万年山中日记》第六册（1932 年 11 月 4 日），见《黄际遇日记》卷一，第 456～458 页。又载《黄任初先生文钞》，第 41～43 页。

④ 日记原文作“杨”，今正之。

⑤ 《黄任初先生文钞》本讹作“悦”，今据日记原文校正。

⑥ 《黄任初先生文钞》本讹作“未”，今据日记原文校正。

自是游学增盛，至三百余生。然章句渐疏，而多以浮华相尚，儒者之风益衰矣。

士生千载之后，抗志文治之隆。虽欲痛自濯磨，丰其毛羽，而利歆于朝，学嚣于市，一齐也而众楚，辙北焉而辕南。姑未论通经至不易言，通经亦复何用？文章可以华国，文章亦等刍狗。而所谓经者，何经？通之之道安在？所谓文者，何物？文之何以成章？此中人语云：不足为外人道也。按刘熙《释名》：

经，径也。如径路无所不通，可常用也。

是即放诸百世，俟诸圣人，而不惑无疑者。《尔雅》岂为字书？久侪经传之列；《周髀》首言积矩，尤为算经之冠。［原注：近儒亦以《几何原本》及 Salmon《圆锥曲线论》比于《圣经》（*Bible*）为三杰作］原夫上古结绳而治，将始也，极人事之至简。洎乎巧穷符号之学，将毕也，尽宇宙之奇观。吾侪终以为论道经邦，燮理阴阳者，不区区囿于饮食男女之间。于是焉，崇六书九数以补羲皇三坟五典之遗，推汪、洪、李、孙以为湘乡三十二子之殿后之论者，庶莫之能易也。又按《说文》：

文，错画也，象交文。
章，乐竟为一章，从音十。十，数之终也。

余杭章师曰：

文学者，以有文字著于竹帛，故谓之文。

是知不特传之管弦，播之诗歌者，方为文章。诗词既称有声之画，表式[①]亦为无韵之文。披图可读，原属无音；按谱而稽，具有定则。凡夫八风从律，百度得数，皆谓之章。周旋中规，折旋中矩，皆谓之文。文章之

① 《黄任初先生文钞》本脱“式”字，今据日记原文校补。

道，通乎神明。通一经者，皆与其选。吾儒挟其学问思辨[1]，委它乎迹象豪[2]厘之末，游弋乎埃壒沆瀣之表。其所耳闻而目见者，远出乎四体五官之感触；其所心会而神怡者，极之于调和彣彰之美妙。私以不龟之手，弹此无弦之琴，笙镛以间，鸟兽跄跄。闻此中人私相告语曰：天下之文章，在乎是矣！予衰将艾，惧失攀援。窃以余勇，赓此绝业。吾庐无恙，何事弓旌？名山可臧[3]，不耤[4]声气。朴学者，毕生之遐功；文章者，不朽之盛事。为斯言者，（原注：方彦闻序董方立稿语）可与共学而已。世无仲尼，当不在执鞭之列。

江河万古，日月经天，空山无人，权自鞭策，是为信条，即以自序。

《万年山中日记》（第七册）序[5]

予之重为日记，五月于兹，尚未间辍。其中得失，可略言焉。

循日读书，过境豙[6]忘。矧迫衰年，尤苦罔沕。（日记原注：《招隐士》："罔兮沕[7]。"王逸曰："精气失也。"）自为此记，日知所无。羡鱼结网，亡羊补牢。襞积之劳，亦收寸进。其得一也。

学海汪洋，师友暌绝。私门讲学，冣（日记原注：聚也，与"最"异）书已难。幸近高密，时沐流风；（日记原注：高密，去青岛百三十里，康成故里也）叨接兰台（日记原注：汉臧秘书之宫观），常供秘笈。摭所闻见，实其简编；孵彼嘉言，攘为已出。虽不敢久假不归，然亦恶知其非有。其得二也。

先生述之，门人记之。传习有录，日知成书。登此[8]鳣堂，（日记原注：见《后书·杨震传》）益惭俭腹。用自札牒，以存爬梳。虽写定之难言，已呴濡之有自。（日记原注：《庄子·天运》："相呴以湿，相濡以沫。"）留之它日，或以覆瓿；遗诸子弟，聊愈兼金。鉴覆辙于前车，认识途于老马。其得三也。

---

① 日记原文为"辨"，揆诸上下文，当系"辨"字笔误。

② 《黄任初先生文钞》本作"毫"。"豪"，通"毫"。

③ "臧"，古同"藏"。

④ "耤"，古通"藉"。

⑤ 原载《万年山中日记》第七册（1932年11月19日），见《黄际遇日记》卷二，第2页。又载《黄任初先生文钞》，第43页。

⑥ "豙"，同"遂"。

⑦ 日记原文作"分勿"，今据《楚辞·招隐士》正之。

⑧ 《黄任初先生文钞》本脱"此"字，今据日记原文补正。

其他人事变迁，阴晴演化，瓜桃投答，盐米出纳，不免并存。骂坐豪门之态，绝索冠缨之辩，时附见焉。此先生之负局[①]，亦入圣之障魔也。为失为得，不自知矣。

壬申十一月[②]，任初自序

《万年山中日记》（第八册）序[③]

日记者，一个人之流水簿也。子张书诸绅，志之不敢忘也；颜渊退而省其私，省其所私得也。然则私门著述之最夌[④]乱无章者，莫日记若也。然记述中之最可自信，而非有所为而为者，又莫日记若也。日知其所无[⑤]，月无忘其所能。有得即书，不假排比。此或天下之至愚者，方肯为之。顾成名与成学，不全相同。学问之事，又非尽出诸天下之至知者。爱迪生之成功也，自云得之灵感者什之一二，得之血汗者什之七八。夫知而不行，与不知等。不实行者，不为真知。行之不券[⑥]，时有新知。

是故以际遇之顽鲁，望道而未之见，而仍怀此以自壮也。况所治者，乃极抽象而论证极严之学。机稍纵而即逝，思稍钝而即塞。驽马十驾，辄昧前程；愚公移山，失之眉睫。个中甘苦，惟于青灯有味时聊自知之。然此境已不过日月至焉而已矣！

山居无人事之苦，往往经月不入市廛，而所得者仅止于此。知难而不敢退，又未始非此茕茕相依之日记，有以策予也。是用作序，敢告执羁。

壬申大雪，任初记

---

① 《黄任初先生文钞》本作“负屑”，今据日记原文、《列仙传·负局先生传》正之。

② 《黄任初先生文钞》本讹作“日”，今据日记原文正之。

③ 原载《万年山中日记》第八册（1932 年 12 月 9 日），见《黄际遇日记》卷二，第 101 ～ 102 页。又载《黄任初先生文钞》，第 43 ～ 44 页。

④ “夌”，古同“凌”。

⑤ 《黄任初先生文钞》本讹作“亡”，今据日记原文校正。

⑥ “券”，通“倦”。

《万年山中日记》（第九册）序[①]

壬申之岁，自六月迄于岁莫[②]，积日记成八册。亦越癸酉，忽忽四阅月矣。

此四月中，舟车者一月，旅居者半月，园居者一月有半，余则教授为生，盖卒卒无须臾之间焉。而知非之年，瞬将届矣。

此四十九年间，销磨于妻子、仕宦之场者半；销磨于旁搜枝骛者，其半之半；销磨于舟车、酒食者，又其半之半。然则所专之业，能占几许时日，概可知矣。

数其齿，则群推祭酒之长；叩其学，则未脱学步之童。以今所记观之，彰彰可证也。

自今以往，将复令后之视今，亦犹今之视昔乎！则不如其无记矣。

癸酉四月十九日，任初补叙

《万年山中日记》（第十册）序[③]

万年山者，国立山东大学，旧国立青岛大学之所在地也。地居青岛之西南，当日德人聚兵于此，筑营其间，三面环山，一面当海。东海雄风，隐然具备。今则修文偃武，弦歌礼乐，三年于兹。

余于己巳五月，罢官河洛，假馆是邦，鞅掌半生，风尘盈袖，甫入斯竟[④]，诧为仙乡，窃吹草堂，撄情幽谷，有菟裘终焉之志矣。

又忆甲子之冬，飞鲸沉舟一役，仅以身免。尔后岁月，胥属余生。入此山来，尤便藏拙。

一饮一啄，定之于天；一字一记，反求诸己。抚膺开卷，庆幸良多。吾舌尚存，息壤具在。闵予小子，敢告仆夫。

癸酉五月二日漏尽，任初自序

① 原载《万年山中日记》第九册（1933年4月19日），见《黄际遇日记》卷二，第140页。

② “莫”，古同“暮”。

③ 原载《万年山中日记》第十册（1933年5月2日），见《黄际遇日记》卷二，第234页。

④ “竟”，通“境”。

《万年山中日记》（第十一册）序[①]

天下事之最不易为者，莫自欺若也。天下事之最不可为者，又莫自欺若也。细数平生，未至释书，以嬉畔道，而奔弃于君子，归于小人者，严父邱兄督于前，良师益友策于后。耳入中岁来，授徒自缚。学不习，则虽欲道听涂说而言无所资；行不修，则身受十手十目而形无所遁。心亦劳矣，日以拙矣。而返躬自问，既觉进退失据。数君之齿，尤惭犬马之年。甚矣，修业进德之未易言也。

去夏山居，逐日为记。回首今日，适周一期。鸡肋自伤，獭祭同消。只有一节，可告寸心。其事伊何，毋自欺也。夫屋屚[②]之间，帝天如在。夜课梦寐，日课妻帑。述之亦庸言庸行之常，行之乃希贤希圣之业。欲致其道，各有其途。儒家以主敬存其诚，杂家以息心摄其虑。吾以岭峤末学，敢希寡过之蘧大夫；窃以稷下之游，有怀晚学之荀祭酒。策驽马以十驾，惟吾子有九思。欲群居而骋谈，不如退而自省也；欲临渊而羡鱼，不如退而结网也。嗟嗟！放心之求，稍纵即逝；知耻之勇，有闻斯行。日记于我，如影随形；我于日记，如响应声。咨尔日记，参前倚衡；咨予小子，修辞立诚。中心危者，其辞枝；失其守者，其辞惭。辞，与其不忠也宁默，与其誓也宁释。（日记原注：《左传·哀公二十四年》“是誓言也”，注：“言不信也。”）荚而游诸侯，何国不容，而自令若是。

已而已而，先生休矣！而今而后，吾知勉夫！

癸酉蒲节后二日，任初自序

《万年山中日记》（第十三册）序[③]

在昔伯厚《纪闻》，容斋《随笔》，汇群言之渊数，垂异闻于宪章。四部而外，别辟町畦。终老之勤，赖兹汗简。（眉批：彦和《序志篇》：“夫诠序一

① 原载《万年山中日记》第十一册（1933年5月31日），见《黄际遇日记》卷二，第331页。又载《黄任初先生文钞》，第44～45页。

② “屚”，古同“漏”。

③ 原载《万年山中日记》第十三册（1933年11月2日），见《黄际遇日记》卷三，第2～3页。又载《黄任初先生文钞》，第45～46页。

文为易，弥纶群言为难。”）

尔后余姚《待访》，昆山《日知》，并冣[①]微言，时存大义。（眉批：冣，积也，才句切，冣目、冣录、冣善、冣恶，皆作冣。最，犯取也，祖外切，《庄子·秋水》：“鸱休夜撮蚤，察毫末，昼出瞋目而不见丘山。”《释文》：“‘撮’，崔本作‘最’。”段云：“学者知有‘最’字，不知有‘冣’字久矣。”）

有清胜国，稽古名家，或述经义于过庭，或记读书于东塾，莫非日积月累，成其山壤海流。晚有湘乡，踵以常熟，汉宋无择，仕学兼优，则亦巍巍等身，藉藉人口。间虽醇疵互见，殊复精力逾恒。席彼遭逢，丰其述造，迥非枵空汴李，掠影浙袁，所可媲拟已。清代殿军，浙东《越缦》，儒林文苑，韦布素王，仰挹清尘，默参素业。信乎空群冀北，莫之或先；独步江东，谁为之后者哉！（眉批：《王筠传》：“除[②]尚书殿中郎。王氏过江以来，未有居郎署者，或劝逡巡[③]不就。筠曰：‘陆平原东[④]南之秀，王文度独步江东，吾得踪[⑤]昔[⑥]人，何所多恨？’”六朝重北人轻南士，语详《越缦堂日记》五册七叶）

间尝论之，使赵括竭毕生材智，以著兵书，未必出孙吴之下；韦宏嗣舍著史之长，以事博奕[⑦]，未必非吴国上选。（日记原注：《吴志·韦曜传》：字弘[⑧]嗣，少好学，能属文。为太子中庶子时，蔡颖好博奕[⑨]，太子和以为无益，令曜论之。孙亮即位，诸葛恪表曜为太史令，撰吴书。华覈曰：今曜在吴，亦汉之史迁也。又云：曜之才学，亦汉[⑩]叔孙通之次也。然曜卒为孙皓所诛）而或以臣心如市，求忮未忘；或以偕隐无俦，专业不一。浮湛郎署，踯躅路岐。滋致慨于古人，宁无惭于日记邪！用是自序，并以解嘲。

癸酉九月既望，任初识

---

① “冣”，同“聚”。《黄任初先生文钞》本作“最”。

② “除”，日记原文作“为”，今据《梁书·王筠传》校正。见〔唐〕姚思廉《梁书》，中华书局1973年版。下同，不再出注。

③ 日记原文脱“逡巡”二字，今据《梁书·王筠传》补正。

④ “东”，日记原文作“在”，今据《梁书·王筠传》校正。

⑤ “踪”字后，日记原文衍一字，不辨，今据《梁书·王筠传》删正。

⑥ “昔”，日记原文作“古”，今据《梁书·王筠传》校正。

⑦ “奕”，通“弈”。

⑧ “弘”，日记原文作“宏”，今据《吴志·韦曜传》校正。见〔晋〕陈寿著、〔宋〕裴松之注《三国志·吴志》，中华书局1959年版。下同，不再出注。

⑨ “奕”，通“弈”。

⑩ “汉”字后，日记原文衍一“通”字，今据《吴志·韦曜传》删正。

《万年山中日记》（第十四册）序[①]

予尝观日记，于商贾者矣，曰流水薄；（日记原注：即“簿”字）（眉批：《说文》无“簿”字，于“寸”部“专”字下曰：“六寸簿也。”段注谓后人易“艸”为“竹”以分别其字耳。六寸簿，盖笏也）于工词章者矣，曰饾饤录；于观气象者矣，曰纪[②]度表。又尝察人类之日记矣，曰历史；考大地之日记矣，曰地层。顾仅有流水薄，非有术以综核之，曷以知商贾之盈朒也？饾饤小录，非有文以铺缀之，曷以呈词章之靡丽也？纪度成表，非有函数以统驭之，曷以推阴阳之变化也？凡此皆须及时写定，不假它人。若夫历史者，人类递嬗之蜕迹；地层者，大地凝结之年龄。或则广穷绝域，及身难成；或则上溯大荒，百年为暂。要皆由博以归于约，由变以求其通。

吾人之逐日为记，将为人乎？抑为己虖？为己而为之，则所记者胥己所已知者也。何吾子之不惮烦？为人而为之，则所记者率非人所必欲知者也。何为执涂人而聒之？然又不见夫剧中人乎？袍笏登场，自呼小字，举步启齿，弦管随之。儿时观剧，以为古之人如是如是，奈何今之异于古所云也。天下事之不可解，大率亦如是耳。责天下皆尽可解之事，亦犹乎误视科学为万能之学。有一日知其不然，废然而返，则又以天下无必然之是非，无一当吾意可为之事。

仆愚不肖，不知天下尚有何等可为之事，而今天下，无暇知此山中有此无[③]能为役之人，则以是终焉可矣。日居月诸，敢告斯记。（日记原注：“敢”，犹云不敢也。《左传》庄二十二年：“敢辱高位。”犹如言不如也。僖二年：“若爱重伤，则如勿伤。爱其二毛，则如服焉。”）

癸酉初冬，任初自序

《万年山中日记》（第十五册）序[④]

盖闻学有为人与为己，人各有能有不能。是以颜子虽愚，不为易地之

---

① 原载《万年山中日记》第十四册（1933年11月27日），见《黄际遇日记》卷三，第99～100页。又载《黄任初先生文钞》，第46～47页。

② 《黄任初先生文钞》本作“记”。

③ 《黄任初先生文钞》本脱“无”，今据日记原文校补。

④ 原载《黄任初先生文钞》，第47～48页。

举，以殉天下之溺；渔人虽贪，不为非分之干，以冀蛟龙之获。

盖闻尘埃野马，瞚息已非；流水逝川，昼夜不舍。是以蟪蛄朝菌，亦有春秋；伏枥抚髀，自伤迟莫[①]。

盖闻不狂为狂，不笑不足为道，各是其是，一是难绳众非。是以孟子之滕馆，人疑其窃屦；郭泰遇雨，时人皆为折巾。

盖闻善炫美者，工臧[②]其拙；老于耕者，不失农时。是以李谐善用三短，因瘿而举颐，因謇而徐言，因跛而缓步；董遇善用三余，冬者岁之余，夜者日之余，阴雨者晴之余。

《万年山中日记》（第十六册）序[③]

二旬于兹，家园养拙。孺人稚子，白屋藜羹。是亦乡人，言咨故实。

所居之邑，裂土于明。于《禹贡》属扬州之分域，于《汉志》为揭阳之南交。震泽底定，厥田上上。

所居之民，来自中土。于元和著盛唐之文物，于德祐衍南宋之衣冠。韩庙陆祠，民不忘本。问其礼俗，则冠昏[④]丧祭之仪节，信而有征；稽其语言，则八声五音之古言，失而在野。筚路蓝缕，邑于岐山；负耒若耜，盛于聚族。

黄虽积弱，介于陈蔡之间。独以相忍，远遵江夏之训。溯其本支，兴于高祖。三妃宫下，五世其昌；凤山书院，家庙在焉。（原注：振祖祠前火药局，旧为凤山书院，雍正六年立，见《县志》）革命军兴，兵事压境。一椽之地，克保弦歌俎豆之常；岭海之滨，时枉海内长者之辙。

忝食先德，有负明时。遗书在楹，白云在天。

曾涤生云：

> 不敢以浮夸导子弟，不敢以暴弃贻父母之遗体[⑤]。其有所进，幸

---

① “莫”，古同“暮”。

② “臧”，古同“藏”。

③ 原载《黄任初先生文钞》，第48～49页。

④ “昏”，古同“婚”。

⑤ 《黄任初先生文钞》本脱“体”字，今据《曾国藩日记》校补。见〔清〕曾国藩《曾国藩日记》，岳麓书社2015年版。下同，不再出注。

也；无所进也[1]，终吾身而已矣。

敢述旧风，以要[2]嘉誉哉！

甲戌上元，际遇自序于澄海振祖祠

《万年山中日记》（第十七册）序[3]

不事耕耨，不知稼穑之囏[4]难也；不自芟治，不知心苗之芜蔓也。

客岁云莫[5]，乞假南归。省墓之余，兼治小学。勉能自守，不役于物。孳孳一月，兹事又废。子舆四十，已不动心；我年五十，方有所悟。不役于物，已感匪[6]易；不役于心，尤觉其难。凡夫名利等等，先生于此，更复何求？独于骨肉之间，未免有情，谁能遣此？

祭灶前日，陡丁奇痛，举饧罢咽，对客无言。年事未终，征途已始。一身未了，何日归休？负米为谁？废书而叹。魂忽忽如有失，行伥伥以何之？欲呕出心血耶！

不有博弈者乎？谁是博徒，可从之游？窃以奕[7]旨，可坐而隐。一切得失，纵暂忘情；一子后先，未肯罢手。不必云此物虽小，可以喻大；但卧听山中一叶，天下已秋。

风满空山，心如止水。莫问吾舌之尚存否，姑扪我心在腔里无。

甲戌立春日，任初山中序记

《万年山中日记》（第十八册）序[8]

不其山下，拜赐三年；苜蓿斋中，一卧惊岁。问客何能？曰：是不能

① 《黄任初先生文钞》本作“其无所进”，今据《曾国藩日记》校正。

② “要”，古同“邀”。

③ 原载《黄任初先生文钞》，第49～50页。

④ “囏”，古同“艰”。

⑤ “莫”，古同“暮”。

⑥ “匪”，通“非”。

⑦ “奕”，通“弈”。

⑧ 原载《万年山中日记》第十八册（1934年4月27日），见《黄际遇日记》卷三，第195～196页。又载《黄任初先生文钞》，第50～51页。

也。问客何为？曰：无可为也。是知其不可而为之，非斯人，徒如之何。其闻斯行之，有日记在。山中正多岁月，皮里自有春秋。用数晨昏，以自序记。

夜如何其，晓月在牖；日之出兮，为天下先。邻鸡膊膊，重车碌碌。披衣而起，挹泉而漱。呼奚浇砌，开户纳鲜。阿涧可依，部娄接武。蹒跚曲径，却曲荒园。两袖清风，一盂早粥。于时日在隅中，寅宾东作。窃吹驴技，滥竽鳣堂。数之为数，小数也；先生之志，则大矣。辨究毫厘，推极宇宙。言者袂耸，闻者色飞。闻所闻而来，何患无君二三子；见所见而去，从先生者七十人。谓以是为绝学之传，吾斯之未能信；姑舍是为执鞭之士，则敢问其所安。人各有能有不能，事有不为非不能者。以树木之计树人，或曰：求其在我，无买山之钱买砚。臣本少不如人。日之方中，退食自公。或招客而共酌，或拥书而相从。抵掌讥弹古今人，借箸欲为天下雄，则何为纷纷然？肆残杯之狼藉，复乱书之鸿蒙，乌用是栖栖者？既四方兮蹙蹙，复一枰兮丁东。客有时而不可得，道无时而不可通。

长啸空山，呼月出夷，犹偃仰鰓鰓然。计一日之难尽，又奚暇哀吾生之靡穷！

《万年山中日记》（第十九册）序[①]

盖尝与修学术通志，抽读儒林诸传，因以辨先哲修业之涂轨，窥道艺之畛或[②]矣。凡一学之成科，其将始也极简；一人之成材，其登高也自卑。浸以继长增高，不辞土壤；积功致力，不废舟车。终令蕞尔附庸，蔚成大国。明德之后，遂生达人。此非一朝一夕之故，尤非一手一足之烈矣。

吾于畴人之术，亦历三十年。则于日记之前，不惜盈尺。地循四部，部居之序，为九数，数理之谈可乎。伊昔圣门，六艺不废象数一科。洎唐而《算书十经》，已列选士之制。原其作者，乃命羲和。谁其广之？问于商高。历象日月星辰，经天而纬地。广三修四隅五，卧矩以知远。苟求其

① 原载《万年山中日记》第十九册（1934 年 5 月 15 日），见《黄际遇日记》卷三，第 294～296 页。又载《黄任初先生文钞》，第 51～53 页。

② “或”，通“域”。

故，千岁可坐而致。后有作者，圣人不易其言。兹道若大路然，由之复使知之。奚止五五之开方？岂复九九之贱技？如有易其一字，臣欲谢以千金。古有存者，皆国门之可县①；今之建树，尤举世所共宝。窃欲修其原理定则，勒成《算经》之书，与《尔雅》《说文》并殿群经之后焉。子部百有七家（原注：梁庾②仲容《子钞③》所录一百七家。宋后失传）杂家十而八九。薄解文章之士，空谈性命之徒，群相托言神农，著书《明鬼》。惟兹论数，非侈谈玄。德在新民，功在明道。其分道扬镳也，则为形、为数、为音、为力，各极其别开生面之观；其通功合作也，则参天、网④地、穷理、尽性，而胥呈殊途同归之理。以究万物之情，以通天人之际，可谓控名积实，参伍不失者矣。史书之兴，人文所系，虽有来轸，厥赖前车。浑天之仪，光在东汉；圆周密率，明于南齐。（日记原注：张衡、祖冲之）欧史早著张衡之功，不待核之《汉志》；日儒特定祖率之语，本来名从主人。译"借根""天元"之法为东来，或未免六经注我；断毕达哥拉禅贩自中国，则犹是公论在人。

慨自畴人分散，邹大失居，史臣失官，历法中落。纵徐文定有崛起之势，而梅征君寡同术之俦。何名山之寂寥，仅传仪徵一传；望阙里之多士，谁续《金匮》之篇者哉？呜乎！谈天者摩肩稷下，一指而泰山不知；哗世者拾慧齐东，等身而倚马可待。诸所云云，异乎吾之所闻；公等碌碌，所谓依人成事。吾远考西京艺文，近征美芝学府。天官历谱之鸠录，卷可盈千；寿世华国之鸿业，地必数辈。稽之上古，则如彼；考之与国，复如此。斯乃行之者远，发扬邦国之光；言之有文，宏启宇宙之秘者矣。与居与稽，不薄今人爱古人；以佃以渔，毋令造物笑我拙也！

甲戌初夏，任初自序

---

① "县"，古同"悬"。

② 《黄任初先生文钞》本讹作"庵"，今据日记原文正之。

③ 《黄任初先生文钞》本作"抄"，今从日记原文作"钞"。

④ 《黄任初先生文钞》本作"两"，今从日记原文作"网"。

《万年山中日记》（第二十册）序[①]

《论》《孟》之书，门弟子记孔孟之言及其行事已耳。以后例之，亦日记者流也。

文学之途，弥延日广，乃至有假托狂者、喑者、鳏寡者、怀春者，置身非人之竟[②]，或置身盖棺之中者。无若有，虚若实，以心生竟，随趣成文，设身处之，亦日记者类也。

古昔师徒，口耳相授。周秦以降，笔简乃繁。长啸钓名，曲学阿世。掩父书为己出，信史难诬；背师约而名成，爰书具在。（眉批：Cardan 背其师 Janlaglia 之密约，发表三次方程式之解法，世呼“卡氏解法”）枕中秘笈，盛张对客之谈；都下刻书，窃自老儒之手。伪书如落叶，野草生春风，徒灾汗牛，自同刍狗耳。

惟自来日记，尚未有窜前人之名。若假它人之手为之者，以其事本可不为而为之，犹贤乎已。所学何以自信？曰：吾斯之未能信。躬自存录，不待弟子之传薪。事出寻常，无烦作家之弄斧。考古人之生卒，应是赐也之贤；谱一己之平生，究嫌夫子自道。

长门无赋，小序自婴云尔。

《万年山中日记》（第二十一册）序[③]

山中一雨，秋思盎然。远水欲波，臣心可照。

六旬来，似年长夏，驹隙悠悠；五十后，来日夕阳，予怀渺渺。自伤始满，焉知不如；岂耻无闻，实疾没世。加齐卿相，夫子不动心否乎？媿鲁诸生，君子知天命者也。青山名士，须一饮兮三百杯；红豆故人，致尺素兮五千里。浇其心苗之槁[④]，馈以啖蔗之甘。不观野草无名，复时蕴后

① 原载《万年山中日记》第二十册（1934 年 7 月 1 日），见《黄际遇日记》卷三，第 387 页。又载《黄任初先生文钞》，第 53～54 页。

② “竟”，通“境”。本篇下同。

③ 原载《万年山中日记》第二十一册（1934 年 8 月 25 日），见《黄际遇日记》卷三，第 486 页。又载《黄任初先生文钞》，第 54 页。

④ 《黄任初先生文钞》本作“稿”，今从日记原文作“槁”。

凋之秀；漫谓篱瓜有意，何长如久系之匏。

无语燕泥，空梁飞落；老人马齿，抚髀踟蹰耳！

甲戌圣诞，黄际遇自序

《万年山中日记》（第二十二册）序（一）[①]

比以闭门，比于坐废。

妻孥[②]南徙，雒鼎东迁。秋风莼鲈，故国旗鼓。时用迟回，能不怆恨？

顾念书缺有间，庭除正宽。俯仰之余，啸歌以之。丹铅狼藉，若对薄书。青史豕鱼，如扫落叶。晨鸡警晓，野马流光。独策峻坡，无伤逝水。年不可假，大耒必奇。心之所安，非亦胜是。

不习女工，宁当举博士邪？如此竖儒，几败乃公事耳！经儒将绝，痼习难忘。永戴遗贤，怀我风爱焉尔！

甲戌中秋后五日，畴盦自序之一

《万年山中日记》（第二十二册）序（二）[③]

《四库提要》分史部为十五类：曰正史，曰编年，曰纪事本末，曰别史，曰杂史，此史之总体也；曰诏令奏议，曰传记，曰史钞，曰载记，曰时令，曰地理，曰职官，曰政书，此史之分支也；曰目录，曰史评，此史之冠冕也。

晋之《乘》，楚之《梼杌》，鲁之《春秋》，一也。惟《春秋》乃昭耀万世，以尊圣人故，炳焉与经同风。类列正史者，《史记》与《汉书》尚矣。纪传与编年，分峙二体，犹《春秋》之于《尚书》，至唐以备，不愆不忘焉。宋袁枢作，乃年次旧闻，厘为纪事本末。昔之以人以年为经者，兹则以事为经矣。自此以降，胥外传裨官者楙也。《国语》之于《左

---

① 原载《万年山中日记》第二十二册（1934年9月28日），见《黄际遇日记》卷四，第2页。又载《黄任初先生文钞》，第54～55页。

② 《黄任初先生文钞》本作“帑”，今从日记原文作“孥”。

③ 原载《万年山中日记》第二十二册（1934年9月28日），见《黄际遇日记》卷四，第2～4页。

氏传》是已。然旧事遗文，往往而在。如《东观汉记》，如《贞观政要》，亦不可废也。故立别史、杂史二类以系之。史之为体，尽乎此矣。

然治道之隆，宨人治之。（眉批：宨，乌瓜切，《吴都赋》：“宨隆异等。”“窊”，亦作“窳”）文野、天时、地利之蜕嬗，无一不于史焉寄之。故《史记》有十表八书，《前书》有八表十志，以补纪传之疏，而贯编年之绪。治史者，犹虑其未尽，分立专科。自诏令至奏记，皆虑其未尽以存实录者，类也。自时令至政书，皆分立专科以核世变者，类也。

若目录与史评者，则又何说？《春秋》文简而事赅，目张而褒贬已具。迁叙三千年事，五十万言；固叙二百四十年事，八十万言。（原注：刘知几语）（眉批：刘知几《烦省篇》引张世伟语）虽文辞烂然，而浮于质矣。乃自序传以领其纲，复缀论赞以见其意。固又立艺文志，以总结文治之源；晔又时附序论，以致慨盛衰之理。

不治史者，直朝菌、蟪蛄而已矣！通一经，则群经可通；专一史，则诸史可举类焉。吾自述治史之迹，以序吾记焉尔。

自序之二

《万年山中日记》（第二十三册）序①

龀而读书，免夏楚也；少而读书，干科名也；壮复读书，博禄养也。今垂老而读书，何如哉？

人之生也，耳欲闻，目欲见，口欲言，心欲思。所见局于方隅，所闻囿于道听。言之辞惭，思之腹俭。而含饴焉，鼓腹焉，过焉若忘者，非无怀氏之民，则深于道者之所为也。

吾身既不能安于畎亩，术复疏于叔孙，诡遇奚从？

望古遥集，斗室之内，驰思八纮，（眉批：《淮南子》：“八殥之外而有八纮，亦方千里。”注：“纮，维也，维络天地而为之表，故曰纮也。”字亦作“纲”）及夜未央，直追千古。不见来者，乃见狂且。幸觉昔贤，如或诏我。出门荆棘，披籍汪洋。落叶不知，闻音而喜。以是与世浮湛，看日早晚耳！

甲戌秋归，畴盦自序

---

① 原载《万年山中日记》第二十三册（1934 年 11 月 4 日），见《黄际遇日记》卷四，第 105 页。又载《黄任初先生文钞》，第 55 页。

《万年山中日记》（第二十四册）序[①]

夫楚人谓乳曰彀，故言释乱为治。地之相去不必千里，时之相去不必千岁。同一时也，而夏夷异言，朔南殊制；同一地也，而风尚县隔，文野暌违。言语道穷，娄旷同慨。余杭博通古语，而主讲楚鲁，动赖舌人。今代号太学生，有不知周公，安问断句？国殊风异，自古而然；人十马四，于今为烈。非今人之独拙，亦昔人之所难。中远称太山太守，北面见绝于郑生；季长以一代大儒，伏阙受书于班妹。师弟火薪，有资口耳；诗书襟带，久等弁髦。卿读《尔雅》不熟，我以《汉书》下酒耳！（原注：《晋书·蔡谟传》：谟初度江，见蟛蜞大喜，曰："蟹有八足，加以二螯。"令烹之。既食，吐下委顿，方知非蟹。谢尚曰："卿读《尔雅》不熟，几为劝学死。"）

读群雅后记。（原注：《小学考》卷三至卷八子目特详）

甲戌冬至之夜，任初

《万年山中日记》（第二十五册）序[②]

昔子固不以舟车废学，亭林所至载书自随。古人于学，如影俪形。无事非学，无地非学。

揽予平生，常在行役。龀年应试，已餐风尘。十五计偕，云经沧海。年年去国，岁岁依人。自少而然，垂老犹尔。徒以负米，重伤倚闾。虽有辟纑，惭未执屦。孤羁万里，迁谪卅年。此卅年间，祁寒祁暑，以公以私，非舟即车，一岁数出，旅食为生，什一以上，综而计之，不下三年。险阻艰难，纵曰备尝；般乐怠荒，敢云知免。

五十之年，忽焉已届。闭门不得，望洋瞿然。及腊霜天，一肩行李；惊心旗鼓，数响鸣钲。舟子半旧识之俦，流波激新痕之恨。脉脉心事，独话天宝当年；轧轧机声，底事人间春水。凭栏远眺，欹枕幽思。难罄百斛，存兹一叶焉尔。

小寒节后二日，胶州湾新宁舟中自次，畴盦

---

① 原载《万年山中日记》第二十四册（1934年11月17日），见《黄际遇日记》卷四，第206页。又载《黄任初先生文钞》，第55～56页。

② 原载《万年山中日记》第二十五册（1935年1月8日），见《黄际遇日记》卷四，第308页。又载《黄任初先生文钞》，第56页。

《万年山中日记》（第二十六册）序[1]

自壬申五月至乙亥二月，为日记二十五册，多于臣朔所诵，未得胜之一读。季刚赠句云："等身日录成惇史。"（眉批：《礼》："五帝宪，养气体而不乞言，有善则记之为惇史。"）奖之也。

而余年五十一矣。《史记》谓荪卿年五十始来游学于齐，冣为老师，三为祭酒。孔子亦云："加我数年，五十以学《易》，可以无大过矣。"（原注：何晏本作"五十"解，言以知命之年，读至命之书）世拟荀卿，五十当作十五。晦庵据刘说，"五十"伪自"卒"字，皆非也。思则老而愈妙，老学何伤？朝闻道而夕死。人而不学，以前种种，坐多岐而忘羊；以后种种，宁守株而待兔。同志致如日方中之祝，吾道深天下皆溺之忧。仰钻微言，俯拾坠绪。如扫落叶，毋数逝华。畴盦曰：是吾志也。

《万年山中日记》（第二十七册）序[2]

中华民国二十四年乙亥，五月十六日，假馆胶东，暇辄治史，追理旧业，因作诗曰：

惟臣之先，世守一经。臣受父经，云方五龄。
礼传章句，甫龀而斁。父曰嗟嗟，母伸佔毕。
不琢非器，不通非儒。女[3]往旃哉，寻师而徒。
遭学之乱，乐崩儒黜。礼失其官，小子何述。
负器委质，鄙野越国。挹彼菑畲，疗我荒殖。
所志者大，所学者小。唯书与数，茫茫远绍。
辍耕太息，芸人之田。曾是悠悠，遂尔卅年。

---

① 原载《万年山中日记》第二十六册（1935 年 3 月 28 日），见《黄际遇日记》卷四，第 409 页。

② 原载《万年山中日记》第二十七册（1935 年 5 月 16 日），见《黄际遇日记》卷四，第 521 页。又载《黄任初先生文钞》，第 57 页。

③ "女"，通"汝"。

料量所得，两袖清风。便便私謿[1]，谓将毋同。
无闻非耻，自欺为耻。但视昔人，立身何似。
用是俛[2]焉，将至不知。憙以茅苇，自植藩篱。
羊亡牢存，道大岐多。以经订经，执柯伐柯。
经奥史繁，子庞集泛。方摭班陈，俌[3]以《通鉴》。
一文之异，考遍六书。钟鸣呼食，谓姑徐徐。
清儒董古，已云卓绝。书缺有间，迟予而决。
时得一解，欲起古人。古人不作，敝帚自珍。
声在树间，绿满窗前。楹书具存，吾将终焉。

《不其山馆日记》（第一册）序[4]

今胶州国学，位于青岛东南隅，西去海岸一里而弱。三面负山，山无主名，或不成名。询之刍荛，而土著之民无存焉。即青岛之为名，仅见于同治十二年所刻《即墨县志》，有文曰：

青岛，县南八十里。

七字而已。如此江山一句无，我为昔人媿[5]之。

然当年萑苻盘踞出没之虚[6]，樵渔纵斤晒网之所，今则游屐多于江鲭[7]，矗阁栉如立樯。即此鸱夷讲武之场，浸成东鲁雅言之舍。南山之南，北山之北，悠然可闻弦诵之声。东海之滨，北海之滨，傥有若夫豪杰之士乎，闻夫朱育之对濮阳，汪中之张广陵。昔之大夫，既山川之能说；后之作者，可数典而忘祖哉？惟是退之不谪，韩江无名；子厚不文，愚溪

---

① “謿”，同“嘲”。
② “俛”，通“勉”。
③ “俌”，古同“辅”。
④ 原载《黄任初先生文钞》，第57～59页。
⑤ “媿”，古同“愧”。
⑥ “虚”，古同“墟”。
⑦ “鲭”，古同“鲫”。

谁识？封泰山，禅梁父，彼特席帝王之资；书带草，不其山，何莫非师儒之泽？夷考其地，隶即墨，近经师之居。汉县不其，背劳山之脉。劳山两见逢传，论名应从主人，不其为其二名，李注撷自《汉纪》。

我以东南之末学，倦游京洛而卜居。虽挈史云之甑，囊书不匮；因赁伯鸾之庑，暇日尚多。居东逾姬旦之年，著录过臣朔所诵。计篇百三十，太史公未自名书；逐食至何时？不其山假颜吾馆焉尔！量室以斗，循墙而走。不必痴百年之想，而不甘弛一日之肩。惭我仆夫，回君俗驾。

铭曰：

宛彼不其，东海之湄。存齐孤城，拒汉边陲。
一战余威，荒岛涛肆。虽七十城，愧五百士。
灏莽①之风，郁为儒宗。漫山百万，厥角如崩。
虽以巨君，不得而臣。将安归兮？劳山之龠。
山川寂寥，千载而遥。乃有一士，屈居郑侨。
愚迹涧阿，孤馆幽谷。三鳣爰止，伊谁之屋。
自弃于世，自封其庐。王绩无功，颜回弗如。
耻彼黔驴，乃颂狐父。舍本逐末，于林之下。
鬼瞰其室，山寿亿年。斯馆斯记，何容心焉！

《不其山馆日记》（第二册）序②

三月以来，舟车殆半；五十而后，记诵愈艰。偶亦属文，如临废井。心不应口，矩不从心。体弱气庞，视今犹昔。独于此记，必以自随。海内无君，更无责我。山妻畏市，甘儿历齿。天涯共苦，复有何人？则我于

---

① “莽”，古同“莽”。

② 原载《不其山馆日记》第二册（1935年10月6日），见《黄际遇日记》卷五，第2～3页。又载《黄任初先生文钞》，第59～60页。按，将《黄任初先生文钞》第57～60页所载《不其山馆日记》第一册序、第二册序与本文对校，可见本文为《不其山馆日记》第二册序，而《黄际遇日记》影印本编者误以该册为《不其山馆日记》第一册。实则《不其山馆日记》第一册已佚，仅存第一册序文，为《黄任初先生文钞》第57～59页所录存。

君，亦托忘分。君之得失，我能道之。子桓《典论》，士衡《文赋》。辨[①]析体势，如律有科。彦和《文心》，深入腠理。（眉批：《隋书·儒林传·王孝籍传》："怀抱之内，水火铄脂膏；腠理之间，风霜侵骨髓。"）神采肤貌，绘影于声。降及桐城，件类十三。晚如《涵芬》，（原注：侯官吴曾祺）子目及百。长沙《类纂》，施诸骈文。申耆、孟涂，早张此论。法令如毛，义法名家。论世论文，并觇世运。又如书道，晋意唐法。九宫说起，八法弥衰。入清馆阁，朱丝为牢。纤步登堂，举止失色。法之愈密，真意益沦。末流苦之，溃篱突矣。就中书启，冣盛于时。述学抒心，略无碍滞。家各别集，集必有书。追答秣陵，凭君乌有。粤若之解，盈字万余。语录入文，集高及尺。梅亭《类文》，标准四六。《留青》成集，等之优俳。岂惟质文，相胜为忧。直以饩羊，告朔并废。若夫札记，古列裨官。王顾通儒，为之而显。挚甫持此，代序湘乡。（原注：《求阙斋日记》李合肥序）《越缦》短之，未知自出。以今观之，信有不然。《纪闻》命意，本诸过庭。日录所知，语存卜子。《论语》恶记，孔氏之徒。三省发私，曾颜绍之。侍坐有言，浴沂可咏。终于乡党，申申夭夭。大义微言，往往而在。以论日记，此为大经。子舆之志，发诸门人。亭林无徒，及身论定。惟我求徒，难于求师。利赖斯记，更相师友。为勤为惰，孰得孰失。不待览者，自能辨[②]之。即论学文，看日早晚。失巢之鸟，亡牢之羊。少乏师承，老谁杖叩？求知于世，既耻负车。自得于心，岂无弊帚？存兹一念，庶少欺人。谁有百年？以是没齿耳！何悲秋草，窃比老彭。

乙亥重九，任初自序

《不其山馆日记》（第四册）序[③]

维时寒重风高，地荒天迥。石尤飘发，猿唳啸哀，黔薶晦冥。秉烛于未莫[④]，凄清凝冷；飞花于崇朝，未若柳絮。因风天涯，何处适居？山阴小雪，足音涉噤。莫笑白头，当牖之青山亦老；何无履迹？待诏之东郭未

① 原文作"辧"，当系"辨"字形讹。

② 原文作"辧"，当系"辨"字形讹。

③ 原载《不其山馆日记》第四册（1936年1月1日），见《黄际遇日记》卷五，第266页。又载《黄任初先生文钞》，第60～61页。

④ "莫"，古同"暮"。

归。（原注：《史记》：东郭先生久待诏公车，贫困饥寒，履有上无下，行雪中，足尽践地，道中人笑之）

夫以腊祭盛时，流民罢乞；刚风过境，鸷鸟不飞。傲霜无残菊之枝，交柯危坠巢之卵。而予也，在外之年，逾于重耳；高卧斗室，乃类袁安。（原注：《录异传》曰，大雪丈余。洛阳令身出案行，见民家皆除雪出。至袁安门，无有行路。谓安已死，令人除雪入户。见安僵卧，问何不出？安曰：大雪人皆饿，不宜干人。按《后书》本传李注，据《汝南先贤传》，文同，并曰：令以为贤，举为孝廉也）门外雪深，尝侍明道于海曲。（原注：适得居东宗师林鹤一先生之耗。辛酉冬，渡美洲，拜先生于仙台，门外雪深三尺）五十过二，感怀文举之论书。庸羡鹤氅之韬轩，朱门在望；（原注：《晋书》：王恭衣鹤氅衣，绕雪行，时人谓之神仙中人）敢忘兔园之交友，青鸟可明。（原注：江淹《与交友论隐书》："谁谓难知？青鸟明之。"）负驴背之诗情，卜鸡声而起舞焉尔！

乙亥岁尽，畴盦自叙

《因树山馆日记》（第一册）序[①]

游子轻去其乡，慨然有四方之志。在陈忽思吾党，浩然兴盍归之怀。去鲁何止十四年，亦已半生车马；学《易》敢期五十后，忍令上国衣冠。（眉批：铁夫签云，"忍令上国衣冠"句，与上"学《易》"句相接，未明用意。信如所言）落日边城，萧萧堕叶，大风永昼，悠悠黄河。追理曩从，不胜逝水之感；低徊来轸，爰草去齐之篇。

我年甫冠，担簦五羊。一罢计偕，遂度东海。羽毛未满，急于自售。津馆五载，方及三十，薄游江汉，一卧十年。京雒之馆，冣为祭酒。翱翔馆阁，缁尘素衣。葆我初衷，卒应齐聘。

志业未就，而吾年将五十矣。偶爱清胜，逐栖山下。久无远志，未卜当归。阿涧栖迟，以避世弋。闭门埽[②]轨，往往弥月，不见一士，可与共学。发为学记，达百万言，汰砾披沙，或终无得。然浪游半世，孤馆六年，悉索敝赋，尽在是矣。稷下之人，谈者数万。急功牧马，挟策亡羊。食禄此邦，羞称王绩。仅一亚父，亦无能为。一夕数惊，相呼伯有。或致

---

① 原载《因树山馆日记》第一册（1936年2月13日），见《黄际遇日记》卷六，第2～3页。又载《黄任初先生文钞》，第61～62页。

② "埽"，古同"扫"。

寇至，如居武城。百尔君子，雄雉于飞。被发伊川，若敖鬼馁，柱下史守，杞室嫠尤。自有百年，不可一日。去来今古，高密安邱。郑乡匪遥，于门在望。非略世尚友，安能少日此居乎？江南草长，春水涛生。折柬故人，舣舟门吏。谁谓宋河之广，毋令谓秦无人。约坚十年，杭轻一苇。池北旧馆，履丌[1]可怀；瀼西高斋，草堂未圮。曝麦迟诵经之侣，历齿速投耒之归。一经可终余年，百钱亦支一日。采药卖卜，昔贤不羞；柴车羸牛，老子与之。名山其人，付之不可知者而已。

不其之馆，只在此中；因树为屋，请自隗始。

《因树山馆日记》（第二册）序[2]

先人之敝庐无恙，南中之景物何如？在昔哀赋江南，不无危苦；节持塞北，谁与为欢？归与有怀，浩然而决。正桑麻之春及，遇村尨如旧识。何待秋风，方思莼鲈；坐看落日，不知早晚。早与晚其代序，春九十而已度。洛阳花事，理咏何人？山寺钟声，瓦釜乱之。一例春士，千迴逝波[3]。只在山中，先生安往？粤秀之秀可餐兮，为君造闭门之轨；荔枝（眉批：《汉书·司马相如传》作“离支”）之枝可折兮，无人知一骑之尘。冡[4]傍要离，先赁伯鸾之庑；言经旧苑，有吊守真[5]之文。（原注：古公愚有文，表：明南园诗社女侍张丽人墓，名乔，字二乔[6]）溯榕水于望溪（原注：秋叟），登东山而思鲁（原注：叔明假馆东山）。汝坟赓豚鱼之格，（原注：陈达夫专[7]攻鱼类）象胥来万国之同。（眉批：马融《广成颂》：“朔狄属象胥而来同。”）（原注：罗节若治英诗二十年）亦有三绝王瞻，五噫梁妇。（原注：何衍璿棋艺几突前人，伉俪称最笃）唯弈秋之为听，（原注：时从黄松轩游）未逢羿之弯弓。（原注：及门张黄李刘辈时相过从）善数闻诸大夫，（原注：数理系同人刘俊贤、袁武烈、柳金田、黄绎言，无日不会）谈天高于

---

① 《黄任初先生文钞》本讹作“兀”，今据日记原文正之。

② 原载《因树山馆日记》第二册（1936 年 5 月 6 日），见《黄际遇日记》卷六，第 128～129 页。又载《黄任初先生文钞》，第 62～63 页。

③ 《黄任初先生文钞》本作“千逝迴波”，今据日记原文正之。

④ “冡”，古同“蒙”。

⑤ 《黄任初先生文钞》本作“贞”。

⑥ 《黄任初先生文钞》本脱“名乔，字二乔”，今据日记原文校补。

⑦ 《黄任初先生文钞》本讹作“等”，今据日记原文正之。

骀衍。（原注：门人张子春以天文名家）五步之内，北郭买春；（原注：林本侨每夕结伴信步）一斗冣欢，西园载酒。（原注：罗节若、朱谦之、张葆衡，连夕招饮西园）订期裹东坡之腹，（原注：增城邹君约五月啖荔枝）执简征南史之编。（原注：广东通志馆订聘有年，来速稿草，时温丹铭在馆）斯并越王台边，畸人胜侣；贾珠潮长，独士孤踪者也。孝先眠罢，还读我书；嗟来食余，存为私记已耳。

丙子莫[①]春，任初自序

《因树山馆日记》（第三册）序[②]

自壬申中夏，癸甲乙丙，四年之间，所存日记，凡三十有四册。日凡有记，咸能自序。何许子之不惮烦此？夫子之自道也。卑卑者，何足道哉？好事者，薄而观之。或谓其四年如一日，或谓其一日如四年。闻前之说，吾将勉焉；闻后之说，女安之乎？长日如年，重门却客。斋冷于寺，树秃如僧。时有小鸟，倦飞依人。间以蝉声，点缀清夏。室人剑挈，三五小子，树根踑坐，听书声风声，不问其和谐不也。山馆主人，醉余睡足，琐琐自记，从吾所好云。则何以四年如一日也。五岳归来，四十已迈。始辨[③]津逮，弥畏榛梐。月旦论人，敢学汝南许劭；乡里于我，犹是吴下阿蒙。卒以治书，菟[④]裘可营；溷于授徒，廉隅自励。燠寒休暇，升斗余粮。文史三余，妻孥一饱。与游率在陋巷，课耕惟卜阴姓[⑤]。亦有刚日柔日之分，要皆莫究莫殚之业。吾乌知其今日之无以殊于昨日，而不敢不以是终其身焉。四年云乎哉！然未甘安于一日如四年也。作息游处，如日之恒；进修问学，如月之升。富有之谓大业，日新之谓盛德。七部六经，先民馈人以菽麦；大象小数，大块假我以文章。振愚公移山之智，饫鼷鼠饱河之量。惟日不足，与物相忘。虽微至一饮一啄，必耻一物不知，则《群雅》释物诸篇，日必亲焉。山川行役，询及一丘一壑，则《山经》《水经》二书，动必咨焉。记言记事，自为起居之注，则释词训诂之学，

① “莫”，古同“暮”。

② 原载《因树山馆日记》第三册（1936年6月29日），见《黄际遇日记》卷六，第248～249页。又载《黄任初先生文钞》，第63～64页。

③ 原文作“辦”，今据文意亦为“辨”。

④ 《黄任初先生文钞》本讹作“蒐”，今据日记原文正之。

⑤ “姓”，古同“晴”。

惭不逮焉。雕虫小技，为之犹贤乎已，则《石经》《象赋》之作，时犹及焉。若夫咏物之词，伤逝之什。春蚕秋草，非无病之呻，鹳鸽鸥鸮，著刺讥之隐。君子或有取焉。如谓处士，乃谤国之称。著书供覆瓿之具，是则非予之所知也夫。

丙子五月，任初倚树自序

《因树山馆日记》（第四册）序[1]

半生事业，百不足道。未龀受书，垂老茫然。授徒为生，燕楚豫鲁。息影羊馆，略有可言。

庚戌迄今，传经象数。祀逾二纪，徒号三千。小数之技，等诸弈[2]人。徒之置师，亦如弈[3]棋。或则以封，子犹洴澼；未闻大道，吾岂匏瓜？

结念辞华，比事秋草；有怀倚马，涸迹雕虫。敢云事出沉思，义归翰藻；时或传之简牍，事异篇章。藩溷未充，口碑已实，播诸好事，近于胭巫。食荐食刍，口之于味；善歌善讴，人孰无情？岭外梅开，粤峤荔熟。臣心如水，吾道遂南。十种《算经》，古文一卷；六书雅诂，斗室千秋。断金友生，扪桀为日。文衰同[4]惧，嫂溺谁援？

分坐皋比，标名骈体。敢辞不舞，维梓与桑。彦和《文心雕龙》独擅，商隐史侧祭獭何讥？一日之长，居吾语女；一字之改，安则为之。得失在心，酸咸孰共？以待来者，敢告仆夫。

丙子秋中[5]，任初自叙

---

① 原载《因树山馆日记》第四册（1936 年 9 月 24 日），见《黄际遇日记》卷六，第 371 页。又载《黄任初先生文钞》，第 65 页。

② 《黄任初先生文钞》本作“奕”。

③ 《黄任初先生文钞》本作“奕”。

④ 《黄任初先生文钞》本讹作“是”，今据日记原文正之。

⑤ 《黄任初先生文钞》本乙为“中秋”，然据日记原文，《因树山馆日记》第四册始于 1936 年 9 月 24 日，即丙子年八月初九日，今正之。

《因树山馆日记》（第五册）序[①]

舞勺倍经，（日记原注：《周礼·大司乐》注“倍文”曰“讽”，谓不面其文而读也）亦四十载；珥笔学记，略百万言。辄轘所经，穷日之出入；筹策所布，凿幽乎乾坤。祭酒三推[②]洛泗[③]之间，退而放乎牂柯江[④]下。（日记原注：《汉书·地理志》“番禺”条下补注云：浪水迳番禺城下。《汉书》所谓“浮牂柯，下离津，同会番禺”，盖乘斯水而入越也。先谦按《郦注》，郁水分浪，南入海者也。《一统志》又云：牂柯江，亦即郁水东支，自三水县南流，迳南海东入番禺县界，又东南至虎门入海）乃启箧而视，何为传书？庭�之思，弥负生我。狂生不胥时而落，梧鼠以五技而穷。无本之学，直禽犊耳。

昔者戏语季刚，谓：

> 君辈日以音均[⑤]、训诂课士，而不课之读经。试问一音之变迁，一义之正俗，将何资以[⑥]取决焉？

季刚旋又檄予曰：

> 子自向国外治绝业，予终不为子低首也。

此虽为友朋相狎相谑之私，要犹友直友谅之公。省记曩言，几为泪隳[⑦]。宿草不哭，后死难诬。

尔乃陇畔锄经，尊前雠汉。微言绝诂，赞叹奚穷。日月江河，景行行止。拾柱下苦县之坠绪，羞穷经致用之虚声。凡夫兰陵奇字，阳翟春秋，侍中旧文，司农雅训，即洒扫应对之细，悉礼乐名教之存。挟策补牢，自

---

① 原载《因树山馆日记》第五册（1936年11月13日），见《黄际遇日记》卷六，第501～502页。又载《黄任初先生文钞》，第65～66页。

② 《黄任初先生文钞》本于“推”字下衍“于”字，今据日记原文删订。

③ 《黄任初先生文钞》本讹作“洛洛”，今据日记原文正之。

④ 《黄任初先生文钞》本作“之”，今从日记原文作“江”。

⑤ 《黄任初先生文钞》本作“韵”。“均”，古同“韵”。

⑥ 《黄任初先生文钞》本作“而”，今从日记原文作“以”。

⑦ 《黄任初先生文钞》本作“堕”，今从日记原文作“隳”。

公退食。晨窗洒日，亲蟫简之衣鱼；落月[1]寒衾，拥兔园而祭獭。乙乙思绪，丁丁棋声。时起伏于水涘岩阿，扪萝拨云，往往在也。

丙子立冬既[2]五日，因树山馆主人狩于长洴之野

《因树山馆日记》（第六册）序[3]

试望平原，轻烟笼树；黤黪夕阳，迷离老圃；莫[4]鹳倦飞，鸷鸟敛羽。沧浪罢謌[5]，湘灵停鼓。几人衣锦还乡？何处一抔[6]之土？灵落古人，凄其山雨。灯影雨声，相望终古。笘痕犹新，青毡早破。展卷温经，如追忘者。亦过伯鱼之庭，敢效孝先之卧。补南陔之逸诗，于上宫之牖下。琅琅经韵，漫漫长夜。腊春宵杵，暧村遥和。

古称儒学司徒，是属设教敷化，移风渐俗。胄子诵书，齐民知学。万古江河，终食菽粟。汉家宰俌[7]，经儒名宿；朝有疑事，言必经术。翁子贫家，毋弛担薪之诵；东海德门，并解曳泥之读。

嗟予好古生苦晚，即今虎贲亦典刑。净洗雒尘郑公乡，驻车问字杨子亭。陵谷有万变，纲维只一经。昬[8]黄风亦黑，钟声赖寸莛。东南儒术殷大辂，承尘不废敝箳篂。底事农鸡鸣不已？眼中大宙终冥冥。

《因树山馆日记》（第七册）序[9]

岁行在丑，我来自东。爰居石牌，寒暑云迈。

颇悔生平，多事风尘，不自勠力。耄将及之，食指驱我，行脚劳人，荒研四方，一枝信宿。伊优北堂之上，落寞南海之频[10]。铗弹归来，视吾

① 《黄任初先生文钞》本作“日”，今从日记原文作“月”。

② 《黄任初先生文钞》本作“又”，今从日记原文作“既”。

③ 原载《黄任初先生文钞》，第66～67页。

④ “莫”，古同“暮”。

⑤ “謌”，古同“歌”。

⑥ 原文作“杯”，当系“抔”字讹。

⑦ “俌”，古同“辅”。

⑧ “昬”，古同“昏”。

⑨ 原载《因树山馆日记》第七册（1937年3月26日），见《黄际遇日记》卷七，第2页。

⑩ “频”，通“濒”。

家所寡有；卧尽昼日，致弟子之私嘲。嗟也可去，谢也可食，诚则顽薄。不如一囊，坐爱清幽，免其束带，低昂陈籍，邪许村农。然则今日之梓里晨昏，松风襟綦，未始非当年破毡一袭，夜粥三诃之所赐也。

白鹄未赋，陌上耦子玮之耕；（原注：《后汉·崔琦传》）穷鸟何伤，门下惊元叔之哭。东皋嗜酒，不累邑令之猪肝；（原注：《后汉》闵仲叔贡事）北山移文，长谢长者之车辙。

《因树山馆日记》（第八册）序

——述旨篇[①]

旨不可得而述邪？吾乌乎知之；旨果可得而述邪？吾乌乎知之。

吾游学历齐楚之竟[②]，返而放于珠崖之间。望道而日以远，教学而术益疏。所日以为诵读者，古人之糟魄；所日以为程课者，今人之禽犊。栖栖焉，皇皇焉。惟日不足，穷年莫殚。遂以是终焉矣乎，则局蹐而不自安；（原注：《说文》无“蹋”字，《小雅》本作“不敢不局”）待其人而与之乎，又扞格而不相入。大道以多岐[③]而亡羊，补牢已晚；鼠壤有余蔬而弃妹，为术不仁。（原注：《庄子·天道篇》）子有说以处此乎？

则以臣之术观之。臣少诵诗书，冠习象数，中好执笔，闲事弈棋。观夫《文赋》《典论》，言盈数千；《九章》《十经》，析穷杪黍。尼山不有言乎？辞达而已矣。夫道若大路然，安有捷径也？道之支流，不废百术。泰峄片石，斯相不朽；世间二事，坡公未能。窦泉《述书》，上通倚杵。过庭《书谱》，譬诸金针。亦有兰成《棋经》，弘嗣《弈论》。隶首迷术，樵夫烂柯。并有著书，咸能自序。后人之逸，前人之劳。今不异于古所云，师但以之授诸弟。何求不得？何谋不臧？然而有不然者。以予观古人之言，半为劳者自歌；以予稽今人之行，何殊筑谋于道。桓公读书堂上，轮扁释椎而言：斫轮，徐则甘而不固，疾则苦而不入。不徐不疾，得之于

---

① 原载《因树山馆日记》第八册（1937 年 5 月 9 日），见《黄际遇日记》卷七，第 127～128 页。

② “竟”，通“境”。

③ “岐”，通“歧”。

手；不甘不苦，应之于心。心之所会，口不能言；手之既运，心或未至。有数存焉于其间，有旨存乎数之外。孰主张是？孰维纲是？不泥故实，不立常声。禄有世家，学无常师。臣不能以喻[1]臣之子，臣之子亦不能受之于臣。埏埴罔穷，非工炉所能运；彀率之子，于拙射为徒然。是以臣行年七十而老斫轮，吾亦若将终身而甘刍豢。世无仲尼，山东无足问者；（原注：《郑玄传》语）家有颜子，郑生乃今去也。纵乌头马角，吾不改夫此度也。有入室操矛，吾亦将授以此著也。如其不然，请俟来哲。

《因树山馆日记》（第九册）序[2]

自壬申夏五月迄今六稔之间，成《万年山馆日记》二十七册，《不其山馆日记》四册，《因树山馆日记》八册，外《集录》十二册，（原注：《越缦外集》一册，《观弈记》一册，《名手弈谱校录》十册）凡册之数，五十有一，都六十余万言。

姜子尝曰：

> 册六十叶，叶二十行，行一尺，蜿蜒三四十里矣。以蝇头细书，成此巨业，子志良苦！

冣[3]近被[4]书，则以覆瓿自伤也。逾甚貌是，万物曾刍狗之。不若不仁哉，造物也然。吾侪讵以轧轧之机声，辍其茕茕之灯影哉？中郎之《汉史》未续，弘嗣之《吴志》难成。坐令悠悠，长此寂寂，风云黯黯，天地晦冥。不信遂无怀忠抱介之夫，申其守缺抱残之誓者。流火可以铄金，移山不可夺志。人间何世，久矣夫！已而已而，柱下成书。矢之曰：“而今而后！”

丁丑大暑节中，任初自记

---

① “喻”，通“谕”。

② 原载《因树山馆日记》第九册（1937年8月1日），见《黄际遇日记》卷七，第221页。

③ “冣”，同“最”。

④ “被”，通“披”。

《因树山馆日记》（第十册）序[①]

夫人生必有事。黎明即起，洒扫庭除。事也。鸡鸣而起，孳孳为利，孳孳为善。事也。均是人也，而人所事者，至不一。

以予所知，吾邑有一人焉，其事不与人殊，而其专心致志于所事事，惟日不足，毕生无闲。则恐九垓之内，无第二人焉。斯亦及今不纪，后恐无述者类也。其事维何？曰烟与茶。

辨色而兴，罗列烟若茶。所用器皿，累累满阶下。以两盆汲清泉，渍茶具其中。别燃缶炉，以待亨[②]焉。炉火必用木炭，躬刓斫之，皆作圆墙形。非新泉不汲，非瓦尊不贮。一俟炉火纯青，而后置缶罍其上。燃烟管，横陈，未可以入口也。则挹之，注之，拂之，涤之，去瑕净垢，动逾炊许。时也，茶孰[③]香初，口齿俱冽，凝眸含气，肝脾稍舒。而灶婢呼食，方知亭亭日午矣。既饭，复饮吸如乡晨。铺后，亦如之。无一息之或懈，无一顷之饱尝。夜乃既阑，草草入寝。盖终日无一刻之暇，终一生靡一日之闲。今其人尚在，可坐而致也。是亦世之逸民也已。

然则无作客逆旅之时乎？曰：有之。予于乡间时，亦遇此君，靡靡自述已事不绝口，虽不得甘烟荈，亦且快意云。只今思之，亦不知其为苦为乐也。

此记无序，以此为序。

丁丑白露节后二日

《因树山馆日记》（第十一册）序[④]

生也如寄，死也如归。偶有此生，本同逆旅。吾十有五，而志于学。自时厥后，为学为贫，不恒厥居，迄无宁岁。吾之有生，尤在旅中。日记

---

① 原载《因树山馆日记》第十册（1937 年 9 月 10 日），见《黄际遇日记》卷七，第 341～342 页。

② “亨”，通“烹”。

③ “孰”，通“熟”。

④ 原载《因树山馆日记》第十一册（1937 年 12 月 4 日），见《黄际遇日记》卷七，第 457～458 页。

之兴，亦历七载。卷逾四十，咸能自序。园居之篇，一二而止。文成三上，溷藩十年。揆之昔人，非无恒例。惟至前卷，寇迫枌榆。展记口噤，不知所云。自秋徂冬，日深一日。飘摇播迁，朝不保夕。私草此序，辱在草莽。风云变色，羁旅无归。大泽深山，龙蛇安往。我以衰迟，惭此笔力。坐对溪山，空致太息。荃誃居士，忧患相从。其所遭逢，视予尤苦。膏流断节，火入空心。（原注：《枯树赋》用《淮南毕万术》句）蜡烛春蚕，见跋剥茧。自来诗人，非穷不工。即今词客，弥噍以杀。藐是流离，同为异客。南风不竞，西河除馆。鲁酒之薄，曷销离息？楚些远游，长嗟不返。何如费我，几两之屐。诣彼七星之岩，一骑尘轻，万山屏障，原田疏旷，大江逶迤。指顾之间，累累可数。斗柄回转，参星横斜。边陲之地，山谷之灵，下锁群峦，上应列宿。下车伊始，一蕊当前。洞名碧霞，岩曰石室。空明疏宕，略容百人。喷泉可掬，悬崖欲坠。嵚崟嶙峋，不可方物。怪石高低，自成阶磴。幽岩通豁，传有仙居。石皮黝然，石破雪白。巨如卧虎，细若游鱼。斫而小之，其利倍蓰。踞石小坐，空谷生风。不信人间，留此绝境。又越一洞，指名双鱼。传蟾蜍岩，意当在是。洞口如穴，非鼠不行。童子前驱，继之以烛。举足涉潦，昂首皆磏。侧身而行，择地以蹈。但见异石，凿壁摩空。万象呈形，百思不到。或蜿蜒如蝎，蹲伏类狮。小至蚀虫，睡媳卧佛。欢喜赞叹，几濒失足。蹩躠里许，只在此中。不系之舟，夷犹石际。春江水暖，一叶通幽。洞中有天，下临无地。奇观至此，造物何心？惜乎子厚南迁，西行不到，善长《水注》《山经》无称。流俗之言，讶为陨石。女娲不作，谁为凿天？麻姑来迟，不见桑田沧海。葛仙何处？只闻长啸数声。

序于端州光园旅舍，以记为序云尔

《因树山馆日记》（第十二册）序[①]

去羊城东门二十里许，有村曰“石牌”。迤北十里，曰“长浜”。户甫盈百，口劣千数。以负郭之乡，无缓带之夫。以耕以牧，顺帝之则。盖不自知，歌于斯者，哭于斯者，卜世卜年之几何矣！天不变，道无不变。

---

① 原载《因树山馆日记》第十二册（1938年2月28日），见《黄际遇日记》卷八，第2～3页。

由今之道，有所谓国立大学者，其学之大，莫殚莫究；其道大觳，使人忧，使人悲。其为宫为坛也，方四十里，犹以为小也。于是乎，画地为牢，辟人而行。刍荛者不能往焉，雉兔者不能往焉。树十年之木，不如百年之人。一家之哭，何如一路之哭。村民何知？帝力何有？古而无死，亦非君所有也。曾不念，贾珠不来，尉佗未立，瘴雨蛮烟之地，虬龙蛇蝎，爰处爰居，则亦噩噩浑浑，与世无尤。至于四时所滋藩，土壤所盖藏，谁戕造化之生机，永为地利之鸿宝？维村之人，不我信也。曾几何时，又有援弓引缴而至者，卧榻之侧，竟令人而鼾睡也。我以饥躯，偶来赁庑。重衿未暖，早梦待温。寇从东方来，堠人传警急。东山高卧，又托空言；北山移文，请回俗驾。四无人声，声在云间，翱翔东西，叫嚣尘壒。退飞疾于六鹢，殴爵猛于鸷鹯。瞥见天末，三五在东，至七至八，望尘而北。高可万尺，响激九皋。方逸而回，乍上乍下。鹳鸽鹳鸽，往歌来哭；鸱鸮鸱鸮，取子毁巢。偷眼鼓翼，高瞻俯噬。急转斜下，浓烟矗起。砰訇震谷，历落贯珠。铜山西崩，洛钟东应。地维既折，天柱亦倾。肆虐尽一日之长，覆巢无一箭之远。共指时日之曷丧，真欲及女而偕亡。夫晋楚亦惟天所授，岂必晋民之秉彝？好是懿德，必使封内尽东其亩，其毋乃非天之所命也乎！蒿目荆天，何心伏莽；阼阶久立，岩墙亦安。亡国之大夫，既不足以图存；知命之君子，岂越境而后免？遂亦结缨待命，免胄争光。勿谓处士，纯盗虚声。使知两间，犹存正气。危坐秉笔，不废治书。未尝不欲以此为村之民进一解也。而山下之夫，迄无释耒辍耕者。则又爽然自失矣。

序曰：《石牌见机记》。以记为叙云尔

《因树山馆日记》（第十三册）序[①]

维子之居，容膝而足；维子之啄，极于满腹；维子之生，百年能几；维子之知，一粟何似。蚊虻噆血，便便待死；春蚕饫叶，长眠而已；猛虎得食，饱焉如醉；鄙夫暴富，多行自毙。乃谋国者，人满为辞。不安岛栖，爰谋陆居。芾不蔽膝，何事宽裾？席之不织，而驾安车？而又见夫有

① 原载《因树山馆日记》第十三册（1938年5月12日），见《黄际遇日记》卷八，第126～127页。

八荒乎？鸿蒙带衿，缠纬骈坒，娲石未补，禹樏不塈。曰纮何穷？曰裔何至？曰埏何缘？曰极何洎？弃其国俗，中风狂走。吞象以蛇，掩天只手。飞蝗戾空，殴爵为薮。淫威横流，孛星如帚。生也何恩，杀之何咎？天道宁论，帝力何有？螽虿有毒，困兽犹斗。而共戴天，而忍其询。（眉批：《左昭二十年传》[1]宋元公曰："余不忍其询。"《说文》：同"诟"）使巷出豭，桁出犬鸡。后羿可作，夸父非迷。（眉批：《山海经》：夸父不量力，欲追日影，逐之于旸谷，渴死，弃其杖，膏肉所浸，化为邓林）虽出于东，而没于西。泉沸霜零，风苦日凄。寇也能往，我亦能往。指不若人，知所以养。惟楚有材，辇金异壤。必有勇夫，岂吝重赏。举头见日，即此是天。惊回阵雁，气夺饥鸢。凭御空下瞰，掉翮高骞。投鞭淝水，纪功燕然。我生不辰，逢天亶怒。一枝无时，遂初罢赋。孝标四异，颜驷三遇。栖皇道左，艰难天步。大义噩噩，微言浑浑。心焉是宅，众妙之门。风之泱泱，鹑之奔奔，人之无良，我恶乎思存！

序曰：《石牌见机记（二）》。又以记为序云尔

《因树山馆日记》（第十四册）序[2]

语云：日计不足，月计有余。

凶人为恶，亦日不足。四方多故，未再稔矣。（原注：吾粤岁再孰[3]）

自从兴戎，以至今日，造次颠沛，不遑终食。笾豆寡欢，文史顿属。海嵎托命，空抚刀环；泉估与居，复生髀肉。一年报最，劣盈四卷；前卷脱稿，绵历三月。田园将芜，安问收获。我躬不阅，遑论魏晋。其为己，有如此者。

锋镝未消，名城娄[4]坠。水深火热，天灾流行。吾闻狂人，视人皆狂。人以为苦，彼以为欢。医者进药，以为鸩也。此非鸩我，胡不尔饮？亲者制肘，以为敌也。此谓厚我，盍不尔絷？一龟出匣，升木傅翼。嗜杀如醪，恶生若雠。不仁哉造物，于彼乎何尤？盖天下之生久矣！

戊寅中元节日，任初自序于香港有信庄头

---

① 即《左传·昭公二十年》。

② 原载《因树山馆日记》第十四册（1938 年 8 月 10 日），见《黄际遇日记》卷八，第 246 页。

③ "孰"，通"熟"。

④ "娄"，通"屡"。

《因树山馆日记》（第十五册）序[①]

（眉批："序"，"叙"之假借，苏集因避祖讳，辄改"叙"为"序"。或引《尚书·皋陶谟》"敦叙九族"是也）

杯渡山下之居，十有五旬矣。平生所爱名都野村，率往往不能信宿，或则仅于心目中，如或遇之。

香港互市，百年之间，漠然徒见山高而水长；薏苡辇车，葡萄入汉，信乎善视吾家所寡有者。

臣之少也，十过，都无好怀，四海罢游，视同传舍，维舟渡头，足不涉地者数矣。粤以戊寅之年，躬百六之厄。临河而返，又息西行之辙。（原注：庚午入川不成，丁丑往桂乏成）去国安往？遂同南冠之囚。湫隘嚣尘，则亦安之。人生时时作退一步想，亦觉无入不得，生意满前。耳如聆击壤之歌，身如跻矍相之圃。其居也倨倨，睡也徐徐，梦也栩栩，觉也于于。伐檀之后兮，弈无侣；弹铗归来兮，读无书。尚能少日于此，相与临风而霣[②]涕者，有敬礼定文之会，松阳若琼[③]之徒。（原注：《兰雪集》，见《浙江通志》）

任初自叙于香港有信庄头

《因树山馆日记》（第十六册）序[④]

又是一年，景物欣欣向荣。

未闻殷殷之声，已转霏霏之象。絪缊满目，造物何私？薮泽岩阿，馥芳待发。挹襟岚气，结襶春风。画桥南北岸西东，曲唐好处都行遍。鸭江水暖，阿谁先知？蜗角蛮争，干卿底事？枝头可友，竹亦我师。花落成章，猿啼亦韵。山中采药，一饱无时。松下当风，长言不足。万事岂容人

① 原载《因树山馆日记》第十五册（1938年11月6日），见《黄际遇日记》卷八，第366页。

② "霣"，同"陨"。

③ 日记原文作"石琼"。然据明人王诏《张玉娘传》（见《张大家兰雪集》，南城宜秋馆据曲阜孔蕼谷藏钞本校刊）以及明清时期的其他相关文献（见《兰雪集与张玉娘研究》，中国青年出版社2005年版），张玉娘字若琼，松阳人。"石"字为"若"字形讹，今正之。

④ 原载《因树山馆日记》第十六册（1939年3月9日），见《黄际遇日记》卷八，第490页。

有意，一春多被雨无情。（原注：宋人句）

如此江山，几番风雨。

《因树山馆日记》（第十九册）序[①]

新都燕徙，故国乌嗁[②]。鹂驹在门，蟏蛸在户。

分异三年，谪宦乃尔栖迟；时亦一舸，苍茫靡所投止。叹至尊幸蜀，没柰[③]何；天宝宫人，自师挚。适齐更休问梁园宾客，其间旦暮闻何物。鼃[④]蚋营营，瓦釜鸣。格桀钩辀，不离飞鸟；呕哑啁哳，甚于巴人。以备历九州之身，而卒艱[⑤]立锥之托。一寒至此，须贾尚念故人；十载不除，至忠终成蔽路。开府北羁，犹拜滕王之叙集；杜陵西去，更无节度之馈遗。解嘲乏文，进学罢解。宾戏不答，仆诮奚辞。（原注：李爱伯有《答仆诮文》）会南学东迁，招徕从亡之客；爰西行北粤，又是逆旅之人。吾观先生何为危城之中？窃知公子早有四方之志。惠州本非天上，（原注：苏集中语）长安近于日边。何险阻之备尝，实怀安之名败。乃脂车辖，载裹糇粻，走马来朝，刺舟宵夜。亦问津于沮溺，撎[⑥]指路之牧童。乞火僧寮，受飱[⑦]馌媍[⑧]。夜行昼伏，遇饥鹰之退飞；微服绝粮，遭野人之与块。每念王室，敢惮驱驰。深谢斗杓，照人行役。所经辙迹，东坡此地即西湖；言溯曲江，南海有人瞻北斗。朝云墓下，嗤绛桃（原注：昌黎侍姬）之不果来；风采楼前，（原注：曲江邑治有文献公祠，祠前风采楼，额署"后学陈献章书"）拜白沙而不忍去。武水清且涟漪，庾领[⑨]险殆绝兮。深山大泽，实产龙地。去邠踰梁，至于亶父设帐兴学，帛冠茆茨卑宫。曰[⑩]：

---

① 原载《黄任初先生文钞》，第67～68页。

② "嗁"，同"啼"。

③ "柰"，通"奈"。

④ "鼃"，古同"蛙"。

⑤ "艱"，古同"艰"。

⑥ "撎"，古同"揖"。

⑦ "飱"，同"飧"。

⑧ "媍"，古同"妇"。

⑨ "领"，通"岭"。

⑩ "曰"，《黄任初先生文钞》本作"日"，黄家器批注《黄任初先生文钞》本校改为"曰"，今从后者。

夫差，女[①]忘[②]越王之杀女父乎？

观从者，而知公子必反其国也。

同指山河，视兹息壤。

庚辰立冬，任初自叙

附：跋王虚舟楷书《积书岩记》尾[③]

（原注：潮安林舜阶藏）

虚舟尝引张彦远《法书要录》“长豪秋劲，素体霜妍，摧锋剑折，落点星县[④]”四语，自跋其书。（原注：《隶书千文》）其所服膺，即其所谓折肱之道也。

自唐人以法胜意，壁垒严整，只知将军。香光崛兴，上追典午，稍变唐法，贻讥妩媚。谷口、未谷以降，又尽废唐贤方正义法，竖易汉帜。终清之世，风乡[⑤]靡然。书虽小道，率无足与明人分抗者。梦楼遒健，犹不足也。

虚舟生赵董书法披昌之世，独能刻意规模率更，善用侧毫，间以瘦笔，折刀、截股、啄掠，皆雄，信可谓豪杰之士矣。

此卷用笔横入勒出，如吾腹中所欲言方笔之极则也。舜阶藏此，何止雄视一隅已哉？

卷中黑丝栏，断非原楮之旧。且多有浅人加墨之笔。断雁续凫，为悲何似？愿后之人，共宝诸！（原注：按，王澍，金坛人，字篛林，号虚舟，康熙壬辰进士，官吏部员外郎。《望溪集》有《送王篛林南归序》，可以知其人也）

---

① “女”，通“汝”。本篇下同。

② “忘”，《黄任初先生文钞》本作“忌”。今据《左传·定公十四年》“夫差，而忘越王之杀而父乎”而校改为“忘”。

③ 原载《万年山中日记》第二十五册（1935 年 2 月 8 日），见《黄际遇日记》卷四，第 343～344 页。

④ “县”，古同“悬”。

⑤ “乡”，古同“向”。

附：书《太炎先生重订三字经》后[①]

凡人不能不识字，不能不学书。

顾学书而求于掌教百数十人之家师，势所不能也。无已，则入市购字格焉，依样画墁耳。书者不知未何许人也。所书不知作何许字也。所谓乡[②]壁虚艁[③]不可知之书者，岂止诡更正文而已。家塾子弟，受书执笔，安能画犬？真成涂鸦。

目覩[④]之而不安，手绳之而未暇。乃取余杭章师重订《三字经》，县[⑤]腕端书，略去隶变盭[⑥]谬之太甚者，以遗家中束发小子。朋好中有不忍其子弟信笔作书者，亦酌馈之，不能户晓矣。

癸卯二十有二年冬至节日，澂[⑦]海黄际遇于胶州

附：跋萧琼珊翁遗墨[⑧]

萧于潮阳为右族。西园一家，名倾阖郡。五十年前，汕头新辟商埠。事业交兴，亦以新子之国；山邱华屋，难过西州之门。

乙巳之冬，一主西园。复道□[⑨]宫，亦一乡之王者。旋踵之间，主人身殉。然犹见当日商估信义之重也。

抚兹零缣，弥用怃然。卷中有邱仙根先生、徐花农督学二通，履綦之存，闻于空谷。今有吴霭林、姚秋园、陈颉龙诸跋，尤钧侣之犹存者。据锡三云，家中所存者，亦廑[⑩]此矣。斯亦故家遗泽也。

---

① 原载陈孝彻编印《书林拾翠》，澄海书法协会1997年版。

② “乡”，古同“向”。

③ “艁”，古同“造”。

④ “覩”，古同“睹”。

⑤ “县”，古同“悬”。

⑥ “盭”，古同“戾”。

⑦ “澂”，古同“澄”。

⑧ 原载《因树山馆日记》第五册（1936年11月25日），见《黄际遇日记》卷六，第528～529页。原文无题，辑校者拟题。

⑨ 原文空一格。

⑩ “廑”，古同“仅”。

六　传

黄松石传[①]

有清之季，澄海有黄松石者，海濒之畸人也。“松石”其字，一名曰“李”，人以“狂李”呼之，亦不为忤。于际遇为族晜[②]。

生不干禄，不治生产。好酒，好客，好义，尤好石。有客必酒，无客亦酒。无客，则路人皆可客。酒不备，则室中长物皆酒券。不继，则及所御之物。而兴益酣，酒益豪。客或惊而却走，则袗臂裂裾，不听且怒目及之。彼其意，谓四海之内，无不可友，无不可友而酒之也。颇聚书，要不必读。颇重宗法，要不必皆协于礼。尝与先子力成高祖之庙。庙成三十年，未尝磬要[③]展拜焉。邑中贵人巨室，更[④]于松石何有哉？以是狂益著，产益溃，客亦稍稍散矣。而魋结奉帚，蓬门自扫；葛衣虽㡚[⑤]，花径不尘。

匄[⑥]者匄于门，呼“耶[⑦]”乞食。松石以[⑧]其耶之也，则反唇曰：

我将乞汝之食耳！

---

① 原载《因树山馆日记》第三册（1936年7月23日），见《黄际遇日记》卷六，第273～275页。又载《黄任初先生文钞》，第83～85页。

② “晜”，古同“昆”。

③ “要”，古同“腰”。《黄任初先生文钞》本讹作“要”，今据日记原文校正。

④ 《黄任初先生文钞》本脱“更”字，今据日记原文校补。

⑤ “㡚”，古同“敝”。《黄任初先生文钞》本讹作“凿”，今据日记原文校正。

⑥ “匄”，古同“丐”。本篇下同。

⑦ “耶”，古同“爷”。本篇下同。

⑧ 《黄任初先生文钞》本脱“以”字，今据日记原文校补。

匄者曰：

我乞食者也。

则更忿然曰：

夫又谁限人而不可乞食耶？

方遇[①]明时，彼其才卒无所表见，人莫知其胸中蕴抱者何物，而何[②]以抗脏不平若此。

所居庐以聚石有声，大小几数百颗，石罅满植青草，作古松盘石状。其滋溉也，非得雨水则立槁。雨水不可常得，计必多方渟之滀之。莳灌之役，不能有一晨一夕之闲焉。乐此不疲者，数十年。其如何获兹石也？有躬负之百数十里之外者。入室它人，茂草已鞠。彼究非狂，宁不前知。好货好屐，有不可强同者耳。

晚岁以未[③]葬其亲之故，杖屦荒山，冀营安宅，往往数月不知去所。终乃犯吾家之不韪，强委诸祖茔之侧。虽以及老之年，躬受先子之杖，而甘如儿笞，不见怼色，以为亲受之也。论者不得卒目之为狂生，斯亦世之畸人矣夫。

朱家骅外传[④]

有浙东某人者，年四十不足。多须髯而爬剃甚勤。喜香沐，识与不识，十步之外，不掩鼻者，皆知其为朱家骅也。

家骅，今之教育部长，前之广州中山大学副校长。余馆粤学时，忝同酒宴。理科主任某陈言有将辞职者，则卒然应曰：

---

① 日记原文“遇”字下初作“盛”字，复改定为“明”。《黄任初先生文钞》本衍作“盛明”，今据日记原文删正之。

② 《黄任初先生文钞》本脱“何”字，今据日记原文校补。

③ 《黄任初先生文钞》本讹作“来”，今据日记原文校正。

④ 原载《万年山中日记》第一册（1932年6月14日），见《黄际遇日记》卷一，第16～17页。

告他递辞职书来！马上批准！我到北京可捎一大队来！

余睹其訑訑之状，屏息不敢声。客有叩余曰：

朱家骅是何出身？

余曰：

自唐以来，出于科举。自五四以来，出于天安门石狮子上。虽不尽然，取其多者论之。何必问出身哉！

作《朱家骅外传》。客有以传状太略者，则有六月十三日《大公报》所录中央大学教授总请假表示抗议在。

记陈硕友[①]

陈茂才邦彦硕友，与余家三世通好。

少负俊才，以试事格于所受业师邹某，得先兄荪五先生多方维护之，始获最录，以是常依先兄。逮先兄捐馆之后，先君子尤喜恤之，即棋酒之会，亦必招之以为欢。余游学十余年，儿侄辈教育事，几全赖之。交谊之厚，结为儿女昏[②]姻。今长媳即其第四女也。

晚岁一心经营澄海便生医院。躬走燕、齐、申、羊各处，以一秀才之力，博人之信，捐款二十万金以上。

六月二十二日，赴邻友夜宴，甫归医院即痰壅。未交丑而逝，年五十七岁。所生子方及龀，少者尚未晬也。

地方失一有用之材，岂但友朋戚党之私而已！

---

① 原载《万年山中日记》第十一册（1933年7月9日），见《黄际遇日记》卷二，第391页。原无题，本书辑校者拟题。

② “昏”，古同“婚”。

记曾刚甫[①]

曾习经，字刚甫，号蛰庵，广东揭阳人。

幼随其长兄曾述经读书。时丁雨生中丞以丰顺县籍侨居揭阳县治，归田之暇，时为文会。清例，六十年间无登乙科者，削博士弟子学额。揭阳适以光绪某科以习经兄弟中式乃免，不可谓非丁氏流风所被也。习经旋肄业广雅书院，从梁鼎芬辈游，得立身为学之大要焉。

予识先生，已在通籍之后。时先生以度支部右丞，奉清命于光绪乙巳往日本考币制，以乡后进礼接待先生旅次而已。宣统庚戌后，予假馆天津，以时入都，必主先生，乃稍稍窥所学。辛亥鼎革，先生罢官，躬耕津沽军粮城，间主予家者竟月。时人皆谓先生食尽必作官。予独信其饿死亦不作官。予顽钝不学，无可为先生知者。而此事则蒙引为知己。于民国甲寅三年所为家严慈《七十双寿序》有云：

> 予与任初交，垂十年矣。

又云：

> 盖年来天涯友朋间，从迹之最密者也。

先生为文，得阴柔之美，而不易于言，不轻为文，其不耻下交者如此。

其后，先生卒守志以终。记民国三年，梁启超尝以长广东民政事，介罗瘿公先容，以觇进止。先生闻讯，急起出户外，当风而立者移晷。然则启超辈尚不若予之知先生矣。

军粮城田窳无所获，清俸亦垂垂涸矣。予南北转徙，间三四岁入都，必谒先生馆次。民国十四年，由汴趋往，则先生方鬻其所藏碑籍以维饘粥，而仍责际遇必受其一餐也。翌秋而先生之讣至，年甫六十。无子，以

---

① 原载《万年山中日记》第十三册（1933年11月10日），见《黄际遇日记》卷三，第17～19页。

仲兄某[1]之子为嗣，非先生志也。

予集《文选》句，室无姬姜，门多长者，悲缠教义，痛深衣冠，（原注：任昉《王文宪集序》）为联挽之。（原注：原作为："我虽不克列弟子而甘执门墙，稔知志洁行芳，问津愿从沮溺后；公卒不克为东坡而终于彭泽，只今秋高风急，试卷长留天地间。"意有未惬，故易之）不若澄海吴梦秋一联云：

十四年稼学杨漕，回思广雅师承，晚节不惭梁太傅；
八千里魂归榕水，若论潮州耆旧，遗风何减薛中离？

为足传先生矣。

先生于学通达，不守一家言，而立身粹洁，则世无间言者。不知世有善为先生传者否？

今日见叶恭绰所为《〈蛰庵诗存〉序》，述交而已，惟云"刚甫于友朋风义至笃。叔雅、节庵、瘿公之逝，伤今悼往，一著之节章。（原注：瘿公之逝，记在先生之后）其为诗回曲隐轸，芬芳雅逸。盖自《诗》《骚》、曹、陆、杜、谢、（眉批：'杜、谢'，应作'陶、谢'）李、杜、王、韦、韩、孟、温、李，以迄宋明欧、梅、苏、黄、杨、姜、何、李、钟、谭之徒，暨夫释家偈句，儒宗语录，悉归融洗，而一出以温厚清远。盖庶几古之所谓风人之旨。尚论近三百年诗者，吾知必将有所举似也"一段，尚克道出真际。

姑扬较如上方。倘有作者，理而董之。黄垆人眇[2]，腹痛何如？（原注：《后书·桥玄传》）

记陈景仁[3]

闻里人陈景仁（云秋）今年春卒。近潮人号最能书者也，年七十余矣。

光绪中尝赀为郎。客京师久，多购石拓，摹之。

---

① 原文为一圆圈，今易为"某"。

② "眇"，古同"渺"。

③ 原载《万年山中日记》第二十册（1934 年 8 月 23 日），见《黄际遇日记》卷三，第 473 页。原无题，本书辑校者拟题。

先兄荪五君以丁酉公车，与云秋有兰契。余以辛亥冬，方识之鮀岛，似亦好言诗者。

实惟写几个隶书，尚仿佛汉隶躯壳。其摹仿极于漫漶剥蚀处，有似近人手拓墨本。去郑谷口辈尚远耳。至上款、署名，行以行书，则无足观矣。学力使之然也。然里党更无人事此。

虽欲勿记，可乎？

记黄季刚[①]

侃字季刚，湖北蕲州人。（日记原注：父讳祥云，四川按察使，有清名。母周）未冠而孤。少好文章，负不羁之才，不为老成人所许。

年二十，从诸少年革命者游，东渡日本以避文网。余杭章先生出狱，穷居江户大冢村，无所得食。余等聚二十余人，人月奉四金为先生赁庑，其志非尽以求学也。侃遂得侍侧三年。（日记原注：自光绪丁未）独能刻苦，传先生学。顾时时以打架、通夷妇忤先生。既识其大者，又识其小者欤。

民国肇兴，归掌北京大学讲席。好治《说文》，尤颛[②]音均[③]，广江、戴诸家之说，分均类二十八，声类十九，士论尊之。

侃虽记诵师说，而时致纠弹，独于扬州刘师培申叔相友善。师培立身当别有论定，其治经卓绝，世共称为“读书种子”者。一日，师培蹙然曰：

> 我命不知在何时，惜无传吾学者耳！

侃曰：

> 若予者，何如？

---

① 原载《不其山馆日记》第二册（1935年10月12日），见《黄际遇日记》卷五，第8～12页。原无题，本书辑校者拟题。

② “颛”，通“专”。

③ “均”，通“韵”。本篇下同。

曰：

其庶乎！

侃翻然下拜，如近制三跪九叩首之礼。师培南面正立受之。自是此两人者，为众儒所讪也滋甚。

侃既不偶于时，奉母南行，就武昌师范国学讲席。师培之没也，侃为文祭之曰“我滞幽都，数得相见，敬佩之深，改从北面。夙好文字，经术诚疏。自值夫子，始辨津途”云云。且终其身，无ڷ词也。

侃多为大言，知之者不以为夸；好为直言，有心者引为益友。然去世益远矣。所主教席，辄三仕而三已。失馆之时，至手《白话文范》，月博十千钱于湖北女子师范学校。其母殁于武昌馆舍时，罄笥中仅有所为钱者四千。侃每为人道之而泣。

侃以楚人，享时名于天下，而武昌至不可得一馆。信乎名与身，果孰亲也！其后转徙兖、冀，跅驰如前。晚主钟山国学，稍敛奇岸之气，闭户治学，顾益不轻以所学示人。予固不足以知君，而又恶知君之遽止于是也。

君元配王，蚤[1]殁，遗二子，□□[2]，一女。继娶于彭，不终其偶。又娶于黄，生二子，□□[3]。

所箸[4]书已成未成者如干种，文如干篇，别为目录之。

予之交君，始自己未时，同侨武昌长湖之濒，盖无一夕不携榼相从。然持论各不相下。君舍予又益无乐处。交六年而别，余始稍稍知君。又后八年，乃一遇于白下大石桥。时君之长子已殁，女已适□[5]，次子□[6]年方二十，能写父书，知应对，三子、四子甫龀，尚争梨栗。夫人黄出，拜问予家人，周而有礼。君强留予，招汪旭初（原注：东）来饮，口占诗赠曰：

---

① “蚤”，通“早”。
② 原文为二空格。
③ 原文为二空格。
④ “箸”，通“著”。
⑤ 原文为一空格。
⑥ 原文为一空格。

郢城兵合散萍踪，江国春深共酒钟。

万事只堪三太息，八年复得一相从。

等身日录成惇史，（原注：原注[①]——兄著日记，每岁得八巨册）经眼风花换壮容。（原注：原注——兄明年五十，予少一岁）

且订海堧销夏约，嵎夷犹喜是尧封。（原注：原注——癸酉清明后一日，宗小弟□[②]）

君喜甚曰：

仍是八年前之任初也。

君其以予一行作吏而汩没乎？酒酣语弹古今人，仍有偏至处。予急止之曰：

盗憎主人，民恶其上。予今日方知，邦无道免于刑戮之南容，之所以可妻之也。

君喟然曰：

世既无敢为本初，亦无敢为黄祖，而吾知所以居此矣。

濒行，屏旭初，告予于门，有来胶州之意。归而告诸祭酒者，然君卒不果来。此别遂为永诀也。悲夫！

君自矜书翰，垂老弥甚，而所为书致予必庄必尽。其癸酉五月一日一书曰：

八年契阔，一昔欢言。蹊路徘回，还增悢悢。顷奉手札，慰诲殷勤。首夏犹清，吟眺多暇。甚善，甚善！侃近仍研讨清史，默察时势，绝类晚明。仰屋而思，废书而叹。既无斧柯之借，唯思薪火之

---

① 此原注指赠诗原注，下同。

② 原文为一空格。

传。逃命秦硎，藏书鲁壁。浮丘伯，高堂生，则我与兄所当向往者也。海嵎讲学，道近不其。带草犹存，黄巾不至。倘得依风问道，其乐云何？别后颇有歌诗，谨录数篇，以资哈笑。如见存忆，亦睎时以述造示之。临书虔颂兴居清胜。侃再拜。[①]

呜乎！塞上闻笳，秣陵未答，屋梁落月，腹痛如何？先成一联，以寄吾哀：

世人皆欲杀，吾意独怜才，（原注：杜句）传学无郑兴，笺注等身一手定；（原注：《杜林传》：河南郑兴长于古学，尝师事刘歆）重有金樽开，何时石门路？（原注：李白《鲁郡东石门送杜二甫》）抚尸恸脂习，死生负汝百年期。（原注：《孔融传》：脂习与融相善，每戒融刚直。融死许下，习往抚尸曰："文举舍我死，吾何用生为？"）

记吴柳隅[②]

晨报来，则里人吴君柳隅以十二月二十八日终于地安门织染局京寓矣，得年五十有六。

按，君讳冠英，字柳隅，入民国更名贯因。世为广东澄海莲阳乡人。少孤贫，既无伯叔，终鲜兄弟，濒失学者数矣。时丰顺名诸生王惠和馆于莲阳吴氏，为学负坚苦之操，而以授其徒者，则依猎科之所需与夫徒质性之所近，因材施教而已，不以治朴学之功相强也。君幸得附学，觏此良师，年未期，头角崭然。

会戊戌变政，废八股，百日之间，号令娄[③]易。历县、府、院试，自八股而策而论而经义而律赋、试帖，无不遍，而仍以帖括毕试事。时知潮州府事者，鄂人李士彬，于终覆试命八比之题四，曰：策（原注：布在方策）、论（原注：论笃是与）、秀（原注：秀而不实）、才（原注：才难）。督学使者湘

① 文同本书第12页《附：黄季刚复书（一）》，文字略有出入，并录之。

② 原载《不其山馆日记》第三册（1935年12月31日），见《黄际遇日记》卷五，第250～253页。

③ "娄"，通"屡"。

人张百熙（原注：冶秋）则太守之门下士也。榜揭，澄海年少者，君与周之槐、林一鸣、谢廷芳及余五人，一时艳称得人焉。此五人者，其年相长各一二岁。予之识君，自此榜始。（眉批：识，常也，一曰知也，从言戠声。知，词也，从口从矢。段本从口矢。方灵皋《宣左人哀词》："余与左人，相识几三十年，而不相知。"）而惜乎皆不获主持风气之人，互力为朴实之学。末俗重科名而歆微利，遂共趋于博膏火、弋小试之所为。

君晨起盥漱，必随手检四子书，自拈一题，构八比一段，盥毕而腹稿脱。挟此驰骤于短檐棘闱之下，十决而十拾，无掷而不雉。庚子、乙巳间数年，九邑之内，无不交口齿澄海吴冠英者。君固用是自喜，亦力不克自举也。试科之局，斩于乙巳。恃此为名者，终失其业属。

予归自江户，谬以所学口传邑人。君乃率其徒十余人，相从问算学。迨冰未泮，结伴而东。方新会梁氏披其新民之说，揭为立宪之楬也。少年之士，不归梁则归章。心之所宗而攩[1]派，蔚为天下裂。潮人居东者不百人，实划然二派，始以不通往来，继以互相倾轧。予于君几遂无复朋交之可言焉。

梁氏方以誉望卵翼乡后进，于潮人，得君而大喜。君亦终始为所用。壬子、癸丑之《庸言报》，君之所以助梁，谈政以扑异党者，功在项城矣。世知有粤人吴贯因者，亦即自是始也。宪政行，庸言塞。君改官内务部参事者，垂十年。置宅燕京北门，有终焉之意。其后政府南迁，君乃不得不东出关门，都讲沈阳。旋遭边警，仓皇丧其图籍以归南，迎母挈妻为久居长安之计。复时时以政论与世人相见。晚岁，一度应南政府之征。至则安车蒲轮，礼至优渥。传闻欲借君管粤学也。君忽肩身高引，世论高之。所传君藏书画金石颇多精品，然非其专门也。

予与君生同里闬，出共游帆，而求师致力依归各异，故所以知君者，亦断然不足以传君。盖时并从迹而不能具举。顾乡人必于予南归时，从予刺君消息，仍目可以述君者，莫予若也。予无间，三年不入都。君得予北来讯，辄盛馔征侣以款予。顾予之知君、述君者，而仅止于是。是则予之负君，尚何言也？自我不见，于今三年。间于报上见君所为杂记，竟有窜经传至言效卓吾谰语者。予惊其或假君之名以行。不然，则予之与君去绝交者，安有一间之存也哉？而今已矣！其书满家，论定自有公是。独念里

① "攩"，疑通"党"。

中人力学砥行以成名者，有几何人？君没而凄然于后起之难，孤立之感，又当何若？李贺有母，孝标无妹者也。共怀千岁之忧，今退未卜一丘之托。所为追述陈迹，略纪离合之故，以谂乡人之思君而未见者，以塞予之思而已。

乙亥岁尽，风雪中，同里黄际遇记

记章太炎[①]

章太炎先生名炳麟，初名绛，犹顾炎武之初名亦绛也。浙江余杭县人。生于胜清同治七年。

及事德清俞樾及定海黄元同，少读《东华录》等书，即抱种族之痛。浙东黄宗羲、全祖望成书具在，所渐摩兴感者深也，遂决意不弋科名，治《左氏春秋》及周汉百家思想之学。所著《訄书》最早行于世，年未三十也。

癸卯，与刘师培、黄节、邓实创《国粹学报》，多以学术之隐谛，发国性之幽光。川少年邹容著《革命军》一书，先生为润饰而序行之。大狱以兴，与容逮系上海三年，遂通释典大义。

丙午出狱，走日本，主《民报》笔政，与《新民丛报》各以排满立宪发为政论，士论皆为右袒。《民报》被日本没收时，先生诘逻者以犯例主名。

曰：

扰乱治安。

先生曰：

贵国之治安乎？敝国之治安乎？

① 原载《因树山馆日记》第二册（1936年6月15日），见《黄际遇日记》卷六，第218～220页。原无题，本书辑校者拟题。

曰：

日本之治安。

先生复曰：

予之文章，中国人士尚鲜能句读之，贵国人断无能读者。乌从而扰乱日本之治安也？

逻者无以应之，亦无解于文字之狱。而先生于是无所得食矣，穷蹙日京曰大冢村者，聚亡命之徒十数人，授以《毛诗》及段注《说文》，月各奉四金为先生膏火。际遇之及先生门，自此始也。每列坐授书，以二小时为率，言必古音而土音不改，行必称古而边幅不修。从游之士窃笑之，先生不顾也。一卷未终，语侵康有为已数次。洎刘师培卖身端方，更为先生心痛之大者，于黄、俞两先生哀逝之辞，发其隐痛焉。

辛亥归国。壬子，参预枢密南京，视天下事益不可为。癸丑挽祭列[①]士一联，传于白下，云：

群盗鼠窃狗偷，死者不瞑目；
此地龙蟠虎踞，古人之虚言。

愤嫉招尤，疯狂贻诮。无何，项城窃国，更傀焉不可终日。燕都幽绁，几不免于难。

尔后，愈不为世所容，而其学已隐然为一代大师。诵习师说者，远及陬澨。时祭酒大都学会，屏足瞻听者恒如堵墙，旋踵[②]又稍稍散去，信难为浅见寡闻者道也。壬申八月，一至胶州，际遇躬侍先生都讲大学，已龙钟不能宏讲教化矣。比年主讲苏州时，仍出其政论，多所匡弹。明理致用，儒之行义，有如此者。非蒲轮殊礼所能易其操也。然道之不行也滋甚。今竟以六月十四日殁于苏寓。电传矣，岁行在。

---

① “列”，古同“烈”。
② “踵”，古同“踵”。

记温仲和[①]

嘉应温柳介太史仲和，辛丑前主讲金山书院。（原注：《广东考古辑要》云："金山一名金城山，有金姓者居之，故名。宋祥符间知军州事王汉始辟其胜。"）

壬寅、癸卯，监督岭东同文学堂，（原注：柬千金）际遇始及其门，月应二课旬呈札记。时方醉心所为时务者。虽有嘉肴，不知其旨也；虽有至道，不知其善也。课最期迫，则杂钞记问数则，以搪塞之。先生拱坐堂上，末如此顽徒何。今但忆入先生之室，图籍满架，丹铅殆遍而已。后于章先生《新方言·小序》，乃知柳师通音训之学，亦陋矣哉！

今日阅完《客人骈文选》三卷，则柳师《为学通义》十首，综核群言，折衷众是，卓尔之作，允矣大成。曰辨经，曰尊纬，曰守诂，曰观通，曰别礼，曰识器，曰释术，曰质今，曰校雠，曰金石。古教授题辞有曰：

> 温仲和检讨近承东塾之传，远绍高密之绪。笃好斯文，征扬雄之吐凤；弥纶群典，酌刘勰之雕龙。

美哉辞也！

记荆妻蔡孺人[②]

是日荆妻蔡孺人忌辰。洎其亡也，二十有三寒暑矣。

孺人少于际遇三岁。幼而孱弱，蔡梦阶丈（原注：抡元）明经爱之甚，视际遇七岁能倍[③]四子五经，尤爱之如己出，因指昏[④]焉。

比及昏期，予方居东，严命促归，信宿复往。越五载，庚戌就馆津

---

① 原载《因树山馆日记》第四册（1936年10月15日），见《黄际遇日记》卷六，第420页。原无题，本书辑校者拟题。

② 原载《因树山馆日记》第十一册（1937年12月31日），见《黄际遇日记》卷七，第488～489页。原无题，本书辑校者拟题。

③ "倍"，古同"背"。

④ "昏"，古同"婚"。本篇下同。

沽。乃钗布相随。不一岁，军兴，间关归里。后以多病，不复远游。

殁于甲寅三年十一月二十九日午时，年甫二十六。生女子子三，皆殇，亦孺人致疾不起之由也。

生性婉顺寡言。芙御嫁时衣物，非冱寒不制一裘，所以体余研田之难者至矣。相从八载，聚首不及一年。允嗣既艰，身多忧善病，家贫不能备参药，无以解其戚戚无欢也。然孺人不特不出于言，而且不见于色，与与如也，如不容。盖终其生，无片言有怼于予者。呜呼！此其所以享年之不永欤！

病革之日，予几失馆燕赵，窘不克赍千里之粮，冒寒南归，阻身海上者旬日。自分不及诀矣。后闻蔡丈有言：

任初未归，吾女必不死也。朝归，则夕绝矣。

予归而丈言奇验。清醒数言，绵惙一日。执子之手，视子永归。呜乎痛哉！

方易箦时，南中适苦寒，（原注：三十九度）先集维霰，至于冰结，天地为愁，行道霣[1]涕。予伤心之甚，不忍视其盖棺，忍饿北行。尔后舌耕稍有所入，念不得恣孺人一饱，永怀陈迹，弥用神伤。

廿余年间，无从亲酹。遭时丧乱，乃值忌辰，时果庶羞[2]，魂兮来享！

记蔡心侬[3]

清之末，吾邑有蔡心侬者，邑东渡亭乡人，小名“如意”，以字行，晚自号“渡亭耕夫”，而阖俗以“如意仙”交口传之。“仙”之云者，“先生”二字呼之简词也。

---

① “霣”，古通“陨”。

② “羞”，古同“馐”。

③ 原载《因树山馆日记》第十三册（1938 年 7 月 6 日），见《黄际遇日记》卷八，第 187～188 页。原文作“蔡心农”，然据传世蔡氏书画作品落款，当作“蔡心侬”，今迳改，下同。

少时供人钞胥。中岁走香港，为市肆徒，粥粥若无能者。然颇喜书耆[①]画，法尤专学，画竹必心仪郑燮之为也。入晚岁，薄有市名。一竹一薪，稍糈自给。则更以是为人役，而终其身焉。年七十余，殁于乡，维时清社屋矣。

予思吾邑人士，不闻于上国者旧矣，顾卒有博异秀通之民，伏处于涧阿之间者虖[②]！

试与出东门，道大堤，万竹绵延，漪漪郁拱。其北东，莲花、凤岭诸山，隐与环抱。渡亭之为乡，适蚁封其下，临流托庇，户才盈百，大率皆钓徒也。乃如之人，践是之土，食是之毛，即以本地风光，濡为千竿尺绢，间縢题咏，亦间日一食人间烟火而止。又不类板桥之买山过市者。然而未必终有闻于后。予幼识之，似亦未计及此者。

---

① “耆”，通“嗜”。

② “虖”，古通“乎”。

七 碑

国立中央大学教授蕲春黄君墓碑[①]

夫儒乱法而武犯禁，二者皆讥。振学术以援天下，斯人安往？是以行名不载于儒墨，贾许世谓无文章。匹夫称贤而不彰，犹史公之所甚恨；学士畸节而失传，宁非为友者之奇耻乎？

以余所友楚人黄君者，讳侃，（眉批：周肇祥先生改为“余友黄君讳侃”，事见十二月三十一日记）字季刚。世承孝友之风，系出文节之后。蜚声江夏，著籍蕲春。至君考讳云鹄者，（眉批：周删“云鹄”下“者”字）官四川盐茶道，署按察使，晚主江宁尊经书院，以学行显于世。母周太夫人。

君于诸黄为晚出。贡少翁犬马之齿，老蚌有珠；（眉批：《魏志・荀彧传》注：“孔融与康父端书曰[②]：‘前日元将来，渊才亮茂，雅度弘毅，伟世之器也。昨日仲将又来，懿性贞实，文敏[③]笃诚，保家之主也。不意双珠，近出老蚌，甚珍贵之。’”）郑小同丁卯日生，手文似己。白傅[④]辨之无于未晬，百数不差。邢邵[⑤]读《汉书》于雨中，五日略遍。顾厚于天者，吝于人；丰于才者，啬于遇。虽丹山万里，雏凤声清；（眉批：李商隐诗：“桐花万里丹山路，雏凤清于老凤声。”）而陈思七步，豆萁然[⑥]急。（眉批：萁，豆茎也，从艸，其声。《杨恽传》：“种一顷豆，落而为萁。”）于君公诵诗之岁，（眉批：《前书》：何武字君公。宣帝时，王褒颂汉德，作《中和》《乐职》《宣布》诗三篇。武年十四五，与成都杨覆众等共习歌之）丁令伯见背之哀。年十三岁，而按察公卒。（眉批：杨铁夫云：“‘年十三’句，改为小注何如？因上二句已说过。”

---

① 原载《不其山馆日记》第三册（1935年12月7日），见《黄际遇日记》卷五，第178～182页。又载《黄任初先生文钞》，第85～88页。

② 眉批原文为“孔融与韦康父将书曰”，今据《三国志・魏志・荀彧传》正之。见〔晋〕陈寿著、〔宋〕裴松之注《三国志》，中华书局1959年版。下同，不再出注。

③ 眉批原文为“愍”，今据《三国志・魏志・荀彧传》正之。

④《黄任初先生文钞》本脱“白傅”二字，今据日记原文增补。

⑤《黄任初先生文钞》本脱“邢邵”二字，今据日记原文增补。

⑥ “然”，通“燃”。

遇按，北江碑文常有此笔法）桓宽朴学，不受财物之诒；（眉批：《前书·儒林传》：欧阳生字和伯，事伏生，授倪宽。宽有俊材，初见武帝，语经学。上曰：吾始以《尚书》为朴学，弗好。及闻宽说可观。宽戒其子曰：我死，官属即送汝财物，慎无受）康成单家，曾无绂冕之绪。谓骈枝为无用，苦蔗境[1]之未甘。（眉批：周改"蔗竟"字为"境"）孤孽余生，卷葹未死。廉吏之子，行负薪而谁怜？小人有母，发楹书而俱在。《孝经》在手，《文选》从头。灯影一檠，机丝千匝。渔夫望火以卜旦，野父闻声而负锄。嘉读未烧之书，分延半耕之绪。久矣传其母教，蔚为口碑，此一时也。

时张之洞开府武昌，（眉批：周云，称官较云[2]。指张南皮）以兴学弋天下士。君遂入选东渡[3]。鸿飞冥冥，依余杭章先生门下。陟彼屺兮，予季行役者万里；吾道东矣，日夜寻诵者三年。盖扶风之学，薪未尽[4]而火已传。而爱日之晖，昏甫黄而荫已失。斯则谱寒泉之什，莫慰劬劳；聆攀柏之号，感哀行路者矣。属以邦家多难，儒效日窳，志士扼腕，侠豪亡命。君秉三户亡秦之志，张九世复仇之徽。部署遗黎，阴结豪士。岁时伏腊，犹奉故国之衣冠；袍笏空山，不戴新朝之天日。鲁先生东海宁蹈，帝不可秦。臧射阳操血[5]而盟，泪继以血，如崩厥角。请看今日之域中，共举义旗，咸惟公子之马首。盖当日皖鄂之交，无人不知有黄十公子者也。此又一时也。

已而清祚告终，乾纲不立。学之既丧，国乃真亡。谁忧杞国之天，挥返虞渊之日。（眉批：《淮南子》："日至于虞渊，是谓黄昏。"）强与兵子共语，拂衣者不特刘巴；号率诸侯攻秦，溲冠而踞见郦子。君不忍视天下之皆溺，独毅然为举世所不为。承国脉家学之源，守尊闻行知之说，衍东海、召陵之业，于国学、乡校之间。陈第已来，声类至君而写定；顾绛而后，道统之重有传人。余事以作诗人。一生耻为文士，而吉光片羽，落在人间，漱石枕流，传诸史册。亦足以彰独至之行，慰求志之荣矣。比年筑宅钟山，鬻文日下，栖魂经礼，偶影妻孥。自谓逃命秦硎，藏书鲁壁。（原注：君癸酉致予书中语）而时悲青冢旅雁，蓬山巨鳌。（原注：君临殁前二日登高诗语）矜秘羽

---

① 日记原文作"竟"，通"境"，今从《黄任初先生文钞》本作"境"。

② 日记原文作"云"，疑误笔，姑存原文。

③ 日记原文作"度"，通"渡"，今从《黄任初先生文钞》本作"渡"。

④ 《黄任初先生文钞》本作"尽"，今从日记原文作"尽"。

⑤ 《黄任初先生文钞》本作"歃"，今从日记原文作"血"。

毛，凄凉身世。余杭章先生趣之曰：

人轻著书，妄也；子重著书，吝也。妄不智，吝不仁。

则应之曰：

年五十，当著纸笔矣。

呜乎！三绝韦编，今始知命；初裁黄绢，正好著书。（原注：章先生寿君五十语意）乃于大盗移国之年，乙亥登高之日，刚风过处，犹振哀音，落帽归来，尚饶云气，而心期中酒，造物不仁，刀圭无灵，文星永坠。呜乎哀哉！君生于光绪丙戌[①]十有二年，殁于民国二十四年十月八日。年甫五十也。卒之翌月，国民政府特褒之明令下，（眉批：周改为“特褒令下”）称君：

学识渊邃，性行高洁。

信无溢词矣！并交湖北省政府妥为安葬，用示政府轸念贤劳之至意云。寻览遗族报书，书卷之外，略无余财，山木所资，一由诏葬。（眉批：周云，唐人碑中多用“官给”，似可斟酌。按，“诏葬”语出《子上集》。见十二月三十一日记）从兹鼓角山下，书带草生；钴鉧水边，三鳣鱼跃。盈尺片石，特书万丈之名；孤剑芒光，（眉批：金部无“鋩”字。“锐，芒也。”可见，古“鋩”仍作“芒”，后人乃加偏旁耳。《汉书·贾谊传》“芒刃不顿”，字作“芒”）长依死士之垄。以君厉魄，能无式凭者乎？

君事慈母田如母，挈家南北，辄舆槅柎以行。洎[②]其殁也，君方失馆武昌，贫几无以为敛。名满天下而不得一馆，行齐古人而不理于口[③]。君子犹或伤之。

娶于王，生子三，□[④]、念田、□[⑤]，女子子一，适潘。继娶于黄，

① 《黄任初先生文钞》本讹作“戍”，今据日记原文正之。

② 《黄任初先生文钞》本讹作“泪”，今据日记原文正之。

③ 《黄任初先生文钞》本讹作一空格，今据日记原文正之。

④ 原文为一空格。

⑤ 原文为一空格。

生子五：□□□□□[①]，并幼，□□[②]蚤卒。念田知礼，能传记诵之学。喜孙、龄孙，争说汪、洪有子；到溉、到洽，无惭任昉之知。不又可以寒秋草之悲，（眉批：周改“寒”为“塞”）杀自叙之怨乎？（原注：君尝作自序，比迹冯、刘、汪三君）

余忝长君一岁，结契卅[③]年。同岑异苔，（眉批：郭璞《赠温峤》诗：“人亦有言，松竹[④]有林。及尔臭味，异本同岑。”）略分无以知君学。尔枘我凿，持论又各不相能。而君也，偶别三日，非我不乐；我也，结言千里，微子安归？曾诵盗憎主人之言，辄改容以谢脂习。今数公为始满之岁，方移书以论孝章。岂知述作之志斐然，而论定之知已渺。

呜乎哀哉！零落山邱，凄其风雨。车过伯山寿藏，有怀一卷之古文；心仪邠卿画图，虔写四贤之遗像尔。（眉批：周云，若系以铭颂，尚须添一二句，文气乃足。若改为墓表，亦须添句）（日记原注：此文《南京日报》于十二月十八日登出）

番禺罗钧任先生墓志铭[⑤]

君讳文榦，字钧任，番禺人也。

其先居江西南安。元季之乱，逾岭爰居，捆屦珠江，织席粤市，备著艰苦，卓绝行事。石庆对马，传其谨愿；仲子辟纑，箸[⑥]其廉方者旧矣。

君秉确荦之姿，修竣伟之仪，冠冕南州，知今知古。顾岸帻未减，烟霞结性。澄清之志，虽略同于士稚；无怀之民，殆踵武乎东皋。柄政窘其不阿，史臣谓其能直。逍摇世法，还我青毡；残剩河山，罔归余骨。亦可悕已。

君蚤[⑦]岁读圣贤书，明春秋法。恫治外法权之不立，伤法制梼杌之未修。卒走牛津大学，治罗马法及法制史者四年。

辛亥遄归，义旗飙举。助都督胡汉民，长司法广州。旋除大理院总检

---

① 原文为五空格。
② 原文为二空格。
③ 《黄任初先生文钞》本作“三十”，今从日记原文作“卅”。
④ 原文作“柏”，今从郭璞《赠温峤》诗通行本作“竹”。
⑤ 原载《黄任初先生文钞》，第88～90页。
⑥ “箸”，古同“著”。
⑦ “蚤”，古同“早”。

察长、大理院院长。敭[1]历槐棘之庭，折冲樽俎之列。卿真强项杨氏子，何事不了？张乖崖属，盗窃大弓，虎将改玉。一章露布，万方风从。于是乎有西南之役，海珠之难。君亦不自意全也。护国军敉，需人弥亟。献身报国，百瘁何辞。综其平生，叠膺法制编纂局副总裁、北京大学法律教授、司法部总长、财政部总长兼代国务总理、国民政府外交部长兼司法行政部长、新疆安抚使、黄埔开埠督办、国民参政会参政员。学仕并优，望实交茂。进负万钧之重，怒率勤王之师。而退艰儋石之储，生深没世之疾。

洎金陵瓦解，闲窜荒谷，暴謦碣石之上，诛茆人境之庐。萧然琴书，几番风雨。予尝省君从化温泉，西顾而笑。王胜之读完《通鉴》，并世一人。赵正平半部《论语》，以治天下。隆中高卧陇亩之间，希文秀才江湖之远。齿胄于焉投辖，黉序争拥皋比。言泉流唇，春风沁骨。谓非吾党之小子而谁与？

私意天将降大任于是人。乃恨别心惊，感时泪涸，东山谢客，南海沉珠，竟客死乐昌，永归蒿里。寻所致疾，雅非不治。君濒死时，犹自负不死。令斯人死而若辈生，滋可恸已！得年厪[2]五十有三。实辛巳三十年九月十六日巳时。显宦半世，尽亡其财。君十一介弟文柏自香港飞粤北，纲纪其丧，不远赴，不受赙，抚犹子明述、明远、明邃等如己出。壬午吉月，寄瘗君于乐昌鹤冲乡之原，礼也。复幞被平[3]石野次，迹故人黄际遇书丹碑额，且命志铭。

呜乎！能以礼让，世高延陵之风。抚我则兄，感甚颍滨之痛。君自千秋，我惭一字。怆恨逝水，怊怅屋梁。爰为铭曰：

豫章楩枬，岭梅乔榕。国以为宝，气之所钟。
处士虚声，竘儒乱法。读书宰相，彪蔚鸿业。
仇夷狃习，变而媚夷。一士谔谔，回纥遁师。
敬仲筦财，好畤奉使。不畏强御，皆如旨意。
别馆之羁，非其罪也。为人受瘥，直在天下。

① “敭”，同“扬”。
② “厪”，古同“仅”。
③ “平”，通“坪”。

洪水西流，弭节金陵。出入贼中，百忧内蒸。
林下一人，年未中寿。穷愁虞卿，其舍大受。
寇亦能往，临于都亭。每怀王室，敢怼伶俜。
如何昊[1]天，不遗一老？运厄龙蛇，致身恁早。
脊令在原，孝水未枯。营魂流寓，攀柏路隅。
死士之垄，先生之风。永夜何依？芒光熊熊！

郑列妇罗夫人秀贞权厝墓碣[2]

列妇讳秀贞，广东中山县罗翁耀坤次女也，归兴宁郑副教授海柱五岁而遇难粤北坪石，卒以烈传。

其同寮里人黄际遇偷活临武草间，闻讯逾月，道连州，途次有指目之曰：此列妇罗氏之夫郑君也。为之肃然，请内交乞状，而缀文表之曰：

列妇生长海堧，性如山屹。所居近小人之市，所畏胥圣人之言。爰能自言，即标独步。读书每窥一豹，临事已无全中。敌骑东驰，侍亲北徙。乐昌月好，却怆怀破境之诗；武水流长，问何处折梅之使？太岁在辰，迨[3]冰未泮。迨[4]其吉兮，来嫔于郑。窃闻夫子高义，无间昦[5]弟之言。期而抱男，弥伤椿树于东阼；再索得女，聊慰萱草于北堂。雍雍鸣雁之歌，蔼蔼吉士之什。同甘苜蓿，何羡鸳鸯？戚党挹其霁清，淆之不浊；臧获未供箕帚，贫也奚伤？

奈何雹碎春红，霜凋夏绿。林陨秋风，泪斑冬竹。竟于中华民国建国之三十四年一月二十五日，乐昌垂陷，坪石以舟车孔道，先入贼敌。甲申移鼎，又三百年；思宗殉国，黪如一日。列妇闻变，神志凝然。奉威姑从夫，挈负子女，避乱荒村灵石坝。贼一日闯村搜劫者七

---

① 原文作“旱”，揆诸文意，当为“昊”讹。

② 原载《黄任初先生文钞》，第90～92页。

③ 原文作“迢”，今按《诗经·匏有苦叶》“士如归妻，迨冰未泮”，当作“迨”。见周振甫译注《诗经》，中华书局2002年版。下同，不再出注。

④ 原文作“迢”，今按《诗经·周南》“求我庶士，迨其吉兮”，当作“迨”。

⑤ “昦”，古同“昆”。

次。乃随土人，越丛薮，窜岩穴。而贼迹踪至矣，刃胁逃命者鱼贯归村。归村云何？尚堪问哉！列妇负幼女，授钟少眉。而钟已反缚，颔之而已。乃从容回顾郑太夫人曰[1]：“您平安！”

立纵身百仞悬岩，峻坠深涧，得年二十有三。时也，萧萧苦雨，寂寂咽泉。目击者愕然，四无人声；耳闻者黯然，衔酸东指。迅羽早落，忽焉优昙之花；鸷翮凌霄，耻入妇人之集。斯则自经之痛，无忝于乐羊子之[2]妻；而嗜义之重，有甚于熊掌之欲者矣！

教授怆目坠弦，伤情故剑，抚遗尸而脑已裂，觅薄棺而空无维。束刍附身，一抔[3]埋骨。千行凄泪，安往封齐女之坟；一片瓣香，依稀认韩陵之石。贞松深处，默志故封。精卫啼时，永衔东海。自大盗移国之年，迄君子沼吴之日，苍苍正气，几没蒿莱，凛凛大义，特存巾帼。虽则仓皇瘗葬，弥不掩万丈光芒；遒铎采风，或无惭一字碑碣尔。

---

① 原文作“日”，黄家器批改为“曰”，从之。

② 原文无“之”字，今据黄家器批注增补。

③ 原文作“坏”，揆诸文意，当作“抔”。

八　诔

澄海黄处士诔[①]

中华民国二十有二年十月某日，澄海处士黄云溪卒。

黄际遇在胶州横[②]舍闻耗，既为联吊之。空山残月，长夜秋霜，顾景傫然，情不自克，用述曩契，发其慕哀，僭缀诔词，表兹明德。

诔曰：

我昔负米，于役武昌。岁行在丑，闵遭父丧。

我家小子，其狷其狂。求师于乡，众佥曰黄。

八年于[③]兹，群士之坊。获此明师，道义糇粮。

小子有造，长毋相忘。我之识君，垂四十纪。

耳长者言，君[④]信佳士。信于人者，在工八比。

谓以青衿[⑤]，如拾芥耳。长沙（日记原注：张百熙冶秋先生）使粤，群流所跂。

我亦随班，名后于子。胡是区区，童头豁齿。

世方相尤，吾独否否。君之至处，在彼非此。

我忝知君，父书能读。父名诸生，颇涉小学。

君我言时，涟洏以哭。二旬之间，两丧生鞠。

方罄所有，四金不足。伤哉贫也！典券可掬。

敛正无羸，祭安得肉？孺慕终身，畴若君笃？

---

① 原载《万年山中日记》第十二册（1933 年 10 月 30 日），见《黄际遇日记》卷二，第 500～501 页。又载《黄任初先生文钞》，第 92～93 页。

② 《黄任初先生文钞》本作“黉”。“横”，通“黉”。

③ 《黄任初先生文钞》本作“以”，今从日记原文作“于”。

④ 《黄任初先生文钞》本脱“君”字，今据日记原文校补。

⑤ 《黄任初先生文钞》本作“衾”，今从日记原文作“衿”。

虔数君行，敢讥薄俗。如此畸儒，乃真人师。

鳣堂棠荫，春日迟迟。何幸寒门，弦歌被之。

蒙以养正，四子为基。行有余力，迁史唐诗。

夫子循循，善为说辞。寻良师者，指振祖祠。

时雨化之，乐哉诸儿。妻诘诸儿，先生说书，

孰与阿爷？儿曰有诸，先生说书，如讲故事；

爷讲故事，乃如说书。诸儿善状，我乃不如。

追维前言，辄为轩渠。何图戏言，已成陈迹。

秋风一叶，乍惊捐客。子敬之琴，山阳之笛，

弹不成声，节谁应拍？满箧君书，此于球璧。（眉批：《晋书》：王献之卒，徽之不哭，取献之之琴弹之，久而不调，叹曰："呜乎子敬，人琴俱亡！"）

丧制一书，厥辨尤剧。不名之争，而实之核。

展如之人，其仪不忒。履綦典型，俛①仰瞬息。

空文驰哀，酬君灵魄。呜乎哀哉！

---

① 《黄任初先生文钞》本作"俯"，今从日记原文作"俛"。

九　赞

石泉老人蔡公像赞[①]

猗欤石公，万石之风。亮节迈伦，孝谨元宗。治家整肃，处世豪雄。燕居必冠，道与古通。弱冠请缨，蜚声庠序。化及于乡，绳其祖武。片言折狱，息争樽俎。有子五人，父书能举。王泽既衰，俗流滋失。微兹长者，我思邓弼。詹[②]望芳轨，謦欬如亲。遗像兮在图，纪功兮贞珉。

河南省教育厅厅长、格致科举人

愚世侄黄际遇拜撰

宗伯母陈太安人像赞[③]

猗欤贤母，颍川之秀。来嫔于黄，末风自守。躬隆滫瀡，敬深俎豆。夏凊冬温，己薄人厚。相夫睦邻，恤贫怜旧。茹荼而甘，楹书亲授。曰伯曰仲，肯堂肯构。女得所归，天锡之寿。扶杖于乡，观化携幼。就养申浦，六十以后。明月在天，白云在岫。樛木永荫，葛藟常茂。

侄黄际遇拜手顿首

---

① 原载《明德惟馨》卷端，澄海明德社 1931 年版。

② “詹”，通“瞻”。

③ 原载《万年山中日记》第九册（1933 年 4 月 11 日），见《黄际遇日记》卷二，第 199～200 页。

思梅宗兄像赞[①]

邈焉先生，炳忠以字。伯也执殳，少有远志。学剑不成，去岂学吏？箕裘之绍，乃居诸肆。欲成大业，先利其器。韫玉之材，囊珠以智。观物之变，取人之弃。岂曰长袖，实饶长厝。退而好思，邻称高义。奉母远游，莱衣彩戏。后嗣克昌，宗风未队[②]。缅君盛业，其来有自。抚图企望，摛辞而记。

鹏南宗兄画像赞[③]

抟摇九万，暴鬐展翼。积之者厚，振焉有力。瞰环吾党，公乃其特。望如春风，识与不识。传兼儒侠，岂惟货殖？溯公从迹，暨南北极。述公孝义，怡颜秉直。人弃我取，知白守黑。褐裘可风，折巾共式。我以漫游，常亲颜色。濡沫之交，水鱼之得。丰采匪遥，心铭骨刻。愧予不文，难申追忆。

黄嫂李夫人像赞[④]

兰之馨兮，弥于空谷。根之厚者，蔚为乔木。维黄夫人，泷西婉淑。高门不骄，父书能读。迨归我友，威仪肃肃。上奉舅姑，下睦亲族。职隆蘋藻，恩周臧仆。燕尔百年，恩斯三育。黄君壮游，方博斗斛。送死养生，（原注：鹏南不及赴父丧，事均夫人任之）仰事俯畜。资于夫人，不一而足。永锡尔类，自求多福。

五世其昌，不龟可卜。瞻诵遗型，用深私祝。

---

① 原载《万年山中日记》第九册（1933年4月11日），见《黄际遇日记》卷二，第200页。

② “队”，通“坠”。

③ 原载《万年山中日记》第九册（1933年4月11日），见《黄际遇日记》卷二，第200～201页。

④ 原载《万年山中日记》第九册（1933年4月11日），见《黄际遇日记》卷二，第201页。

高晖石明经像赞[①]

澄海望族，莫高氏若。经济异才，盖六七作。累仁者崇，积德者厚。

洎资政公，猷为尤茂。有子九人，骖驔五之。晖石明经，(原注：行七)叔豹季随。

翩翩世胄，泽以诗书。南阳宛孔，叔世芙蕖。陆生奉使，皆如意指。

盘古暨南，使君到喜。存心爱物，于人有济。行之终身，我闻如是。

矫矫先生，在邦必闻。承其风者，顽廉懦奋。如今两到，复似寒竹。

并有左芬，同工异曲。我来采风，虎贲可型。述交表德，用垂颂声。

周翰甫[②]上舍（原注：缵汤）像赞[③]

凤山之阳，陆相之乡，(原注：港口乡今有陆家围）实产龙蛇，蔚为彣彰。在周之庭，尤指士族。

父季贤书，弟翜[④]能读。诞生翰甫，无愧小杜。尚予女兄，迭为宾主。

方卝两髦，试辄冠曹。饩食于庠，凤鸣于皋。我亦振羽，棘闱相见。

毰毸秋风，再来已倦。翩翩绝世，一馆自安。既识鸟语，兼擅书翰。

如何妙才，不假中寿？我来自东，墓草已宿。冉冉卅载，乃展遗图。

吾谓之甥，世守勿渝。

---

① 原载《因树山馆日记》第三册（1936年8月15日），见《黄际遇日记》卷六，第297页。原文无题，本书辑校者拟题。

② 周缵汤之字，此处作“翰甫”。《挽周之松》［载《不其山馆日记》第四册（1936年1月19日)，见《黄际遇日记》卷五，第312页］作“韩甫”。未悉孰是，姑各依原文，并存之。

③ 原载《因树山馆日记》第十册（1937年10月17日），见《黄际遇日记》卷七，第388～389页。

④ “翜”，古同“昆”。

十　颂

国立中山大学新校舍落成颂辞[1]

（《黄任初先生文钞》原注：代山东大学作）

雒[2]绎艳电奉悉。

南华国学，落成有期；总理宏规，式昭今日。辟雍声教，冠冕万邦；丰表翼巍，仪型多士。曰儒以道，得民之化；诸生以时，习礼其间。上以绍夏校、殷序、周庠，炳焉与三代同风。今复睹成均、东序、瞽宗，隐然立頖宫[3]极则。（原注：周五大学，南为成均，北为上庠，东为东序，西为瞽宗，中则辟雍也。见《白虎通》）昔少陵广夏，徒具雅怀；汉宫长秋，非庇寒畯。兹者郁郁相望，斌斌相属。训深十年之儆，人树百年之基。粲乎隐隐，各得其所。益州比于齐鲁，沐文翁石室之遗；内史政被鄱阳，传虞溥学堂之教。（原注：虞溥，晋昌邑人，字允源，少专心坟籍，郡察孝廉，为鄱阳内史，大修庠序）史册所载，今昔同符。考常衮、昌黎之宦辙，至今犹称；（原注：常衮，唐京兆人，天宝进士，贬潮州刺史，为福建观察使。始闽人未知学，衮为设乡校教导之，自是文风始盛）挹白沙、九江之流风，其人宛在。化行南国，莘莘三千之徒；运际昌期，芊芊十一之典。

谨缀咏仁蹈德之颂，以达下舞上歌之情尔。

---

① 原载《不其山馆日记》第二册（1935 年 11 月 6 日），见《黄际遇日记》卷五，第 77 页。又载《黄任初先生文钞》，第 93～94 页。

② “雒”，通“络”。

③ 《黄任初先生文钞》本讹作“官”，今据日记原文正之。

十一　论

潮州八声误读表说[①]

一　凡例

潮州宅东南海陬，语音多重以浊，去中土绝远。其民甫出里门，如适异国。视外籍来者，皆尊之如客卿，或“外江佬”之焉。无他，言语睽违，思惟之交通路绝也。顾其方言土音，悖乎今者辄合乎古，旧音古训，时获旁证，论稽兹事，当别为篇。今代方言至如潮语可云奇特矣，潮语之中种类亦为不少矣。然无论何等语言，必守一种声母。无论何等变化，必循其声母之变化以变化。国人学语识字，并不先学字母而后执笔开口。土著浑浑噩噩，固有终身不识数字者。而何尝废其口耳之功用？苟据音母统系理董分析之，其间交错之故，可坐而致也。

明以言之，则莫如每字必分平仄一事，进而分为平上去入，又进而分为清声之平上去入，与浊声之平上去入。少则二声，多亦八声。自然区分，不思而得。发音读法，容有彼此之不同；平仄阴阳，断无争执之余地。所可异者，清声与浊声二类之字，上声与去声二类之字，与韵书不合者，殆四之一[②]。此之云韵书，以《广韵》为准。字音以三十六母之反切为准。间尝依番禺陈兰甫《切韵考》体例，比而次之，附以下例，列为表二。

表一《声类切母八声误读表》：

《广韵》用为反切母字者，凡四百五十二字，分为清浊二类。

---

① 原载国立暨南大学《文史丛刊》1934 年第 1 期，第 73 页。又自 1935 年 1 月 1 日起，连载于《科学时报》第 2 卷各期。标点由辑校者酌改。本章所有表格中用于说明读音的异体字，若简化会影响文意，则不做简化。原文全篇表格均无标题，今悉依原文。

② 着重号为原文所有。下同。

清浊二类中各依三十六母声组：

清	见溪	端透	知彻	帮滂	非敷	精清心	照穿审	影晓		
浊	群疑	定泥	澄娘	并明	奉微	从邪	床禅	喻匣	来	日

分隶之，并各附其切语。

每纽之字，依照潮州发音，不误读者为一类，误读者为一类。

发音以际遇家塾传授之音为断，其揭明误读，而里人有谓读之不如是而并未误者，则为个人之误读，亦资大雅参考。但本篇专论八声，至于声纽之变化，拟别为篇。

表终根据误读之字，妄以己见，归纳所以误读之通则如干则。

表二《韵类切母八声误读表》：

依陈君所分《〈广韵〉韵类表》立表，并以《广韵》中统领同音之字首横列之，但未见有误读字者不标出。

误读之界限，以每字之发音应清应浊及平上去入为限，清浊有误者列之，平上去入者有误者列之，其于声纽不合者不备及。

字首误读，则及其同音字之误否。（原注：以经见者为准）字首不误读，而其同音字有误读者，容有未备。

潮州方言多于口诵字音不尽相同，凡此类附注于各字之下，以资齐民审音者之刍采，或间附鄙见。

二　声类切母八声误读表

清声 二十一类	不误读者	误读者
端纽七字	多得何[①] 得德多则 丁当经 都当孤 当都郎 冬都宗	无
知纽九字	张陟良 知陟离 猪陟鱼 征陟陵 中陟弓 追陟隹 陟竹力 卓竹角 竹张六	无
照纽十二字	之止而 止诸市 章诸良 征诸盈 诸章鱼 煮章与 支章移 职之翼 正之盛 旨职雉 占职廉 脂旨移	无
彻纽七字	抽丑鸠 痴丑之 楮褚丑吕 丑敕久 耻敕里 敕耻力	无

① 原文表中反切或按语，以小字双行方式表示，今亦以小字形式表示。下同。

续上表

清声 二十一类	不误读者	误读者
心纽十七字	苏素姑 素桑故 速桑谷 桑息郎 相息良 悉息七 思司息兹 斯息移 私息夷 虽息遗 辛息邻 息相即 须相俞 胥相居 先苏前 写息姊	无
见纽十七字	居九鱼 九举有 举居许 规居隋 吉居质 纪居里 几居履 古公户 公古红 过古卧 各古落 格古伯 兼古甜 姑古胡 佳古膎 诡过委	俱举朱切。误读浊平声
溪纽廿四字	康苦冈 枯苦胡 牵苦坚 空苦红 谦苦兼 口苦后 楷苦骇 客苦格 恪苦各 苦康杜 去丘据 丘去鸠 墟袪去鱼 诘去吉 窥去随 羌去羊 钦去金 倾去营 起墟里 绮墟彼 岂袪豨 区驱岂俱	无
非纽十四字	方府良 卑府移 封府容 分府文 府甫方矩 鄙方美 必卑吉 彼甫委 兵甫明 笔鄙密 陂彼为	畀必至。误浊上。并府盈。误浊平。按潮方言，“方”“分”等字均读重唇如“邦”
敷纽九字	敷孚芳无 妃芳非 抚芳武 芳敷方 披敷羁 峰敷容 拂敷勿	丕敷悲。误浊平。“府”“敷”等字均读喉音如“虎”
穿纽七字	昌尺良 尺赤昌石 充昌终 处昌与 叱昌栗 春昌唇	无
影纽廿一字	於央居 央於良 忆於力 伊於脂 依衣於希 忧於求 一於悉 乙於笔 握於角 谒於歇 纡忆俱 挹伊入 乌哀都 哀乌开 安乌寒 烟乌前 鹥乌奚 爱乌代	无
清纽十四字	仓苍七冈 亲七人 迁七然 取七庾 七亲吉 青仓经 采仓宰 醋仓故 麤麄仓胡 千仓先 此雌氏	雌此移。误浊平
透纽八字	他托何 托他各 土吐他鲁 通他红 天他前 汤吐郎	台土来。误浊平
精纽十三字	将即良 子即里 资即夷 即子力 则子德 借子夜 兹子之 醉将遂 姊将几 遵将伦 祖则古 臧则郎 作则落	无

续上表

清声 二十一类	不误读者	误读者
晓纽十六字	呼荒乌 荒呼光 虎呼古 馨呼刑 火呼果 海呼改 呵虎何 香许良 朽许久 义许羁 休许尤 况许访 许虚吕 兴虚陵 喜虚里 虚朽居	无
帮纽八字	边布玄 布博故 补博古 伯百博陌 北博墨 博补各 巴伯加	无
滂纽四字	普滂古 匹譬吉 譬匹赐	滂普郎。误浊平
审纽十字	山所间 疏疎所葅 沙砂所加 生所庚 色所力 数所矩 所疏举 史疏士	无
审纽十四字	书舒伤鱼 伤商式阳 施式支 失式质 矢式视 试式吏 式识赏职 赏书两 诗书之 释施只 始诗止	无
穿纽八字	初楚居 楚创举 创疮初良 测初力 叉初牙 厕初吏 刍测隅	无
照纽七字	庄侧羊 争侧茎 阻侧吕 邹侧鸠 簪侧吟 侧仄阻力	无

上①切语上字清声二十一类二百四十四字，误读浊声者七字

浊声 十九类	不误读者	误读者
定纽十字	徒同都 同徒红 特徒得 度徒故 杜徒古 唐堂徒郎 田徒年 陀徒何 地徒四	无
澄纽十一字	除直鱼 场直良 池直离 治持直之 迟直尼 柱直主 丈直两 直除力 宅场伯	伫直吕。误清上
床纽十二字	锄鉏士鱼 床士庄 犲士皆 崱士力 士仕鉏里 崇锄弓 查鉏加 俟床史 助庄据	雏仕于。误清平

① 原文为“右”，因竖排版式而言“右”，现改为“上”。而“切语上字”之“上”，指反切上字，本章下同，不再出注。

续上表

浊声 十九类	不误读者	误读者
日纽八字	如人诸 汝人渚 儒人朱 人如邻 而如之 仍如乘 儿汝移	耳而止。误清上。 方言不误，浊上
喻纽十二字	余馀予以诸 夷以脂 羊与章 弋翼与职 营余倾 移弋支 悦弋雪	以羊己。误清上。 与余吕。误清上
喻纽十四字	云雲王分 王雨方 韦雨非 荣永兵 为远支 筠为赟	羽雨皆王矩切。皆误清上。 于羽俱。误清平。 永于憬。有云久。 远云阮。洧荣美。 以上四字俱误读清上
明纽十八字	文无分 无巫武夫 明武兵 弥武移 亡武方 眉武悲 绵武延 莫慕名 慕莫故 模谟摸莫胡	美无鄙。误清上。 望无放。误清去。 武文甫。误清上。 靡文彼。误清上。 母莫厚。误清上
群纽十字	渠强鱼 强巨良 求巨鸠 巨其吕 具其遇 臼其九 衢其俱 其渠之 奇渠羁	暨具冀。误清去
奉并纽十六字	房防符方 缚符镬 平符兵 皮符羁 附符遇 符苻扶防无 冯房戎 毗房脂 弼房密 浮缚谋 父扶雨 婢便俾	便房连。误清平
来纽十五字	卢落胡 来落哀 赖落盖 落洛卢各 勒卢则 力林直 林力寻 吕力举 良吕张 离吕支 郎鲁当 练郎甸	里良士。误清上。 鲁郎古。误清上
匣纽七字	胡户吴 侯户钩 户侯古 下胡雅 黄胡光 何胡歌	乎户吴。误清平
从纽十四字	才昨哉 在昨宰 前昨先 藏昨郎 酢在各 疾秦悉 秦匠邻 匠疾亮 慈疾之 自疾二 情疾盈 渐慈染	昨在各。误清上。 徂昨胡。误清平
并纽七字	蒲薄胡 步薄故 裴薄回 薄傍各 白傍陌 傍步光 部蒲口	无

续上表

浊声 十九类	不误读者	误读者
疑纽十五字	鱼语居 疑语其 牛语求 宜鱼羁 危鱼为 玉鱼欲 俄五何 吾五乎 遇牛具 虞愚遇俱	语鱼巨。误清上。 拟鱼纪。误清上。 五拟古。误清上。 方言不误。 研五坚。误清平
泥纽六字	奴乃都 诺奴各 内奴对 你双礼 那诺何	乃奴亥。误清上
禅纽十六字	时市之 殊市朱 常尝市羊 蜀市玉 市时止 植殖实常职 臣植邻 承署陵 是氏承纸 成是征	署常恕。误清上。 视承矢。误清去
娘纽三字	尼女夷 拏女加	女尼吕。误清上
斜纽十字	徐似鱼 祥详以羊 辞辞似兹 似详里 旬详遵 寺祥吏 随旬为	夕祥易。误清入
斜纽四字	神食邻 乘食陵 食乘力 实神质	无

上切语上字浊声十九类二百八字，误读清声者三十三字

通则一，清声误读浊声者少（原注：百分之三），浊声误读清声者多（原注：百分之十六），除“定”“疑”“斜”纽类外，皆有误读字。

通则二，浊声误读者三十三字中，入声最少（原注：一字），平声次之（原注：五字），上去声独多（原注：二十七字）。

通则三，清浊在方言不误，而临文诵读反误（原注：如“耳”“五”二字），方言中浊声所存较多。

即此观之，可知：

一、浊声字之发音及其反切均较清音为难，国语大半不能辨上去入之浊音，其厪[①]存者厥祖若宗度岭逾江，僻在边陬之孑遗耳。夫语言之传禅也，赖乎口耳之相承者半，赖乎反切之实证者亦半，反切不但以二字切一音，以下字定四声，而且以上字定清浊，知此者希，但依照下字约略得其音似，维清与浊，遂如丝棼矣。如羊已切以，而止切耳，不注意切语上字羊也而也之为浊声，但引申声纽与下字之已及止缀合，卒误浊音之以及耳

① “厪”，古同“仅”。

为清声。

二、因一字之误读，致凡其双声之字皆从而误读，如既误王矩之羽为清声，则必然误羽俱之于为清声，既误疑古之五为清声，则自然误五坚之研为清声也。平入两声，居舒缓与急促之两极端，误读清浊之由，既略如上述，读别字者不必论列，此外有声纽之一大原因在，舍此三者，不易有四声之误读矣。惟至上声与去声也，并清与浊共有四种，既皆为仄声，声之高低又不甚相悬殊，不习词赋者又不经用，借字书者能辨四声而少能辨清浊，即能定韵而少能定声，此上去两声乖舛交迕之所以独多欤，且也清上、清去二音，固甚明了，浊上、浊去二声，至易使检韵者惶惑不解，狃乎习者亦安之矣，一旦检及韵书，但见己所谓上者，韵书则去之，己所谓去者，韵书则又上之，爰作下表，以明其方，虽未足云启千载之玄秘，傥亦昭一方之故实，遵王之路，拥彗前驱者乎。

三、浊音之存于方言者独多，临文诵读反觉其少，如而止之耳，潮之方言则呼耳如盻（原注：使民盻盻然）之浊上也，如疑古之五，则呼如耦。君子谓之二五耦，五耦双声，蒙诵颇难上口之浊上也，塾中对书咬字（原注：不足为“咬”字，真是“喊”字），则必呼耳呼五为清声，已非方言本色，其不尔者，且被指为引车卖浆者言，是非音失而求诸野与？此非孤文只证也，方言不全为误读之字，下表于附注明之，其中属于浊去声者为多，盖临文诵读，谓宜去其土音之甚者，以貌正音（原注：俗曰孔子正，意言孔子正音也），学古不成，反失本能耳，兹先最其大略如右。

三　韵类字首（原注：同音者以类从）八声误读表（原注：附方言）①

东第一	董第一	送第一	屋第一	洪户公切，同音之讧。误清上②
穹去宫，音同躬。误清平	董多动，音同蝀，蝀蝃、蝀虹也。误清去	铳充仲。误清上		铳充仲反，或充仲切。潮州多误读上声清声。今潮方言用此为“鸟铳”之“铳”，呼如清去声之称
上清声③				
		弄卢贡。误浊上		
		凤冯贡。呼喻纽。误浊上		凤本轻唇。潮州无轻唇，皆转重唇或喉音
		哄胡贡。音同烘、閧。或误清上		哄之反切“胡贡”，上字“胡”为浊，因下字“贡”清，致有误读清声
上浊声				
冬第二	肿第二	宋第三	沃第二	
		综子宋。或误清平		
		统他综。误清上		
上清声				
			鹄胡沃。呼见纽。误清入	
上浊声				

① 为保持表格原貌，下面按起表头。

② 此列为备注，原文文字在表格外，今为清晰明了，故列入表中。

③ 原文为竖排版式，因言“右清声”，现改为“上清声”，表示上列所示为清声，下同。

续上表

锺第三	肿第二	用第三	烛第三	
上清声未见误读字				
	陇力踵。音同垅。误清上			陇之反切“力踵”，上字“力”浊声，因“踵”误清声，误切清上
		颂似用，音同诵、讼。误浊上		颂之反切“似用”，下字为去韵，因“似”字浊上，误切“似用”为浊上
	勇余陇，音同涌、甬、俑、衕、慂，均误			勇等之误切浊上，皆未明反切上字之“余”定浊声之故，此类最多
		俸扶用，音同缝、俸。误清上		俸同音之缝，潮方言呼如“邦”，浊去，正合
	冗而陇。误清上			
上浊声				
江第四	讲第三	绛第四	觉第四	
上清声未见误读字				
淙士江，又才宗，均浊误清平			浞士角，音同浊。误清入	
			邈莫角，音同藐、眊。误清上。眊，误清去	
上浊声				
支第五	纸第四	寘第五		
雌此移，音同柴。误浊平		惴之睡。误清上		

续上表

		吹尺伪。鼓吹，误清上		
	跬丘弭，音同蹺。或误清平	企去智，音同跂。误浊上		
		翅施智，音同施、啻、翅。或误读如“实”		翅潮方言呼“鱼翅”之“翅”如“刺”
上清声				
		易以豉，音同貤。误浊上		
		为于伪。误浊上		
		睡是伪，音同瑞。误浊上		
		议宜寄，音同谊、义。多误清上。义，误浊上		议同音之谊，有清去或浊去者
		伪危睡。误浊上		
陴符支，同音埤，并误浊平。脾、裨（裨谌）不误。又，纰误清上				
	蘂如累，音同蕊。误清上			
		渍疾智，音同眥、胔。误清去		
		诿女恚。误读如“委”		
上浊声				

续上表

脂第六	旨第五	至第六		
	癸居诔。误清去。呼如"贵"	冀几利，音同觊、骥、洎、概，并误浊上		
		媿俱位。愧同。误浊上		
		出尺类。出纳之吝①，误读本音		
绥息遗，音同虽、奞、夊、绥。误浊平		邃虽遂		
		懿乙冀。或误浊上		
丕敷悲。误浊平		痹必至，音同畀、庇、比（近也）。误浊比		痹潮方言呼"麻痹"之"痹"清去
		喟丘愧。误清上		
上清声				
	唯以水。误清上	肄羊至，音同殔、勚。肄，误清去。遗，误浊上		
	牝扶履。 否符鄙，痞、仳、殍，同误浊上	备平秘，音同奰、赑、鞴。误浊上		
	揆求癸。误清去	臮具冀，音同暨。误清去。洎，不误		

① "吝"字疑误。

续上表

	履力几。 垒力轨，音同诔、藟。误浊上	利力至，音同莅、泣、痢。误浊上		利潮方言①状“刀利”之“利”，或“利息”之“利”，皆呼如“来”细之浊去声
		自疾二。 萃秦醉，顇、悴、瘁，误浊上		
		腻女利。误直上		腻潮方言呼“细腻”之“腻”浊去，音义并合
		致直利，音同稚。误清去。稚，误清上		
蕤儒佳，音同緌，误清平	蕊如垒，误清上	二而至，音同贰。误清上		
	美无鄙，音同㜫。误清上	寐弥二。 郿明秘，音同媚。误浊上		
	视承矢。误清去	嗜常利。误清去		
	洧荣美，音同痏。误清上			
		兕徐姊。误清上	遂徐醉，音同彗、隧、燧、豕、穗，并误浊上	潮方言呼“彗星”之“彗”、“禾穗”之“穗”，均如反切，声韵皆不误
		悸其季。误清去		悸潮方言谓心不安曰“心悸”，呼如“县”字之方音，声韵皆合
上浊声				

① 原文作“潮方至”，“至”字形讹，今正之。

续上表

之第七	止第六	志第七		
上清声未见误读字				
	以羊己，音同已、苡。误清上	异羊吏，音同异、食（汉郦食其）。误浊上		
		侍时吏，音同莳。误浊上		
	拟鱼纪，音同儗、舂。误清上			
		忌渠记，音同惎、諅。误浊上		忌潮方言谓“忌日”曰“作忌”，呼“忌”如反切，适合
	耳而止。误清上			耳潮方言呼“耳”如“盻”（使民盻盻然）之浊上声
	里良士，音同裹、鲤、李、理、俚。误清上。俚，误浊平			
		值直吏。误浊入		
	矣于纪。误清上			
上浊声				
徽第八	尾第七	未第八		
上清声未见误读字				
沂鱼衣	尾无匪。误清上。韪于鬼，伟音同。误清上		毅鱼既，豙音同。误浊上，甚至误浊平	沂按，应读如“夷”，今山东沂县是也。俗“浴乎沂”多误读如“奇”。 韪按，炜、玮、玮、苇、韡，音皆同。 尾按，亹、娓、梶音同
上浊声				

续上表

鱼第九	语第八	御第九		
		据居御，倨音同。误浊上		据按，倨、踞、鐻、锯，音皆同
上清声				
	语鱼巨。误清上	御牛倨。误浊上。俗语不误		语按，鱼巨之语，论也。簖、籞、圄、敔、圉、衙、龉、铻、御同音。牛倨之语，浊去，说也，告也。 御潮州谚“御街咀（说）白话”之“御”读浊去
	龃床吕。误清上	遽其据。按，勮音同讵。醵误浊上		
	伫直吕。按，竚、纻同音。误清上	虑良倨。误浊上		吕为“虑”之浊上。膂、旅、侣同音。今读“吕”为浊上，不误。而他诸同音字误清上
	汝人渚。误清上	洳人恕。按，茹音同。误清去		
	咀慈吕。误清上	豫羊洳。按，预、誉、欤、与、澦音同。误浊上		
	纾神与。按，抒、杼音同。误清上	助床据。误浊上		
		署常恕。按，薯、曙音同。误清上		署潮方言读“署缺”之“署”为浊上，仍误

续上表

	女尼吕。误清上	女尼据。以女妻人也。误清去		
上浊声				
虞第十	麌第九	遇第十		
	拄知庾。按，拄、柱①、黈同音。柱独误			拄同音之柱，方音读如“跳”之浊上，系知母读为舌头端母之故。按，柱又作直主反
	数所矩。计也，如“数其罪”。误不与去声分	数色句。数目也		
		屦九遇。按，句、瞿、眲音同。句，不误。余误浊上		
		娶七句。误清上		
上清声				
		遇牛具。按，寓、庽同音。误浊上		
	武文甫。按，舞、儛、妩、侮、怃、庑、鹉、膴同音。均误清上	务亡遇。按，婺、骛、鹜同音。误清去。惟“雾”不误		武为文甫切，文为浊，则文甫切浊声一误为清声，则诸同声之字皆误
	羽王矩。按，禹、雨、宇等同音。误清上	芋王遇。不误。而同音之“雨”误与上声之“雨”不分		
		惧其遇。按，具、埧音同。误浊上		
	乳而主。误清上	孺而遇。误清上		

① 原文作“挂、一”，疑当作“拄、柱”。

续上表

	庾以主。按，窳、愈音同。误清上	裕羊戍。按，谕、喻、吁等音同。误浊上		
		屦良遇。误清上		
		附符遇。误浊上。住持遇。误浊上		
上浊声				
模第十一	姥第十	暮第十一		
上清声未见误读字				
	姥莫补。按，莽、妈同音。误清上	暮莫故。误浊上		
		捕薄故。按，哺、步同音。误浊上		步方言读浊去
		护胡误。按，互、濩同音。误浊上		
	五疑古。按，午、伍、仵同音。均误清上	误五故。而同音之寤、晤、悟，误浊上。忤、迕、逻误清上		五方言读同“午时”之“午①”，浊上，不误
	鲁郎古。按，橹、滷、虏、掳、卤同音。误清上	路洛故。按，潞、鹭、璐、赂同音。误浊上		路与露方言皆读浊去。惟临文则各读浊上、清去
徂昨胡。退、②殂同音。误清平		祚昨误。按胙、阼同音。误浊上		
上浊声				
齐第十二	荠第十一	霁第十二		
睽苦圭。按，奎、睽同音。误浊平		霁子计。按，济同音。误清上		
		闭博计。误阳上		

① 原文作“五”，按诸文意，当作“午”。

② 原文此处衍一“同”字，今删之。

续上表

		媲匹诣。按，睥、濞同音，误清上		媲切匹诣之“诣”，多误读“旨”，故误清上
上清声				
鼙部迷。误清平	礼卢启。按，蠡、沣、醴同音。误清上	丽郎计。按，戾、隶、俪、唳、沴、涖、丽、叕诸同音字，皆误浊上。惟去声之“离”误清去		
		第特计。按，弟、遰、髢、鬄、缔、睇、褅、棣、杕、递、逮同音，多误浊上。惟“褅”，误清去		
		慧胡桂。按，惠、蕙同声。误浊上，惟“蕙”不误		
		诣五计。按，羿、睨、盻、霓同音。误读如“旨”		
	米莫礼。按，眯同音。误清上	谜莫计。误浊上		谜潮方言谓射覆曰“要（清入）谜”，读浊去，子母俱不误
	祢奴礼。按，涰、薾同音。误清上	泥奴计。按，泞同音。误清		祢祖祢。又楚人呼母曰“祢”。今潮州方言有呼母为“祢”者，正读浊去。 泥泞方言状雨后泥泞，音如“柰”。“柰”，读清入促声
上浊声				

续上表

		祭第十三		
		毳此芮。按，脆同音。误清上		
		缀陟卫。误浊上		缀潮方言读“缀衣裳”之“缀”为浊去，不误
		蔽必袂。误浊上		
上清声				
		卫于刿。按，轊、槥、彗、嚖同音。误浊上		卫潮方言于小儿挨打时保释之，呼如“位”，正读浊去
		曳馀制。误浊上。 袂弥弊。误浊上		
		啜尝芮。误清入		
		滞徒例。误清去		
上浊声				
		泰第十四		
		蔼於盖。按，壒、霭、暧同音。误清上		
上清声				
		艾五盖。按，獒同音。误浊上		艾潮方言谓“艾草”之“艾”，如土音之“兄”浊去韵，不误
		大徒盖。误浊上		大潮方言读徒外切浊去，不误
		兑杜外。误浊上		
		会黄外。误浊上		会同音之“绘”，读古外切

续上表

		赖落盖。按，籁、癞、濑、粝同音。误浊上		赖潮方言读浊去，不误
		酹郎外。误清上		
		蕞才外。误清入。眛莫贝。误浊上		
		旆蒲盖。误清去		旆同音之“狈”，读浊去，不误
上浊声				
佳第十三	蟹第十二	卦第十五		
		懈古隘。按，懈、廨同音。误浊上		
		隘乌懈。按，阸同音。误入声		
上清声				
鼃户娲。误清平		邂胡懈。误浊上		
	妳奴蟹。妳，同乳也			妳潮方言谓“乳”曰“妳”浊上，全合
	买莫蟹。误清上			
上浊声				
皆第十四	骇第十三	怪第十六		
汇苦淮，又胡罪切，水名				汇澄海姚文登《初学检韵》云：“字典（康熙）无此字。”
上清声				
	骇侯楷，或误浊平	械胡介。按，韰（俗薤）、瀣同音。误浊上		

续上表

		坏胡怪。误浊上		
		聩五怪。误浊上		
上浊声				
		夬第十七		
		夬古卖。或误决清入		
		虿丑介。误读宰清上		
上清声				
		迈莫话。按，劢、譪、休同音。误浊上		
上浊声				
灰第十五	贿第十四	队第十八		
	贿呼罪。按，悔、烸同声。贿，误读如“右”浊上			贿同音之“悔”不误。烸，南人呼火也
		愦古对。误浊上		
上清声				
摧昨回。误清平				摧应读浊平。而崔、催，读清平，不误
		溃胡对。按，缋、阓同音，误读见母音上		
	浼武罪。按，每同音，误清上	妹莫佩。按，昧、眛同音。误浊上		妹潮方言呼“姊妹”之“妹”为浊去，不误
		佩蒲昧。按，珮、邶、悖、背同音。误浊上		佩同音之“邶”，如“邶风”，或误浊平

续上表

		内奴对。误浊上		内潮方言误读来纽
上浊声				
咍第十六	海第十五	代第十九		
上清声未见误读字				
		载昨代。按，再同音。误清去		
		赉洛代。按，睐、徕同音。误清去		
	乃奴亥。迺，古文；鼐，同音。或误清上	耐奴代。按，鼐、耏同音。误浊上		
上浊声				
		废第二十		
上清声未见误读字				
		刈鱼肺。乂同音。误阳上		
上浊声未见误读字				
真第十七	轸第十六	震第二十一	质第五	
囷去伦。误浊平		疢丑刃。按，趁同音。误清上	肸义乙。误浊入	
		震章刃。按，赈、娠、袗、振同音。误清上		
上清声				
		慎时刃。误清上	秩直一。按，帙、袠、侄、䵒同音。误清入	秩同音之“侄”不误浊入
	忍而轸。误清上	刃而振。按，认、韧、仞、轫、牣、讱同音。误清上		刃所同音之字，惟“认”字不误读

续上表

	窘渠殒。按，菌同音。误清上	仅渠遴。按，觐、瑾、墐、馑、廑同音。仅，误清上		仅同音诸字皆误清去
	引余忍。按，蚓、弞、廴、靷同音。误清上	胤羊晋。误浊上		
	牝毗忍。按，髌（膑同）同音。误清上			牝同音之“髌”误清去
	殒于敏。按，陨、霣音同。误清上	慭鱼觐，伤也。误清入		
	泯武尽。按，僶、黾同音，同音字①误清上			
	愍眉殒。按，慜、悯、闵、敏、鳘同音，皆误清上			愍同音之“鳘”，海鱼，仍误清上
上浊声				
谆第十八	准第十七	稕第二十二	术第六	
屯陟纶。按，窀、迍同音。误浊平				
逡七伦。按，竣、皴、墫、埈、踆、夋同音				
上清声				
	盾食尹。按，吮、楯音同。误读端纽清上	顺食闰。误浊上		

① “同音，同音字”，疑有衍字。

续上表

	尹余准。按，允、狁音同。误清上		聿余律。按，遹、欥音同。误读来纽	聿等字误声母，不误韵母，不在本表范围。因误读太甚，故并及之
		殉辞闰。按，徇、侚音同。误清去		
上浊声				
文第二十	吻第十八	问第二十三	物第八	
		酝於问。按，愠、缊、薀（俗蕴）音同。误清上		酝同音之“愠”误浊上
上清声				
文无分。音同之“蚊”误浊平	吻武粉。按，刎、抆音同。或误清入			
汾符分。误清平。同音者三十七字，氛、羒、枌、棼、棻、岎、蚡误清平，坟、濆、贲读并纽	愤房吻。误清上	问亡运。同音之“闻”误浊上	佛符弗。同音之“怫”误清入	
		郡渠运。误浊上		
上浊声				
殷第二十一	隐第十九	焮第二十四	迄第九	
		靳居焮。“明明斤斤”之“斤”音同。或误清入		
上清声				
		近巨靳。误浊上		
	听牛谨，笑儿。俗以为“聽”之省字			
上浊声				

续上表

元第二十二	阮第二十	愿第二十五	月第十	
		堰於建。误清上		
		建居万。误浊上		建潮方言呼“福建”之“建”为清去
		贩方愿。按，傆、愿音同。误清上		
上清声				
		愿鱼怨。误浊上		愿潮方言“还愿”之“愿”为浊去
	远云阮。误清上。俗呼不误	远于愿。离也。误浊上		远潮方言“远近”之“远”读影纽，正为浊上不误
烦附袁。同音三十八[1]中，误清平者，番、缗、燔、膰、蕃、璠、旛、藩，皆以番得声而误	饭扶晚。餐饭	饭符万。《周书》：黄帝始炊谷为饭		饭潮方言呼“食饭”之“饭”为并纽浊去
上浊声				
魂第二十三	混第二十一	慁第二十六	没第十一	
		顿都困。误浊上	突他骨、陀骨二切，今均读浊入	顿潮方言“三餐”曰“三顿”。顿，清去
上清声				
魂户昆。音同之“浑”误清平，从军得声误		慁胡困。并音同之“溷”误清上并读见纽		

① “三十八”后疑脱“字”字。

续上表

	懑模本。误清上	闷莫困。误清去	兀五忽。按，杌音同。误清入	兀同音之刖不误，因从月得声
		嫩奴困，嫩同。误清去		
上浊声				
痕第十二四	很第二十七	恨第二十七		
上清声未见误读字				
	很胡垦。误清上	恨胡艮。误浊上		
上浊声				
寒第二十五	旱第二十三	翰第二十八	曷第十二	
看苦寒。误浊上。音同之“栞、刊”不误				
上清声				
寒胡安。音同之“邯”，误清平		翰侯旰。音同之“捍、扞、鼾、汗、悍、瀚、闬”，并误清上	曷胡葛。音同之“褐、蝎”，并从曷得声，误清入	翰音同之“汗”，方言呼如“寡”浊去，不误
			剌卢达，剌谬也。误“剌”不必论，多不读入声	
		岸五旰。音同之“犴、喭”，并误浊上		
		惮徒案。误浊上		
上浊声				
桓第二十六	缓第二十四	换第二十九	末第十三	
			括古活。音同之“桧、刽”，误清去	
上清声				

续上表

	缓胡管。误浊去。音同之“澣”（浣同），误清上	换胡玩。误清去。音同之“逭”，误清上见纽		
		玩五换。翫同，并音同之“翫、忨”，误清上		
		段徒玩。误浊上		段潮方言读浊去，临文乃读浊上
	卵卢管。误清上。俗不误	乱郎段。误浊上		卵潮方言呼“卵”为泥纽浊上
		叛薄半。误浊上。音同之“畔”，误清去		
	满莫旱。与音同之“潢”，误清上	缦莫半。与音同之“幔、漫、墁”，误浊上		
上浊声				
删第二十七	潸第二十五	谏第三十	黠第十四	
		䜭生患。亦作孪。误浊平		
上清声				
		患胡惯。音同宦、豢。误浊上	黠胡八。误见纽清入	
	赧女版。误清上	慢谟宴。音同嫚、漫，误浊上		
	阪扶阪。误清上	雁五晏。音同赝。误浊上		
上浊声				
山第二十八	产第二十六	裥第三十一	鎋第十五	
上清声未见误读字				

续上表

		幻胡辨。误清去		
	栈士限。误清去	祖丈苋，绽同，误清上		
	眼五限。误清上	瓣蒲苋。与辨（原注：辦同）音同。瓣，误读如“合”之清入。辨，误浊上		瓣同音之“辨”即“辦”，从刀。小徐新附从力之“辦”字。潮方言呼“买辦”之“辦”浊去
上浊声				

四　韵类字首（原注：同音者以类从）八声误读表下（原注：附方言）

先第一	铣第二十七	霰第三十二	屑第十六	
		殿都甸堂练练①切。今呼“殿后”之“殿”为浊上，误		
上清声				
前昨先。音同之“湔”，误清平		荐在甸。与同音之“洊、瘠”，均误清去		
	泫胡畎。与音同之“铉”，误清上	见胡甸。（原注：现俗②）误清去		见之俗体“现”，潮方言读浊去，不误
		县黄绚。误清去		县潮方言读如“轨”之浊去
	殄徒典。音同跈，均误照纽之清上	电堂练。与殿同音，误浊上		

① “堂练练”三字疑衍。
② “现俗”后疑脱“体‘现’”。

续上表

妍五坚		砚吾甸	啮五结。音同霓、臬、鶂、隉、闑。误清上	啮同音之“臬、闑”，不误
	辫薄泫。误清去。同音之“扁”，误清上			
上浊声				
仙第二	狝第二十八	线第三十三	薛第十七	
诠此缘。与音同之“铨、痊、筌、荃、拴”，从全得声者，均误浊平。又悛、譔音同				
栓山员。误浊平		譴去战。误清上		
上清声				
	践慈演。音同饯。误清上			
	輭而兖（原注：软俗）。音同蝡、腝。误端纽清上			
	輦力展。音同琏。误清上			
	脔力兖。音同娈。误清去	恋力卷。误清去	劣力辍。音同埒。误清入	
潺士连。音同孱。误清平		篹士恋。音同馔、膳、譔。误浊上		
便房连。音同平（原注：平平）、媥（原注：媥娟）。或误清平		便婢面。 卞皮变。又拼（原注：抃同）汴。误浊上		

续上表

	免亡辨。误清上			
		衍以浅。音同羡、涎、延。误浊上		
		瑗于愿。音同援、媛、院。误浊上		瑗同音之“院”，潮方言读浊去
		彦鱼彦。音同唁、谚、这（原注：迎也）。误浊上		
		倦渠卷。误浊上		
	趁尼展。误清上	辗女箭。同碾。误清上		
上浊声				
萧第三	筱第二十九	啸第三十四		
上清声未见误读字				
迢徒聊。音同条、髫、跳、迢。髫，误清平。跳，误仄	窕徒了。误清上			
	了卢鸟。音同蓼、瞭、缭。误清上			
	奴鸟。音同嬲。嬲，误清去		尿奴吊。或作溺	嬲潮方言谓戏相扰曰“嬲”，清平。尿潮方言谓小便曰“尿”，而叫切，浊去
上浊声				
肙第四	小第三十	笑第三十五		
		笑私妙。音同肖，误浊上		

续上表

		剽匹妙。音同漂、僄、摽		
上清声				
		召直照。误浊上		
樵昨焦。音同谯。误清平		诮才笑。误清上		
	扰而沼。误清上。同音之“绕、遶”，误清去	饶人要		饶潮方言让人之“饶”，泥要切，浊去
		耀弋照。音同曜。误浊上		
韶市招。轺亦同音。误清平		邵实照。音同劭		邵潮方言呼邵康节之姓，浊去，不误
瓢符霄。音同飘。误清平	摽苻少。误清少。音同鳔			摽同音之“鳔”（原注：鱼鳔），潮方言呼浊上，不误
	眇亡沼。音同渺、淼、杪、秒、藐，并误清上			
	缭力小。音同燎。误清			
上浊声				
肴第五	巧第三十一	效第三十六		
		稍所教。误清上		
嘲陟交。误浊平				
		罩都教。误浊上		
上清声				
	卯莫饱。音同昴。误清上	皃莫教。“貌”籀文。误浊上		

续上表

		乐五教。误浊上		
		棹直教。音同櫂。误浊上		
上浊声				
豪第六	皓第三十二	号第三十七		
上清声未见误读字				
	皓胡老。音同昊、皞、镐、浩，误清上。灏，不误			
	老虑皓。音同獠、獠、潦，均误清上			老潮方言读浊上，不误
		冃莫报。音同瑁、冒、媢，均误浊上		冃同音之“耄”，误浊去。惟“帽”不误浊去
		暴薄报。音同袌。误浊上		暴同音之“瀑”，误清入
		导徒到。音同之“悼、蹈、盗”，均误浊上。焘、帱，误清上		
		傲五到。音同奡。误浊上		
上浊声				
歌第七	哿第三十三	箇第三十八		
		佐则箇。误浊上		
上清声				
	我五可。误清上			
		逻郎佐。误浊平		

续上表

		柰奴个。误浊上		
上浊声				
戈第八	果第三十四	过第三十九		
倭乌禾。东海中国。误蔼。涡同音，不误		唾汤卧。涶同。误清上		
上清声				
		卧吾货。误浊上		
		惰徒卧。音同媠。误浊上		
		磨模卧。礳同		礳潮方言“挨礳”，浊去，不误
	裸郎果。躶、臝、蠃同，音同。瘰、蠃，误清上			
		和胡卧。误浊上		
上浊声				
麻第九	马第三十五	祃第四十		
上清声未见误读字				
	马莫下。音同码。误清上	祃莫驾。误浊上。同音之“骂”不误		
	乜弥也			乜潮方言以为“什么”之“么”，读清入
	野羊者。音同也、冶。误清上			也潮方言读浊去，仍误
	雅五下。音同疋、瓦。误清上	迓吾驾。音同讶。误清去		

续上表

阇视遮。误清平				
		乍锄驾。音同蜡。误清去		
上浊声				
阳第十	养第三十六	漾第四十一	药第十八	
		访敷亮。误清上	谑虚约。误浊入	
		诳居况。误清上，并从影纽		
上清声				
	㒳良奖。音同两、魉。误清上	亮力让。音同谅、悢、踉、量。误浊上		
		仗直亮。误浊上	著直略。误清入	
	壤如雨。误清上	让人样。误浊上		让潮方言“退让”之“让”，读泥纽浊去
	网文两。（原注：網同）又同罔。因从罔得声之同音字“惘、魍”，均误清上	妄巫放。误清上		妄同音之“望”，方言不误。惟“朔望”之“望”，则又误浊上
		酿女亮。误清上		
		状锄亮。误浊上		状潮方言读“告状”之“状”为浊去
		尚时亮。音同上。（原注：上下）误浊上		尚潮方言“和尚”之“尚”，“上下”之“上”，均呼浊去
	往千两。音同暀。误清上	迂于放。音同旺、王。误浊上		

续上表

	犟其两。音同疆。误清上			
	仰鱼两。误清上			
上浊声				
唐第十一	荡第三十七	宕第四十二	铎第十九	
		傥他浪。误清上		
		谤补旷。误浊上		
上清声				
		宕徒浪。误清入		
		浪来宕。误浊上		
	晃胡广。音同幌。误清上	吭下浪	涸下各。音同鹤、貉。误清入	
	莽模朗。音同茻、蟒、漭。误清上			
	曩奴朗。误清上			
傍步光。彷音同。或误仄声		傍蒲浪。误浊上		
卬五刚。音同昂。误清平				
		藏徂浪。音同奘。误浊上	昨在各。音同酢、怍、凿。误清上	昨同音之“凿”，不误读。酢，或误如“住”。怍，或误如“诈”
上浊声				
庚第十二	梗第三十八	敬第四十三	陌第二十	
瞠丑庚。误清平				
			栅测戟。误浊上	

续上表

磅抚庚。小石落声。今以为英币之“磅”。呼浊去				
			磔陟格。误读桀。同音之“舴”，误读乍	
上清声				
	猛莫杏。 皿武永。俱误清上	命莫更。 命眉病。俱误浊上		命潮方言呼浊去，不误
		詠为命。（原注：咏同）音同泳。误清去		
		竞渠敬。音同誩。误浊上		
		迎鱼敬。误清去		
上浊声				
耕第十三	耿第三十九	诤第四十四	麦第二十一	
泓乌宏。误浊平		诤侧迸。误浊上		
上清声				
			覈下革。音同翮、核，均误清入	
			賾士革。音同啧，均误清入	
上浊声				
清第十四	静第四十	劲第四十五	昔第二十二	
并府盈。音同屏。误浊平		摒卑政。误清上。音同之“并”，误浊上		

续上表

	颈居郢。误清去	劲居正。误浊上		
上清声				
	郢以整。多误清上如“逞”			
	颍馀顷。音同颖。（原注：考叔）多误清上如“逞”			
		净疾政。误浊上	籍秦昔。误浊上。同音之“踖、瘠”，误清入	
		盛承正。误浊上。同音之“晟”，误浊平		
			掷直炙。误浊上。炙，亦误清去	掷潮方言呼投物之“掷”如“色”，清入
	领良郢。音同岭。误清上	令力政。误浊上		
上浊声				
青第十五	迥第四十一	径第四十六	锡第二十三	
扃古萤。音同駉、坰。误浊平	謦去挺。误清去		阒苦鶪。多误如“就”之清入	阒潮方言谓寂静为“阒”，呼如“就”之清入
			逖他历。误浊入。同音逷、倜、趯、剔、惕、踢，不误	
上清声				
	迥户顶。音同同、泂。误见纽清上	胫胡定。呼见纽，误清去	檄胡狄。呼见纽，误清入	

续上表

	茗莫迥。音同酩。误清上			
			寂前历。误清入	
			鹢五历。误清入	
			甓扶历。读帮纽，误清入	
上浊声				
蒸第十六	拯第四十二	证第四十七	职第二十四	
上清声未见误读字				
		孕以证。音同媵。误浊上		
		乘实证。误浊上		
上浊声				
登第十七	等第四十二	嶝第四十八	德第二十五	
		亘古邓，竟也。误清上		
上清声				
			劾胡得。呼见纽，误清入	
		邓徒亘。音同蹬、滕。误浊上		
上浊声				
尤第十八	有第四十四	宥第四十九		
不甫鸠。误浊平				
		簉初救。误浊上如“造”		
上清声				
	有云久。与“友”同误清上。右，不误	宥于救。音同又、佑、祐、囿、侑。误浊上		有潮方言呼如“乌”之浊上

续上表

		溜力救。音同廖、霤、瘤。误清去		溜同音之“廖”，潮方言呼廖姓浊去
	酉与久。音同诱、牖、槱、羑。误清上			
	湫在九。音同愀。误清上	就疾僦。音同鹫。误浊上		
		授承呪。误浊上		
	蹂人九。或误浊去			
		骤鉏祐。误浊上		
		岫似祐。音同袖。误清去		
		胄直祐。音同酎、宙、籀、㤽。误清上		
上浊声				
侯第十九	厚第四十五	候第五十		
		仆匹候。同踣，音同趏。误清入		
上清声				
		陋卢候。音同镂、瞜。误浊上。偻，误清上		陋同音之“漏、屚”，读浊去不误
	藕五口。音同偶（原注：匹也）、耦，并误清上	偶五遘。不期也。误清上		
	母莫厚。音同牡、某、拇、亩、鶛，并误清上	茂莫候。音同贸、戊、楙、懋、姆、冃，多误浊上		茂同音之“戊”，呼浊去，不误
上浊声				

续上表

幽第二十	黝第四十六	幼第五十一		
上清声未见误读字				
		谬靡幼。音同缪。误定纽浊上		
上浊声				
侵第二十一	寝第四十七	沁第五十二	缉第二十六	
侵七林。音同骎、浸，并误浊平				
上清声				
	廪力稔。音同㐭、懔、凛，并误清上			
		鸩直禁。或误清平		
		甚时鸩。误浊上		
	荏如甚。音同饪（原注：饪同）、稔、袵，均误清上	妊汝鸩。与同音之“纴、任”，除或读阳平外，误清上。任，误浊上。又，衽，或误平，或误清上		妊同音之“任”，潮方言呼之“上任”之“任”，浊[①]去，独不误
			熠羊入。音同舂。误清入	
			煜为立。音同晔。误清入	
上浊声				
覃第二十二	感第四十八	勘第五十三	合第二十七	
上清声未见误读字				

① 原文衍一“浊”字，今删正之。

续上表

	禫徒感。音同霮、黮、窞、萏、倓、禫，多误浊平			
		憾胡绀。音同琀（原注：亦作含）。误浊上		
上浊声				
谈第二十三	敢第四十九	阚第五十四	盍第二十八	
		阚苦滥。音同瞰、噉。误清上		
上清声				
	噉徒敢。啖、啗同。音同澹、淡。噉，或误“敢”			
	览卢敢。音同擥、榄。误清上	滥苦瞰。误浊上		
		暂藏滥。蹔同。音同錾。误浊上		
		憨下瞰。误清上		盍胡腊。音同阖、嗑、盍。今呼见纽，误清入
上浊声				
盐第二十四	琰第五十	艳第五十五	叶第二十九	
		闪舒赡。音同苫、掞。闪，误清上		
上清声				
	敛良冉。音同潋。误清上	殓力验。音同苫、敛。误清上		
		赡时艳。误清去		
	冉而琰。音同苒、染。误清上			

续上表

			聂尼辄。音同蹑、镊。误清入	
			晔筠辄。音同馌、烨。误清入	
上浊声				
添第二十五	忝第五十一	㮇第五十六	怗第三十	
			燮苏协。音同屟、躞。误清入	
上清声				
		念奴店。误浊上		念潮方言呼"背书"曰"念书"，浊去
上浊声				
咸第二十六	豏第五十二	陷第五十七	洽第三十一	
			夹古洽。音同荚、袷、夹。误浊入	
上清声				
上浊声未见误读字				
衔第二十七	槛第五十三	鉴第五十八	狎第三十二	
上清声未见误读字				
	槛胡黤。音同舰、獵。误清去		狎胡甲。音同柙、匣、狎。误清入	
上浊声				
凡第二十九	范第五十五	梵第六十	乏第三十四	
		俺於剑。误清上		
上清声				
上浊声未见误读字				

上表，清声音首误读者九十五字，浊声音首误读者三百七十三字，都四百六十八字

通则一，音首之清声误读字与浊声之误读字，为百分之二十与八十之比。

通则二，音首之误读者，平声四十三，上声一百二十七，去声二百五十五，入声四十二。其百分比：百分之九，百分之二十七，百分之五十五，百分之九。

通则三，音读有误，方言可比附不全误者五十三则。

通则四，因不知随切语上字而清浊而误，因妄随切语下字之清浊而误。

通则五[①]，因误读音首而误，因误随得声偏旁字之清浊而误。

即此观之，可知表一之后所推定之通则，及说明之理由，与真理极相近焉。今再附就曰：

一、浊声误读清声者，较之清声误读浊声者，两表之数，皆为五倍，则浊声字之发音及反切之较然可知。

二、平入两声，缓促悬殊；上去四种，区分最弱。何谓四声？天子圣哲，纯属清系，难觅对语。何谓八声？陈君举东农董勇送种屋烛八字为例。际遇慊其有声无义，忽得生丑旦贴婆（原注：老旦曰婆）净外末八字而狂喜。然净之反切为才性，是浊去也。旋又思得文体之书启记檄移序传跋，及圣哲画像之周孔顾葛韩范郑陆两则，已[②]深苦上去四声嵌缀之艰难。何难乎尔？难在误读者多。每字不记反切，虽知其韵，而仍未定清浊也。得此统计，上去声之切误[③]读者，与上入两声，为八与二之比而强，不亦彰明较著乎。

三、子云《方言》之作，赖存古音；余杭《新方言》篇，惠及岭表。顾存者究得几何？挂一于焉漏万。我既恨不见古人，我尤憾音学大师不谙南蛮鴃舌之语，呼古人於一堂，揖野人而共话，庶其有千载词人所未悟，一旦豁然而贯通者乎！观表二附注之例，所谓雅训旧书，往往而合者非邪？此类既不为甚少，不能以“偶然有合”一语了之也明甚，故不废识小之条，以俟大雅之扬榷焉。

四五两条，因果甚明。

---

① 原文脱“五”字，今据上文补之。

② 原文作“已”，今据文意酌改为“已”。

③ 原文衍一“误”字，今删之。

编次既竟，又有说焉。或有以为古今南朔之不同，变迁递嬗，何可胜数？更乌能执古人之韵书，绳现代之方语？而不知此表之作，正以观其变化也。事有可得而改革者，有不可得而改革者。方言之事，口耳相承，杂以域外之言，临以帝王之尊。可变者其单辞只字，不可变者其构造体系。窃信此中正多未发之理，深望志乘丛报等书，各以其地其时之音，编制为表，庶有达者，理而董之。

二十二年六月十六日，青岛万年山中成稿

十二 联

即心知我[①]

即心是佛；
知我其天。

庚午二月，际遇（夷门长）（黄际遇印）

挽陈仰周[②]

昨年陈表兄仰周之殁，记余联为：

迹先生孝友，自有千秋，惭余不学无文，表碑难传郭有道；
数同怀弟昆，仅余一个，从今孑立捧奠，伤心不独柳永州。

子厚云：

孑立捧奠，顾盼无后继者。

盖自仰周之殁，而余中表兄弟亦无一人。戚党孤零，可为涕陨。
……
余挽表兄陈仰周联云：

---

① 澄海不舍斋藏，纸质墨书楹联，据实物著录。

② 原载《万年山中日记》第一册（1932 年 6 月 21 日），见《黄际遇日记》卷一，第 34～35 页；《万年山中日记》第十册（1933 年 5 月 24 日），见《黄际遇日记》卷二，第 307 页。按，日记中前后两次记录此联，文字略有出入，今并录于此。

迹先生行谊，别有千秋，惭余谫学无文，表碑难传郭有道；
数同怀弟晜[①]，仅余一个，从今孑立捧奠，伤心不独柳永州。

词旨甚哀，不能自克。

厕屋联语[②]

晚饭后，仍往一多处茗谭，泽丞在座，实秋后至。一多志笃学高，去世绝远，蒙兹奇诟，势不得不他就矣。《石遗室诗话》[③]一部，一多检以还予者，即以为证重逢之券。

坐[④]中庄谐并出。予举厕屋联，如：

入来双脚重；
出去一身轻。

工于写实。

沟隘尿流急；
坑深屎落迟。

工于学唐。泽丞曰："此晚唐之作也。"

又举"大风吹屁股；冷气入膀胱"一联，亦复骀宕。

挽蔡树豪[⑤]

婚弟（原注：《尔雅·释亲》：妇之党为婚兄弟，婿之党为姻兄弟）蔡树豪殁于丁卯

---

① "晜"，古同"昆"。

② 原载《万年山中日记》第一册（1932 年 7 月 1 日），见《黄际遇日记》卷一，第 66～67 页。

③ 日记原文作"《石遗诗话》"，今补全书名。

④ "坐"，古同"座"。

⑤ 原载《万年山中日记》第二册（1932 年 7 月 16 日），见《黄际遇日记》卷一，第 99 页。

十五年十一月某日。时余适自武昌归，敛已一日矣。尘劫未忘，复为联补哭之：

伯牛有疾，颜渊无年，我来已迟，惭与巨卿争一恸；
高台未倾，爱妾尚在，弟归何处，空谈元吉自千秋。

原挽云：

二十年游戏人间，胥父母昆弟之言，犁然无间；
卅余日弥留病榻，穷中西针灸之术，命也如何？

书斋冠首[①]

客自故乡来，云有人以书斋名三，属为冠首楹联。余曰：

马战鏖乎！今世安得有所谓书斋也？且素薄此道，不为！

而客又重申其请。
无已，为讲故事一则：

有浪子尽鬻其家所有者，惟祖像二帧无与问津。忽商得守财虏某，愿与贱贾受之。

非谓他人父也？将去其头，存身，嵌入新头也。

故曰：人可斩头，我却不能卖身！

---

① 原载《万年山中日记》第二册（1932年7月17日），见《黄际遇日记》卷一，第102页。

集《后汉书》[1]

读《后汉书·儒林列传》，集句为联：

遁逃林薮，怀挟图书；
采求阙文，补缀漏逸。
修起太学，稽式古典；
网罗遗逸，博存众家。
居今行古任定祖；（原注：任安）
说经嗜酒杨子行。（原注：杨政，原作："说经铿铿杨子行。"）

……

晚，以所集《儒林传》二联可赠杨金甫祭酒也，即柬报之。

集黄许传[2]

点读《后书·儒林传》，以黄香、许慎传集联曰：

天下无双黄江夏；
五经第一许汝南。

应平儿索[3]

十里香荷初雨后；
一枝红杏报春来。

---

① 原载《万年山中日记》第二册（1932年7月20日、21日），见《黄际遇日记》卷一，第107～108页。

② 原载《万年山中日记》第二册（1932年7月27日），见《黄际遇日记》卷一，第119页。

③ 原载《万年山中日记》第二册（1932年8月6日），见《黄际遇日记》卷一，第149页。

应平儿索句，书楹联付之。

赠王献刍[1]

料检各事。午赴柳隅之招，同坐皆外交界人物。饭后回傅宅与孟真话别。即往献刍宅少坐，为书一联曰：

来与江山添掌故；
自应宾主尽心知。

订期而别。至车站，王献刍、傅孟真、马雅堂、徐侍峰远来送行，刘康甫同车。卒不见金甫。

贯三命对[2]

昨晚，贯三忽以“月旦”命对。今晨始得“花朝”以应之，贻诚称善。（原注：又可对“花晨”。语出亵书，不可为训矣）

集联偶同[3]

生平集联，有偶与前人合者。如，壬寅在汕题大峰祖师义冢云：

掩之诚是也；
逝者如斯夫。

① 原载《万年山中日记》第二册（1932年8月28日），见《黄际遇日记》卷一，第165页。
② 原载《万年山中日记》第二册（1932年9月5日），见《黄际遇日记》卷一，第170页。
③ 原载《万年山中日记》第二册（1932年9月5日），见《黄际遇日记》卷一，第173页；《不其山馆日记》第二册（1935年12月4日），见《黄际遇日记》卷五，第174页。

壬戌在芜湖题蟂矶山孙夫人塑像云：

有情应识我；
遗恨失吞吴。

后在某书见其经为前人所集矣。不谋而同，有如此者。
……
生平集句，有已为前人所发者。如题汕头义冢云：

掩之诚是也；
逝者如斯夫。

则刘金门题义园句也。（原注：见《楹联丛话》十二卷）
题芜湖蟂矶山孙夫人庙云：

有情应识我；
遗恨失吞吴。

赠人云：

古董先生谁似我？
落花时节又逢君。

则并有所见，不记谁氏矣！

集联三对[①]

集联：

《易》曰：书不尽言，言不尽意；

① 原载《万年山中日记》第三册（1932年9月13日），见《黄际遇日记》卷一，第216页。

《传》曰：言以足志，文以足言。

又联：

仰承纵赏山中，游心人外；（原注：晋安王《答广信侯书》）
信足荡累颐物，悟衷散赏[1]。（原注：晋吴均《与施从事书》）
始得触兴为诗，凌峰采药[2]；（原注：帛道猷《与道壹书》）
敬想结庐人境，植杖山阿。（原注：杜之松《再与王绩书》）

回文妙对[3]

客上天然居，居然天上客。

绝妙回文，久悬绝对。
余因见“人造自来血”右行横匾，得对曰：

人造自来血，血来自造人。

开封大学某君遂以“本日大出卖”之市招，得对曰：

本日大出卖，卖出大日本。

闻者靡不哄哂。

---

① 原文作“娱衷散宾”，今从通行本《与施从事书》作“悟衷散赏”。

② 按《高僧传》（见［日］高楠顺次郎等编《大正新修大藏经》，日本大正一切经刊行会1922至1934年版，Vol. 50，No. 2059）卷五“竺道壹”：“时若耶山有帛道猷者……与道壹经有讲筵之遇。后与壹书云：始得悠游山林之下，纵心孔释之书，触兴为诗，陵峰采药……”则《高僧传》作“陵峰”而非“凌峰”。然黄际遇先生此处作“凌峰”，或与下联“植杖”对仗有关，今仍作“凌峰”。

③ 原载《万年山中日记》第三册（1932年9月16日），见《黄际遇日记》卷一，第228页。

失口为联[1]

有皮姓，名高品者。失口为成“皮之不存；品斯下矣”一联。明知口过，然已不胫而走。

郭君未用[2]

泽丞同舍郭君，新夫妇皆闽人，余信口代撰一联，彼未敢用也。联云：

佶骨鳌牙，筚路蓝缕；
軥辀格磔，夜话晨妆。

本章师意[3]

意兴飘萧，风情零落。前为叠均[4]，后为双声。摇曳之音，敲铿之节，于此寄焉。（原注：《尔雅·释天》：“回风为飘。”《诗笺》云：“声成文者，宫商上下相应。”心声之言，即天籁之所托也。）

太炎先生壬子在金挽诸烈士联云：

群盗鼠窃狗偷，死者不瞑目；
此地龙蟠虎踞，古人之虚言。

语本《三国志》，诸葛亮曰：“钟山龙蟠，金陵虎踞，千古帝王之都也。”

---

① 原载《万年山中日记》第三册（1932年9月16日），见《黄际遇日记》卷一，第228页。

② 原载《万年山中日记》第三册（1932年9月25日），见《黄际遇日记》卷一，第256页。

③ 原载《万年山中日记》第一册（1932年9月27日），见《黄际遇日记》卷一，第270页。又载《黄任初先生文钞》，第70～71页。

④ “均”，古同“韵”。

余十一年自美洲还广州，道中所见，纪以一联曰：

屠狗起家，厕鼠如麇；
斗鸡淮右，走马章台。

讥诸将也。意实本章师。

挽钱素蕖[1]

挽钱素蕖女士联：（原注：女士，常州谢觐虞玉岑室人。谢君为女士《行略》数千言，情文双绝。予未识谢君。昔年承李孟楚介绍，赠联二对，极文人考古之能事者）

自来未闻词章寿考之夫妻，既庐杖有文，亦知子真能好古；
在我颇究奇耦错综之数理，纵蒺藜茹痛，窃愿使君其勿悲。

（原注：《晋书·刘实传》：字子真。丧妻，为庐杖之制，终丧不御肉。轻薄笑之，实不以为意。《易·困卦》："困于石，据于蒺藜，入于其宫，不见其妻。"此联欲脱去常格，而音节究有未至处）

挽马王氏[2]

挽马府王嫂夫人并唁隽卿谱兄：（原注：家中转到潮阳马隽卿来赴[3]马王夫人之丧书，中有"数十年忧患与共之人"一语，即用原句成联如下）

数十年忧患可共[4]之人，机丝堂下，柳絮庭前，都道孟光能椎髻；
八九秋草木变衰之日，落叶空阶，高天孤雉，忍看荀令独伤神。

---

① 原载《万年山中日记》第四册（1932年10月1日），见《黄际遇日记》卷一，第284页。

② 原载《万年山中日记》第四册（1932年10月10日），见《黄际遇日记》卷一，第326页。

③ "赴"，古同"讣"。"十二联"一章中，"来赴""赴闻""以……丧赴""赴音""赴至""赴来""《赴》"等之"赴"字皆通"讣"，不再出注。

④ 按，既言"用原句成联"，然上文为"忧患与共"，此处作"忧患可共"，未悉后者为笔误抑或酌改，今仍从原文。

挽柳杰士[1]

（1932年10月21日）晚……纫秋携申电来，索为柳某题《赴闻》。问津及世外之人。然难却之。

（1932年10月22日）下午……先成题柳某像成联一则：

万石君家闻郡国；
五湖老后听子孙。

用《史记》“万石君传”及“货殖列传”句应之。

挽王伯母[2]

晚成挽王伯母联，（原注：雁题、雁初、雁洲，同母三昆弟，一榜茂才，皆执业先兄荪五先生[3]翌科，亦拾案首。开邑以来，未有此盛）尚觉稳切浑成：

勔勮勃助，王氏四贤，忝属通家，慈训义方知有自；
元恺熊罴，黉门一榜，归告世伯，文章经济两无惭。

---

① 原载《万年山中日记》第五册（1932年10月21日），见《黄际遇日记》卷一，第375页；《万年山中日记》第五册（1932年10月22日），见《黄际遇日记》卷一，第379页。另按澄海张庆明先生藏《柳杰士先生讣闻》（原封面已佚，辑校者拟名。汕头1932年版），该联上款“恭题杰士先生遗像”，下款“黄际遇（黄际遇印）”。

② 原载《万年山中日记》第五册（1932年10月23日），见《黄际遇日记》卷一，第383页。

③ 日记原文此处有“汉卿行二”四字，未悉何意。姑录于此。

赠李雁姓[1]

集联：

并有著书，咸能自序；（原注：庾信《哀江南赋·序》）
性本疏惰，少无宦情。（原注：《北史·序传》李延寿曾祖李仲举语）

即以写报杭州李雁姓。

挽张瑞甫[2]

门人张希曾校长以其尊人瑞甫先生丧来赴，哀启述其善医，晚年失明。书联寄汴：

活人未计钱，扶杖不忘鲤庭训；
封阡已有表，祭酒共数牛医儿。（原注：用《后书·黄宪传》语。《四六丛话》引笔记云："古人语自由椎拙不可掩者。"沈约云："黄宪，牛医之子；叔度，名动京师。"）

挽周毓莘母[3]

常州周毓莘（原注：伊耕）督学以母丧来赴。伊耕，东京同学，尝招致武昌教席，朴厚可友。为联寄之：

惟太君备险阻艰难，以兴邦之道克其家，教育桑麻，典型宛在；
视叔子掌輶轩版册，谓孝亲之大为报国，汝坟华黍，风化油然。

---

① 原载《万年山中日记》第五册（1932年10月28日），见《黄际遇日记》卷一，第406页。"姓"，古同"晴"。

② 原载《万年山中日记》第七册（1932年11月19日），见《黄际遇日记》卷二，第3页。

③ 原载《万年山中日记》第七册（1932年11月19日），见《黄际遇日记》卷二，第3页。

虞礼联语[1]

预拟联语数则：

三虞之祭；
五世其昌。
既葬而封，如冈如陵；
以虞易奠，来假来飨。
速返而虞，吾从其至者；
归复于土，气无不之也。
茹苦训心，折蔆励志；
封阡木表，虞乐安神。
日中而虞，已迟稘[2]年之后；
轮高可隐，长依四尺之封。
口泽犹存焉耳，踯躅当年画荻教；
魂气无不之也，彷徨三祭凿楹书。

横额：

寝成孔安。

挽蔡忠杰[3]

旧门人张奋可……请为蔡俊卿撰挽联。……旅怀跌荡，思趣较灵，口占挽联数则。

---

① 原载《万年山中日记》第八册（1932年12月19日），见《黄际遇日记》卷二，第128～129页。

② “稘”，古同“期”。

③ 原载《万年山中日记》第九册（1933年2月18日），见《黄际遇日记》卷二，第143～144页。

蔡忠杰俊卿，予之邱嫂弟也。（眉批：张怡荪云：邱，渠也。渠，大也。歼厥渠魁。《楚元王传》：高祖过邱嫂餐，闻戛羹声。张晏曰：邱者，大也，长嫂之称也。应劭曰：邱者，嫂之姓也。孟康曰：西方呼亡婿曰邱婿。邱者，空也。言兄已亡，空有嫂也。三说似张为长。——《秋雨庵随笔》）未冠已补博士弟子员，尤工小楷，翩翩佳公子也。中岁坎坷不偶，历走南洋、日本，誓不归家。予娄[1]晤之行旅中，规劝无效。晚年就申上文牍薄职，不足言温饱。壬申除夕，殁于客次，年甫六十。身后萧然，薄棺以敛。奋可为予言之，若有余憾焉。幸乡人佽助有加，不日将归柩故里云。余挽之曰：

珠江矮屋，岛户草茵，接席之间见素心，邈焉先生，曩日屐裙，伊可怀也；

星市鬻文，申潮橐笔，故乡此去无多路，行矣元伯，先人封垄，宛在望兮。

代奋可挽联：

识先生于淮海风尘间，十载呴濡，草草劳人，春似梦；
夺贤者于饧鼓喧声里，一棺落莫，沉沉凄雨，夜如年。

代黄思敬作：

一身去国三千里；
尺剑乘槎六十年。

家传社集[2]

癸酉初春。
家传清网云林阁；

① “娄”，通“屡”。
② 澄海素位堂藏金漆木雕书柜铭文，据实物著录。

社集太平烟浒堂。

任初（任初印）

赠张云等[1]

午，子春、绎言宿中国饭店，来电话邀往共饭。……夜为书联：

金陵王气在；
海国怒潮高。
我欲乘槎归去；
臣是天子呼来。
偶然踪迹成蹊径；
毕竟诗书有宿缘。

分赠之，并转致何衍璿一帧于羊城。又书联：

文章憎命达；
江湖秋水多。

贻奋可。

天地有正气；
钟声无是非。

贻其煌。

① 原载《万年山中日记》第九册（1933年4月10日），见《黄际遇日记》卷二，第198～199页。

赠谢鹤瑞[1]

晚为谢鹤瑞书联云：

烟云供几席；
屐杖自春秋。

挽欧树文父[2]

书挽联：

有子为弓裘哲嗣；
先生是六一畸人。

寄欧树文。

时间数字联[3]

细数落花因坐久，为寻芳草却归迟。

王荆公句也。

时间观念与数之概念，有不能尽用于文学处。人讥骆宾王好以数目为对，号“算博士”。

---

① 原载《万年山中日记》第九册（1933年4月13日），见《黄际遇日记》卷二，第203页。
② 原载《万年山中日记》第九册（1933年4月16日），见《黄际遇日记》卷二，第222页。
③ 原载《万年山中日记》第九册（1933年4月29日），见《黄际遇日记》卷二，第226页。

因戏拟二联：

三百六日五斗酒；
二十四番一年风。
天下之才，子建八斗；
东邻处子，窥臣三年。

算博士之对[①]

人问泽丞，文学与数学，一讲如何。
泽丞曰：

神采奕奕，气象万千。

索余为算博士之对，则往应之曰：

喜气洋洋，礼仪三百。

旋易为：

大风泱泱，礼仪三百。

集《世说》[②]

卧阅《世说新语》二卷，成联一则：

无事痛饮酒；
不才熟读骚。

① 原载《万年山中日记》第九册（1933年5月2日），见《黄际遇日记》卷二，第231页。
② 原载《万年山中日记》第十册（1933年5月10日），见《黄际遇日记》卷二，第255页。

取王孝伯言“名士不必须奇才，但使常得无事，痛饮酒，熟读《离骚》，便可称名士”之意，或作七言联：

但使常得痛饮酒；
不必须才熟读骚。

集《毛诗》[①]

集《毛诗》为联：

不识不知，顺帝之则；
无小无大，从公于迈。

此河间所谓书中语无不可成对者。

书赠工友[②]

为工友书联：

天上无双月；
人间有畸儒。

运笔特佳，视大内诸臣所跪书者，云泥之别矣。

① 原载《万年山中日记》第十册（1933年5月11日），见《黄际遇日记》卷二，第256页。
② 原载《万年山中日记》第十册（1933年5月21日），见《黄际遇日记》卷二，第298页。

偶成联语[1]

偶成联曰：

此中最是难测地；（原注：顾和始语）
先生不知何许人。

谐联一则[2]

谐联一则：

洪宪二君子，顾鳌、薛大可；
摩登五条件，潘驴、邓小闲。

集古妙对[3]

未知明年在何处；（原注：记系东坡句）
何可一日无此君。（原注：王子猷语）

的是妙对。

① 原载《万年山中日记》第十册（1933年5月21日），见《黄际遇日记》卷二，第301页。
② 原载《万年山中日记》第十册（1933年5月24日），见《黄际遇日记》卷二，第308页。
③ 原载《万年山中日记》第十册（1933年5月24日），见《黄际遇日记》卷二，第309页。

挽陈硕友[1]

夜，苦思数联挽陈硕友亲家，至鸡鸣：

特设一榻，去则县[2]之，海内存知己，天涯若比邻，如弟如兄，（眉批：《淮南子》：上视下如弟，则下视上如兄）死友难忘陈仲举；（原注：用《徐穉传》句）

行矣元伯，永从此辞，此别间黄泉，相知成白首，（原注：工部《哭李尚书之芳》）不封不树，生刍谁识徐南州？（原注：林宗有母忧。穉往吊之，置生刍一束于庐前而去。众怪，不知其故。林宗曰："此必南州高士徐孺子也。"语在《徐穉传》。"死友""生刍"，工巧而不失之纤佻。昔人传"先生"与"后死"为绝对，不知视此为何如？）

南州景岳，群高文正之风，器最不才，亦忝称东床坦腹；（原注：王逸少事，见五月廿一日日记）

北海趋庭，未受桥君之学，公乎安往？何处向西土招魂？（原注：《后书·桥玄传》：玄字公祖，七世祖仁从同郡戴德学，著《礼记章句》四十九篇，号曰"桥君学"。又《三国志·周瑜传》：桥公两女，皆国色也）

即射覆、评棋、品酒而言，王瞻以还三绝技；（原注：事见六月六日记）

负急公、好义、孚信之行，范公而后一秀才。

挽黄鸾阁[3]

构联哭黄上舍鸾阁：

君之孝行，月旦皆碑，誓墓负相期，送死养生遗隐痛；

我所兄事，晨星可数，登高异曩日，倾河倒海哭斯人。

---

① 原载《万年山中日记》第十一册（1933年7月1日），见《黄际遇日记》卷二，第385～386页。

② "县"，古同"悬"。

③ 原载《万年山中日记》第十二册（1933年10月4日），见《黄际遇日记》卷二，第430页。

抢对为乐[1]

夜，丁丁山招张、姜、傅、彭诸同人饮厚德福。藏钩传盏，不负明时。酒后，互以抢对为乐。

彭云：

月经。

余对：

年谱。（原注：或年表）

张对：

日历。

彭云：

经布。

姜对：

传钞。

张云：

厚德福。

① 原载《万年山中日记》第十二册（1933年10月4日），见《黄际遇日记》卷二，第430～431页。

姜对：

　　薄情郎。

丁云：

　　棒打无情郎。

傅云：

　　汝请厚德福。

张云：

　　么五轮拳。

予云：

　　二三其德。

皆冲口而出，取快当前。
傅述绝筹云：

　　鸟名戴胜，人名戴不胜，可以人而不如鸟乎？

众凑对云：

　　彼名黄初，我名黄任初，不然我何有于彼哉！

此亦人生行乐耳，须富贵何时也！

集联一则[①]

集联一则：

世有达人，门有通德；
乡曰高阳，里曰居巢。

挽黄云溪[②]

午，仲儿、冢妇等家禀来，报云老于九日（原注：八月二十日子刻）病故。……联以哭之：

衡门之下，倏尔八年，暗淡谢时评。底事方干不第，（原注：唐新定人，貌寝，缺唇。有司不与科名。殁后，宰官张文裔奏文人不第者十五人，干与其数。追赐及第）罗隐无名？（原注：五代吴越新城人，貌寝，十上不中第，能诗）从先生者，坐若春风。抵死晏如，书来犹辨古丧制。（原注：存《万年山中日记》）

东野之官，萧然一尉，凋零伤异客。为念北海倾尊，鳣堂问字。彼君子兮，化同秋草。此生已矣，论者以方汉弘农。（原注：汉杨震，弘农华阴人。父宝。习《欧阳尚书》，哀、平之世，隐居教授）

挽曹理卿父母[③]

构占一联，挽曹母任太宜人。太宜人，曹理卿之母。仲丹初，季敏

① 原载《万年山中日记》第十二册（1933年10月7日），见《黄际遇日记》卷二，第433页。

② 原载《万年山中日记》第十二册（1933年10月18日），见《黄际遇日记》卷二，第452～454页。

③ 原载《万年山中日记》第十二册（1933年10月28日），见《黄际遇日记》卷二，第491页；《不其山馆日记》第三册（1935年12月19日），见《黄际遇日记》卷五，第217～218页。

溪，固始县人，皆馆中州时素交。夫妇年寿俱登八十六岁。子四人，各服官山东有差，洵老福也。联云：（原注：赙四金）

设帐到中州，识勔勮助劼一门四贤，惟义训有方，花县群沾众母范；

享年跻大耄，看子孙曾玄五叶齐茂，况封翁建在，人间几见两游仙。

……

固始曹丹初、理卿、敏溪诸昆季，汴游最悉。前年（原注：癸未）已唁其内艰，（原注：有联）今日来赴晴轩太公之丧。据《状》，年已八十有八。少年入泮即决意仕进，奉亲训子孙以终云。

画图九老，桑海五朝，当代有几人？试回望，西洛耆英，已如硕果。

晢墓盛时，传经晚岁，百年无多日，何遽随，北堂萱草，空余荫庭。（眉批：薏，令人忘忧草也，重文"蕿""萱"。今《诗经》"终不可谖兮"作"谖"，或作"藼"、作"蕿"）

夜，成联已过四鼓矣。俯仰之间，谓天盖高，谓地盖厚，而无可为斯人地也。

确对一则[1]

许叔重《说文解字》；

王伯厚《困学纪闻》。

确对。

---

① 原载《万年山中日记》第十三册（1933年11月4日），见《黄际遇日记》卷三，第3页。

郊行集联[1]

郊行，集一联曰：

平生能着几两屐？
卿辈可容数百人。（原注：东坡语）

挽李晓舫母[2]

早课完，未及进食，公务麇集。罗季若来，即函复李晓舫，以母丧赴，即成唁联：（原注：并为门人代拟一首）

及养有惭李征君，事母未能，欲与故人争一哭；
显亲可拟徐文定，凿楹具在，即兹传卷已千秋。
夫天不可阶而升，大道恢恢，幸附名师窥蠡海；
有母方依闾而望，白云渺渺，空见游子抱楹书。

晓舫即以旦日行。涸坐公衙，援笔成此，不及雕镂矣。

挽陈少文祖母[3]

临行，始见同邑陈少文以祖母丧（原注：八十七龄）来赴。车中不寐，改窜旧句成联：

① 原载《万年山中日记》第十八册（1934年5月5日），见《黄际遇日记》卷三，第235页。

② 原载《万年山中日记》第十九册（1934年6月2日），见《黄际遇日记》卷三，第336～337页。

③ 原载《万年山中日记》第二十册（1934年7月1日），见《黄际遇日记》卷三，第390～391页。

报刘已无多，天不假年四千日；
于鲁其有后，人待举火五百家。

会葬期已迫矣，乃用电报远唁之，费四金有奇。

贺傅斯年[1]

傅斯年（原注：孟真。北平护国寺前铁匠营二号）与俞大彩女士明日结昏[2]，以喜柬遥寄。即以“三匝有依；两美必合”八文电贺之。

集联二则[3]

集联：

书似青山常乱叠；
灯如红豆最相思。
名士青山千日酒；
故人红豆两家灯。

挽岳母蔡太夫人[4]

闻外姑蔡太夫人之丧，今日始成联，将以绫帛写吊之：

迟我母之殁者四年，最伤心萱谢庭空，凄凉华表魂归处；

① 原载《万年山中日记》第二十册（1934年7月1日），见《黄际遇日记》卷三，第390页。
② “昏”，古同“婚”。
③ 原载《万年山中日记》第二十册（1934年8月23日），见《黄际遇日记》卷三，第470页。
④ 原载《万年山中日记》第二十一册（1934年8月29日），见《黄际遇日记》卷三，第493页。

以半子承欢者廿载，忍回忆机声灯影，珍重征途面命时。（原注：《唐书》：德宗诏成安公主下嫁，可汗上书恭甚，言昔为兄弟，今为半子也）

午，出席教务会议，举示怡荃。怡荃以联中字面少属外姑，有未慊处。会毕，入图书馆，遍检《太平御览》《渊鉴类函》《骈字类编》，皆无“岳母”字样。所记者惟《史记·高祖本纪》，吕媪怒吕公曰：“公始常欲奇此女子与贵人。沛令善公，求之不与。何自妄许与刘季?”公曰：“此非儿女子所知也。”卒与刘季。不知史传尚有逸闻否?

挽方博泉母①

挽方年伯母。武昌方博泉以几何教授同馆十年。予曾为方太公、太母写寿序。十六年，军兴，方太公殁，直博泉贫甚，又自广州以五十金赙之。博泉，纯孝士也。

为大学师，知母夫人之贤，鸡黍供亲，曾从陈留称寿斝；（原注：茅容，陈留人）

乃几何时，继明经公而逝，卷葹有草，谁为太史序遗图?（原注：吴锡骐为有《洪稚存同年机声灯影图序》）

挽方光圻父②

扬州方光圻（原注：千里）以其尊人慎之先生赴闻，（原注：千里，十二年前芝加哥同学，治物理学）先生殁以九月十八日，又邑庠生云。即挥一联吊之：

萧瑟秋风，事可痛心九一八；

凋零椿树，言犹在耳礼诗书。

---

① 原载《万年山中日记》第二十二册（1934 年 10 月 25 日），见《黄际遇日记》卷四，第 71 页。

② 原载《万年山中日记》第二十四册（1934 年 12 月 23 日），见《黄际遇日记》卷四，第 277 页。

挽嵇文甫父[1]

嵇（原注：胡鸡切，俗误“稽”）文甫自汲县以父柩葬仪来赴，撰联寄之：

群书写定全《郑志》；（原注：玄门人作《郑志》八篇）

千里会丧拜蘧邱。（原注：《一统志》：蘧伯玉墓在汲县西北三十里君子村。班昭《东征赋》：蘧氏在城之东南，民亦尚其邱坟）

书赠少侯[2]

为少侯制联曰：

芝草无芳三年不笑；
鲁酒之薄一醉为艰。

即书贻之。

酒酣放笔[3]

思敬以车来速往南宝，即应之。午食并为多饮，酒酣放笔作书，酬爱我者。首集句为史镆书楹帖云：

圣代即今多雨露；
故乡无此好湖山。

---

① 原载《万年山中日记》第二十四册（1934 年 12 月 31 日），见《黄际遇日记》卷四，第 299 页。

② 原载《万年山中日记》第二十四册（1935 年 1 月 7 日），见《黄际遇日记》卷四，第 304 页。

③ 原载《万年山中日记》第二十五册（1935 年 1 月 11 日），见《黄际遇日记》卷四，第 310 页。

索书者纷然麇至。磬要[①]县[②]腕，多以楹联应之。自未达卯，尽积纸三之二而已，几五十通，仍不能人人而济之也。

舟行缀联[③]

舟行，不辨百武，有闻无见。缀联如干则。

追挽开封雷化云教授：

龙场驿边悲客死；
不其山下拜先生。

为人题墓：

言犹在耳；
骨归于藏。

挽某：

廿载肩随，兹之恸公为天下耳；
五步腹痛，敢委隆谊于草莽也。

除夕：

屏当岁钱除腊夕；
安排盆菊到花朝。

（原注：《晋书·阮孚传》：祖约性好财。正料财物，客至，屏当不尽。或作“摒挡”。当，去声）

① “要”，古同“腰”。
② “县”，古同“悬”。
③ 原载《万年山中日记》第二十五册（1935 年 1 月 14 日），见《黄际遇日记》卷四，第 311～312 页。

甲戌冬，甫抵里门：

半生嗟来食；
万里去归程。
四十九年弹指过；
一万余里去来程。
十载雕虫心力尽；
六索驽马道途长。
羁心长儿女；
轶事付童妪。

集陶：

被褐欣自得；
躬耕非所叹。
春兴岂自免？
高操非所攀。
谈谐无俗调；
岁月共相疏。

集句：

去去百年外；
栖栖一代中。
摘花不插发；
寒江无限情。

杂联：

新春过人日；
荒野亦天然。
千金市骏骨；

一笑倾人城。
生不如人长鞍马；
归将此意付江湖。
归来一卧沧江晓；
老去独惭晓月明。
庸书为活计；
卖药避时名。
周之衰也秦鹿突；
天将兴之楚猴冠。
夜深衾梦如春永；
雨后芦帘镇日垂。
秋声随雨集；
野渡逐波横。
惭留骏骨空冀北；
忆逐吟声过水西。
卮酒解兵柄；
杯羹释尔翁。

集周句：

青山不管人间事；
使君欲为天下雄。
木落尚留当户叶；
雪深犹作隔年寒。
不知春去如流水；
但觉山居得古欢。
石鼎香萦将烬火；
瓦瓶花恋欲残枝。
闲情脱略除巾带；
雅兴从容数酒卮。
云净山争出；
林疏鸟独哀。

风雨一堂联雁序；
江河千里断鱼鳞。
田家生计忧花事；
春夜关心到雨声。
遮护燕泥怜霢霂；
安排蚕种到清明。
风月闲情胜酒酽；
幽燕豪气入秋多。

挽黄麟阁[1]

入夜不寐，枕上成联挽黄麟阁：

东郭有人，我家万石；
南风不竞，为子七哀。

挽陈仲韬母[2]

陈仲韬以其母丧来赴。交旧卌年，睽违廿载。沐发之际，成长联唁之：

情深画荻，志甘茹荼，既楹书之已传，归告将军公，如此儒儿，夫复何憾？

脚折劳薪，心枯寸草，哀鲜民之永感，读到《茅容传》，非无鸡黍，谁适为欢？

---

① 原载《万年山中日记》第二十五册（1935年1月15日），见《黄际遇日记》卷四，第315页。

② 原载《万年山中日记》第二十五册（1935年1月18日），见《黄际遇日记》卷四，第317页。

乙亥春联[1]

乙亥春联：

奋轧于乙，春冠四时；
始一终亥，化成万物。

家庙门联[2]

居人未改秦衣服；
今日犹睹汉威仪。

十五年除夕，口占此联，实贴家庙大门。尔后不敢更，以此联标榜矣。

今年篆书“阳春新岁月；江夏旧门庭”十字，应景而已。衣冠揖让之仪，人尚谓兹祠为盛也。

挽王修父[3]

王修自福州以父丧来赴，其兄季四人。为联挽之：

勔勮助劼，退而学礼；
陇燕吴粤，游必有方。

① 原载《万年山中日记》第二十五册（1935年1月26日），见《黄际遇日记》卷四，第331页。

② 原载《万年山中日记》第二十五册（1935年2月4日），见《黄际遇日记》卷四，第339页。

③ 原载《万年山中日记》第二十五册（1935年3月5日、6日），见《黄际遇日记》卷四，第363、366页。

……

挽福州王秋笙先生联，以意有未尽，复续为长联。据讣音云，业医，四子仕南北各省，皆获驰归侍疾视含。此事，余终天之恨也。

陇燕吴粤，游必有方，惭对牛医儿，尝药凭棺无遗憾；
劻勷助劼，退而学礼，低徊马江渚，巷歌春相有余思。

挽瞿茀章妻[1]

瞿茀章（原注：文琳，湖北人，河南中山大学同馆。）以妻廖夫人丧来赴。为联挽之：

远目非春亦自伤，（原注：李益句）况南雁分飞，坠弦正当三月莫[2]；
画眉今日空留语，（原注：韩偓语）念伯鸾高义，赁舂谁和五噫歌。（原注：梁鸿，字伯鸾，妻孟光，曰窃闻夫子高义，乃共入山中，作《五噫之歌》。噫，平声）

挽王筱航祖母[3]

王筱航（原注：向荣）以其祖母（原注：蔡太君）赴窆并启。撰联寄挽：

郑小同门承通德；
魏太君阡表泷冈。
阡表泷冈，太夫人进号魏国；
门承通德，郑公乡名之小同。

---

① 原载《万年山中日记》第二十六册（1935年4月10日），见《黄际遇日记》卷四，第437页。

② “莫”，古同“暮”。

③ 原载《万年山中日记》第二十六册（1935年4月13日），见《黄际遇日记》卷四，第441页。

挽杨书田父[①]

沂水杨生书田（原注：曲阜师范学校校长）以父丧窆同赴，报以一联。杨生从学武昌，能率教者。

传业袭弘农，飞雀讲堂，合有黄衣拜杨宝；（原注：杨宝，震父）
卜封归防墓，说骖旧馆，愧无绛帐荫郑玄。

挽蔡卓勋[②]

邑人蔡上舍卓勋竹铭，晚自号瀛壶，与先兄同社，年十五以府试案首举博士弟子，声名凌轹，并时无两。尝一游广雅之门。而囿于词章，不克自拔。六十以后，尤好诗翰，结纳南北词人，刻稿相赠答，亦风雅士也。不善治生，千金辄尽。垂老之资，出于鬻宅。至举藏书、卧榻，博换米盐。客冬南归，闻其局促穹庐，未及往视。而纫秋得江宁郭竹书《哭壶师诗》，则竟以春仲饿死矣。长联哭之，以当驴鸣。（原注：并函家人，赙以六金）

会其丧者以千余。哭师一纸，卷秦淮凄雨而来。痛步兵车迹，谯郡琴声，末路同萧条。谁为瀛壶修恨史？

入此岁来已七十。复社长兄，随龚生天年竟夭。问中郎赐书，两当遗稿，名山久寂寞。可有灵迹瘗诗囚？（原注：元好问诗“郊岛两诗囚”，指孟郊、贾岛也。曾祭汤海秋文，放[③]此。“诗囚”已引用之，恐駴[④]人见闻，写联时仍作“诗魂”）

---

① 原载《万年山中日记》第二十六册（1935年4月27日），见《黄际遇日记》卷四，第463页。

② 原载《万年山中日记》第二十六册（1935年4月28日），见《黄际遇日记》卷四，第465页。

③ “放”，通“仿”。

④ “駴”，古同“骇”。

挽附中某生[1]

予前主中州大学，襄教者来言，附属中学某生夭事，占一联应之：

及门中谁好学者？
如子也欲勿殇乎？

……

记乙丑馆汴时，附属中学一生夭，校人为会追悼之，索联于予。即书十四言曰：

及门中谁好学者？
如子也可勿殇乎？

尚称得体。

自 寿 一 联[2]

是日予生日，盖五十一度矣。……自寿一联：

读破三九诸篇释；
生前六一八日身。

---

① 原载《万年山中日记》第二十七册（1935 年 6 月 1 日），见《黄际遇日记》卷四，第 543 页；《因树山馆日记》第四册（1936 年 10 月 26 日），见《黄际遇日记》卷六，第 451 页。

② 原载《万年山中日记》第二十七册（1935 年 6 月 13 日），见《黄际遇日记》卷四，第 556 页。

挽李芳柏母①

饶平李渭农（原注：芳柏）视学以母丧来赴。渭农前在武昌同馆十年，颇有清望。为联唁之：

行县辄问隽不疑，有子治《春秋》，溯当年，茅郭定交，避雨已沾义方旧；

事母何惭李困笃，故乡多岁月，伤此日輶轩所及，望云犹祝餐眠安。（眉批：《唐书·狄仁杰传》：仁杰登太行山，反顾见白云孤飞，谓左右曰："我亲舍其下。"瞻怅久之。云移，乃去。吴锡骐《张船山池南老屋图记》云："虽循陔采兰，未遂诗人之心志，而望云思舍，可知游子之心。"语同本此）

偶得联语②

偶得联二则，取摅胸臆，不敢书榜也。

子明援琴，孝然下道；（原注：并附见《魏书·管宁传》。或作：逢萌掷楯）

无功酒谱，元叔柴车。

敦兮若朴，旷兮若谷，混兮若浊；（原注：《道德经》句）

上士闭心，中士闭口，下士闭门。（原注：清《王通中说注》所引古语）

《文选》槐花③

《文选》烂，秀才半；

---

① 原载《万年山中日记》第二十七册（1935年6月13日），见《黄际遇日记》卷四，第556页。

② 原载《万年山中日记》第二十七册（1935年6月14日），见《黄际遇日记》卷四，第557页。

③ 原载《万年山中日记》第二十七册（1935年6月27日），见《黄际遇日记》卷四，第589页。

槐花黄，举子忙。

可作一对。

不其山馆[1]

拟颜寄庐曰“不其山馆”。媵以一联：

郑君好学，粗览传记；
劳山养志，不知东西。

集《郑传》及《逢萌传》语。（原注：柬乞叔明榜之）

题陈杰生像[2]

朋初乞题其伯父（原注：杰生）遗象，以十四言酬之：

孝谨余风流石氏；
桑榆修樾荫迟儿。

言其高年晚有子也。樾，多荫也。古以“越”为之。《淮南子·精神训》：

得休越下，则脱然而喜矣。

---

① 原载《万年山中日记》第二十七册（1935 年 6 月 27 日），见《黄际遇日记》卷四，第 589 页。

② 原载《万年山中日记》第二十七册（1935 年 6 月 27 日），见《黄际遇日记》卷四，第 590 页。

赠动植物家[①]

夜席间，尔玉匄[②]榼帖，并其友刘士林各以治动植名家者。今日为成联云：

鱼跃鸢飞察而见意；
流寒岸断游无所盘。（原注：此句出张华《鹪鹩赋》）

又倒用王维句云：

门前学种先生柳；
道旁时卖故侯瓜。

挽黄季刚[③]

十日，《大公报》载季刚（原注：黄侃）逝世专电。……泽丞特诣公室相告。予方治公，未及阅报也，闻讯为之泫然。……呜乎！塞上闻笳，秣陵未答，屋梁落月，腹痛如何？先成一联，以寄吾哀：

世人皆欲杀，吾意独怜才，（原注：杜句）传学无郑兴，笺注等身一手定；（原注：《杜林传》：河南郑兴长于古学，尝师事刘歆）

重有金樽开，何时石门路？（原注：李白《鲁郡东石门送杜二甫》）抚尸恸脂习，死生负汝百年期。（原注：《孔融传》：脂习与融相善，每戒融刚直。融死许下，习往抚尸曰："文举舍我死，吾何用生为？"）

……

---

① 原载《不其山馆日记》第二册（1935年10月11日），见《黄际遇日记》卷五，第5～6页。

② "匄"，古同"丐"。

③ 原载《不其山馆日记》第二册（1935年10月12日、16日），见《黄际遇日记》卷五，第8～12、18页。

又成一联挽季刚：

丰芑眉叔，筮仕止于校官，看朴学玮词，汉室渊云成嗣响；（原注：朱骏声官黟县训导，扬州府教授。王诒寿武康训导）

汪狂赵侯，得年才满大衍，有喜孙居士，湖边梅鹤即传人。（原注：易安居士称明诚曰赵侯，明诚卒年四十九，汪中卒年五十一）

贻百花村[1]

历下万佛山麓，有酒家百花村。可贻以联云：

吊古车停万佛寺；
寻春人指百花村。

取《申屠蟠传》[2]

前取《申屠蟠传》语，改颜“城市山房”为“因树轩”。又取赞语成楹帖云：

琛宝奇怀，贞期难对；（原注：贞期，明时也，对偶也）
明姿韬伏，堙暧是甘。

① 原载《不其山馆日记》第二册（1935年10月16日），见《黄际遇日记》卷五，第18页。
② 原载《不其山馆日记》第二册（1935年10月21日），见《黄际遇日记》卷五，第30页。

挽张子仁母[1]

张子仁京宅以段太夫人丧来赴，速《赴音》题语也。即书十四言：

膝下张纲厉清节；
图中王母蔼朱颜。

航空寄之。（原注：子仁，名绍堂，有真性，不负冠盖之游者）
……
张子仁秘书长丧母赴至，受吊期已迫矣。即构联唁之，媵以绸成帐：

平反活几人？忠尔忘家，不疑亲承临没语。（原注：用《哀启》语，以《隽不疑传》语衬之）

行役嗟予季，时艰奉檄，毛义犹有未酬恩。（原注：《毛义传》，见《后书·刘平等传序》）

偶成对联[2]

偶对一联云：

挽弓两石，宁识一丁；
让步终身，未及半里。（原注：《唐书·张宏传》："汝辈挽两石弓，不如识一丁字。"）

……
偶成一联云：

① 原载《不其山馆日记》第二册（1935年11月10日、12日），见《黄际遇日记》卷五，第90、94页。

② 原载《不其山馆日记》第三册（1935年11月26日、12月4日），见《黄际遇日记》卷五，第150、174页。

《汉书》读遍才五日；
《三都赋》成已十年。
（原注：《北史·邢劭传》："聪明强记，日诵万余言。尝霖雨，乃读《汉书》，五日略能遍之。年未二十，名动衣冠。"）

挽吴冠之[①]

南京吴保之以兄冠之之丧来赴。保之早孤，教养攸赖。据《状》，曾管榷政者。裂帛写联吊之：

门户中年思昙首；（原注：《宋书》：王昙首兄弟分财，昙首唯取图书而已，太保弘少弟也。高祖问弘曰："卿弟何如？"弘曰："若但如臣，门户可寄。"）
盐铁说论资仲舒。（原注：《汉书·食货志》：董仲舒说上曰："盐铁皆归于民。"）

挽霍树楷父[②]

天津旧门人霍树楷矩庭（原注：安阳，习工业，开封大学教授）以父丧来赴。据《状》，年七十有九，与县人常某等成"五老会"。早岁以兴商惠工起家。晚犹有远游山岳之志者。矩庭复相从开封，事校事予，惟勤惟谨，且助予述著、画图事，不可无以报也。挽以联云：

名山有志，恒泰华嵩，合如毕公长五老；（原注：王辟之《渑水燕谈录》：庆历末，杜祁公告老，与毕世长、王涣等为"五老会"，吟醉相劝。毕年最高，故其诗有云："非才忝与最高年。"）
大匠之门，弓裘陶冶，故应诸子尽多才。

---

① 原载《不其山馆日记》第三册（1935年12月10日），见《黄际遇日记》卷五，第189页。

② 原载《不其山馆日记》第三册（1935年12月19日），见《黄际遇日记》卷五，第217页。

丙子春联[①]

成丙子新岁宅门联云：

丙舍常留半耕地；
子孙长读未烧书。

因树轩联云：

因其材而笃焉；
树若人如木然。

研墨写寄南中。

贺陈朋初[②]

里人陈朋初年甫过五十，昨以柬来，将于新上元日为其五子授室矣，容福不可及。为联书珊瑚锦笺，嵌波黎镜贺之。（原注：《后书·左雄传》“容容多后福”，小颜注：“容容，犹和同也。”）

第五之名齐票骑；（原注：《晋书·何准传》事）
上元此夕种宜男。（原注：《影灯记》：洛阳人家，以灯影夕——应是“多”字——者为上，其相胜之词曰：千影万影，又各家造芋郎君[③]，食之宜男女。曹植文：“草号宜男，既烨且贞。”）

---

① 原载《不其山馆日记》第三册（1935 年 12 月 28 日），见《黄际遇日记》卷五，第 235 页。

② 原载《不其山馆日记》第四册（1936 年 1 月 10 日），见《黄际遇日记》卷五，第 281～282 页。

③ 日记原文作“郎君芋”，今从唐冯贽《云仙杂记·上元影灯》通行本作“芋郎君”。

贺黄峻六[1]

族兄峻六快函至。未发柬，卜为催文之书也。并述其二子长简、长礼，两月来连举二男。信吾家之庆！夜，枕上为构二联，备其桃符换彩之用。

晋朝称二陆[2]；
魏世重双丁。

（原注：《梁书》：到溉字茂灌，弟洽字茂沿，皆有文才，兼善玄理。时人比之“二陆”。故世祖赠诗曰：“魏世重双丁，晋朝称二陆。何如今两到，复似凌寒竹。”按，华希闵《广事类赋·兄弟类》引作《南史》。既失史实，且“世祖”二字在《南史》亦为不词。《魏志》：丁仪、丁廙俱有文才，人称“双丁”）

两到双丁垂今望；
纪群谌忠著高名。

（原注：《后汉书·陈纪传》：纪字元方。弟谌字季方，与纪齐德同行。父子并著高名。《世说》：陈元方子群与季方子忠，各论其父功德，争之不能决，咨于其祖太丘。太丘曰：“元方难为兄，季方难为弟。”）

挽周之松[3]

夜深，成联吊周鹤琴姻前辈。鹤琴讳之松，兄之桢（原注：秋琴）、弟之柏（原注：石如）两孝廉，县南氏族。予第三女兄适周上舍缵汤（原注：韩甫[4]），秋老长子也。鹤琴以茂才纳粟，听鼓马江。比来二十余年，从事乡闾义举，如甲寅之大地震（原注：民国三年正月初三日），壬戌之大风灾（原注：

---

① 原载《不其山馆日记》第四册（1936 年 1 月 10 日），见《黄际遇日记》卷五，第 282～283 页。

② 日记原文此处衍一“魏”字，今据文意删之。

③ 原载《不其山馆日记》第四册（1936 年 1 月 19 日），见《黄际遇日记》卷五，第 312～313 页。

④ 周缵汤之字，此处作“韩甫”。《周翰甫上舍像赞》［载《因树山馆日记》第十册（1937 年 10 月 17 日），见《黄际遇日记》卷七，第 388 页］作“翰甫”。未悉孰是，姑各依原文，并存之。

十一年八月初二日），澄海一县遭遣最酷，死者数万，堤防崩溃，沧桑之变，生于俄顷之间。善后恤灾，鹤翁独任劳苦，乡人共见。虽喜自述，然服力之勤，维桑与梓。予颇以其言为信。年甫六十，已废然多病。婆娑荒园林下。予闲岁一过之，多识大体之言，不视为风尘俗吏也。嗜予书，殊过恒人。予无可为鹤翁知，而鹤翁之知予者亦止于此。今闻其没，并以前辈风流亦不可见矣。寄联吊之，尚为称情之作。

扬绩播八闽，蟹匡[1]蝉绥，去思自周公栎园以还，吾见罕矣。
归田刚二纪，里歌邻相，怀德视范氏义庄何若？或谓过之。

挽秦漱梅母[2]

秦漱梅女士以母丧张来赴。据《状》，秦母生子五，女子子一。写十四言唁之：

万石封君严氏妪；
一经遗女伏家风。（原注：《汉书》：伏胜年九十余，文帝使晁错往受《尚书》。伏生使其女传言教错，得二十九篇）

挽姜叔明母[3]

姜崇德堂（原注：山东荣城石岛姜家疃。《说文》：“疃，禽兽所践处也。”《诗》曰：“町疃鹿场。”土短切）以姜孙太夫人丧来赴。封面叔明手笔也。亡日为一月十三日，而予一月十六日尚接编纂馆聘书，亦叔明手书，发邮局广州戳记为一月九日，则前姜母亡日仅有四日，叔明不及亲视含敛矣。按《状》，母生子五，叔明其末也。（原注：姜宅《赴音》如俗书作“殓”，叔明苦块中，无心订正也）

① “匡”，同“筐”。
② 原载《不其山馆日记》第四册（1936年1月27日），见《黄际遇日记》卷五，第350页。
③ 原载《不其山馆日记》第四册（1936年2月1日），见《黄际遇日记》卷五，第364页。

体弱不任，苦思二小时，乃定联稿如下：

北江路三千，恸绝洪生归棹晚；（原注：《清史·儒林传·洪亮吉传》：家贫，囊笔出游，节所入养母。及归，闻母凶耗，恸绝坠水，得救免）

东海号万石，齐讴严姬授经时。（原注：《汉书·严延年传》：延年兄弟五人，皆有吏材至大官，东海号曰“万石严妪”。次弟彭祖，至太子太傅，在《儒林传》）

挽丁惠民①

宜兴丁惠民（原注：名康），小文虫书殊妙。于时京雒之游，亦一文字之友。使其子受业于余，小学、算学已有小就。今日竟以没闻。由韩向方旧主具衔征简。丁府未来赴也。写十四言酬之：

兔园知定惭敬礼；

虎观论经失孝公。（原注：《后书》：丁鸿字孝公，论定《五经》同异于白虎观。鸿以才高，论难最明。时人叹曰：“殿中无双丁孝公。”）

挽王雁洲②

昨日在有信晤一陈姓者，因问：“五爷来否？”彼愕眙不知所云。五爷者，王五，雁洲，垂髫之交，从先兄荪五先生游，与从弟际可同岁生也，并与峻六为四十年昵友。晚岁遭家室轗轲，子侄顽逆，不克自宽，时发忿戾。夏间一晤，自卜不永，渴葬其母，毋俾停棺。不意其已于腊月十七日瘁死也。彼既不赴，予家人或并不闻。不然，此月之朔，能不往吊之而稍赙之耶？念斯磨之友，苓落尽矣！芊芊春雨，感逐潮生。徙倚楼船，成联代吊，并谕三儿具礼往敂③之。即柬呈峻六，彼于其子之不肖，深致

---

① 原载《不其山馆日记》第四册（1936年2月3日），见《黄际遇日记》卷五，第368页。

② 原载《因树山馆日记》第一册（1936年2月27日），见《黄际遇日记》卷六，第28～29页。

③ “敂”，古同“叩”。

咨嗟也。

笠盟逾卅载，平生蛩駏，谬承师友之间，讵知不赴不封，过车竟负桥公约；

滕绕号七之，它日若赦，付诸渺冥而已，所幸事兄事母，誓墓甫完右军心。

文思家塾[1]

为思敬“文思家塾”落成撰联云：

乐观厥成，周书垂艰难一训；

何以为宝，臣居在廉让之间[2]。

姚秋园嘱[3]

日暇，至人定苦思成楹联二对。秋老所属撰，憧憧往来，未应命者。姚太公某某[4]老世伯百岁冥祭：

再命而伛，一命而偻，世有达人，问字亭前钦明德；

葬以三鼎，祭以五鼎，礼由贤者，泷冈表后无异词。

张母姚夫人生祠颂寿：（原注：秋老女兄，子季熙，女孙荃，并有令誉。明年七十，其族党为生祠祝之）

---

① 原载《因树山馆日记》第一册（1936年4月7日），见《黄际遇日记》卷六，第95页。

② 末字过行，本应在《因树日馆日记》第一册第47页首字处，然该页已佚。按《南北朝杂录》，范百年答刘宋明帝“卿宅何处”之问，曰：“臣居廉让之间。”据此补录“间”字。

③ 原载《因树山馆日记》第一册（1936年4月20日），见《黄际遇日记》卷六，第106～107页。

④ 日记原文空两格，今录为“某某”。

如此女师，以司徒为父，兰台为弟，合有左芳子幼，远绍馨芬，南国荫葛藟，欲筑怀清容巴妇；

乃瞻衡宇，伐忠孝为栋，贞顺为梁，况逢沛相汉家，树之绰楔，他年奏高行，故应县祀膰桓釐。（原注：下联用《列女传》沛刘长卿妻恒鸾之女事，沛相王吉上奏高行，显其门闾，号曰“行义”，桓嫠县邑有祀必膰焉。“嫠”通“釐”）①

夜成稿，念立意审题，故自不易；定声选色，兹乃更难。首联欲以寿语祝已故者，下联欲以祀语贶犹生者，真未知死何如生，生何如死也。予能以算学解题之法语人，而不能以作联属文之隐，宣之于口。人定亦无可语者，校灯已戛然熄矣。

挽张云父②

是日又成挽联二首，则一笔呵成，饶手挥而目送之矣。……

张卓南太公（原注：张生云子春尊人）赴来。据《状》，通灸术，老病便溲不通，以三月初十日殁。

铁石上传郭涪翁，一经遗子，又远令江汉担簦，门下三年居，善数我惭商高术；（原注：《后书·方术·郭玉传》事）

显扬可方梅定九，绝学匡时，犹归及抑搔尝药，椿荫百岁尽，攀柏人认王裒庐。

挽陈小豪父③

潮安陈小豪以父丧来赴，年八十四，与陈寔同。即用陈寔父子传语成十四言，寄三儿写吊之：

---

① 按揭阳吴晓峰先生赐示该木刻联实物照片及拓片，该联上款：“张节母姚太夫人七十大寿，国民政府赐匾褒扬，撰联志庆。”下款：“愚世侄黄际遇拜手。（黄际遇印）”

② 原载《因树山馆日记》第一册（1936 年 4 月 21 日），见《黄际遇日记》卷六，第 107 页。

③ 原载《因树山馆日记》第一册（1936 年 4 月 21 日），见《黄际遇日记》卷六，第 108 页。

有子不减元方誉；
数庚亦齐太丘年。

俗叩人之年曰：“贵庚?”语有所本。《墨客挥犀》云，文彦博居洛日，年七十八，与和煦、司马旦、席汝言为同庚会，各赋诗一首。按郑注《月令》，庚之言更也，故以纪旬或数年齿耳。

挽吴道镕[①]

陡闻吴太史之耗，惜粤游三月，尚未登谒。闻老来愈关心潮州后起之士。秋老则谬以贱子之名进也。……秋老属予必撰一联。昨日偕静斋访予成记，洎晚方归，即为此也。三易未定，先存草稿：

时论仰韩公泰山北斗，姓而不名，教泽播庾岭以东，况张籍从游，亲受遗编待来者；（眉批：《一统志》：“北据五领[②]。”《水经注》：“大庾岭，五岭之最东。”）

史臣称太丘据德安仁，道训天下，传否关斯文之重，只王戎后至，敢从私淑谥先生。

挽陈仰松[③]

客来，因缕述乙丑“飞鲸”之险。当日仅以身免，累累如丧家之狗。甫入里门，犹及亲吊陈仰松茂才之丧。为客诵及所挽之联，尚有余悸：

有子能承桑弧蓬矢之思，出门日已遥，（原注：杜句）未敢以壮学远游，拘守治命；

在我方从漏身自盗窟劫后，入乡情更怯，犹幸有只鸡斗酒，来哭先生。

① 原载《因树山馆日记》第二册（1936年5月21日），见《黄际遇日记》卷六，第161、163页。

② “领”，通“岭”。

③ 原载《因树山馆日记》第三册（1936年7月7日），见《黄际遇日记》卷六，第256页。

帽枣屐桃[1]

夜述巧对。记少时有“帽枣；屐桃”一则，博室人大粲。潮之方言如是。

坐久生来[2]

作榜书，握大笔，渐悟运肾使指法。缀一联云：

坐久忘机无客至；
生来爱好是天然。

挽陈次宋母[3]

陈次宋新遭母丁之丧。走使唁之，闻其问于使者曰：

可得一联乎？

次宋，比邻通家也。口占成之：（原注：款曰“陈节母丁嫂夫人”）

太夫人丁藐是诸孤之难，靡笄画荻大义凛然，十步草芳绰楔欲方陈孝妇；

贤少君秉聿念汝祖之训，九教楹书厥德无忝，百年萱萎闻雷共护王裒庐。（原注：《晋书·王裒本传》：“母性畏雷。母没，每雷，辄到墓曰：‘裒在此！’”）

---

① 原载《因树山馆日记》第三册（1936年7月12日），见《黄际遇日记》卷六，第262页。

② 原载《因树山馆日记》第三册（1936年7月29日），见《黄际遇日记》卷六，第280页。

③ 原载《因树山馆日记》第三册（1936年8月8日），见《黄际遇日记》卷六，第289～290页。

唁杨渌川[1]

勉加带袜，出吊东邻陈氏。归构一联，唁杨渌川内艱：

论年亦齐欧母寿；（原注：据《赴》，七十三岁）
叨馔尝纳茅容交。

原成一长联，后一笔勾去，汰尽陈言，存“环滁皆山也”五字足矣！

自榜一联[2]

足下之行，稍胜鹄立。引满荡肾县[3]书，日中而息，信结习之难忘哉！笔正酣时，自榜一联曰：

生计忧华事；
关心到雨声。

尚为称情之语。

口占集句[4]

初更雨止，檐下一席，亦有千秋。口占集句联云：

醉卧沙场君莫笑；
金石刻画臣能为。

---

① 原载《因树山馆日记》第三册（1936年8月12日），见《黄际遇日记》卷六，第294页。
② 原载《因树山馆日记》第三册（1936年8月13日），见《黄际遇日记》卷六，第295页。
③ “县”，古同“悬”。
④ 原载《因树山馆日记》第三册（1936年8月16日），见《黄际遇日记》卷六，第299页。

赠蔡绍绪[①]

绍绪来匄[②]书，立书付之。有一联云：

看山新雨后；
访竹晚风余。

余子不能博济之矣。

寿老舍母[③]

舒舍予以母寿八十来告，有“国破家贫，所以没有治筵款客”之语。作联答之：

历下十年居，苜蓿阑干，鲁酒一尊将母寿；
秋容九月茂，兰荪茁秀，北堂晚景即仙乡。

贺黄松轩[④]

弈手黄松轩改建旧庐粤城之西。衍璿从之游甚习，趣予曰：“子亦不可无一言也。”成十四言：

赢得宣城羊太守；（原注：《宋书》：羊玄保善弈棋，棋品第三，太祖与赌郡戏，胜以补宣城太守）

---

① 原载《因树山馆日记》第三册（1936年9月1日），见《黄际遇日记》卷六，第323页。

② “匄”，古同“丐”。

③ 原载《因树山馆日记》第五册（1936年11月30日），见《黄际遇日记》卷六，第541页。

④ 原载《因树山馆日记》第五册（1936年11月30日），见《黄际遇日记》卷六，第541页。

婆娑别墅谢东山。（原注：婆，篆作[illegible]，奢也。娑，舞也。《诗》曰："市也婆娑。"《答宾戏》："婆娑乎术艺之场。"昌黎《奉酬卢给事》诗："我今官闲得婆娑，问言何处芙蓉多？"铉云：俗作"婆"，非是）

挽林仔肩[1]

邑人林仔肩茂才（原注：梁任）家以茂才《状》来赴。（眉批："梁"字见《淮南子·主术训》"大者以为舟航柱梁"。《说文》《广韵》并未收。《字汇》云："见释藏。"）晚成联，付教儿书吊之。

平生以范希文、陈少阳自期，只盗憎主人，剩稿空传《辨奸论》；

君家本《东莆集》《城南庄》之后，信门承介节，礼堂又写《井丹书》。（原注：《潮州耆旧集》：林大钦殿撰《东莆集》，林大春提学《井丹集》，林熙春尚书《城南书庄集》，详一月十四日日记）

丁丑门联[2]

夜阑，作新岁丁丑门联：

冠剑丁年犹往日；

招摇丑指是新春。（原注：《淮南·时则训》："季冬之月，招摇指丑。"高训："招摇，斗建。"）

---

① 原载《因树山馆日记》第五册（1936年12月24日），见《黄际遇日记》卷六，第614～615页。

② 原载《因树山馆日记》第五册（1936年12月29日），见《黄际遇日记》卷六，第629页。

挽杨守愚[1]

撰澄海杨知州守愚社兄（原注：北平）挽联。

杨守愚鲁，澄海冠山乡人。少孤贫，读书予邻。年未冠，以能文名。与先兄有盟牒之交。予兄殁后，来主寒门者半年，寝馈共之。予之弃旧业，走异国，皆君启迪之也。宦游辽桂，卅载不归。燕市行歌，竟以赴闻。（原注：得年六十三岁）从此京华更无旧侣，能无感慨系之？夜成联，寄付三儿缮书，媵赙四金。

百里岂尽士元长，迹半世车尘，象林郡、鸭绿江，冠冕南州才，得剧孟者，隐若敌国；

旧人更无何戡在，吊废都旅殡，曾右丞、丁户部，萧条渭城曲，过大梁者，徒想夷门。（原注：刚甫、叔雅，并客死北京）

赠杨铁夫[2]

猛忆负铁老索联之诺久矣。莍篨比重以书将命。爰集十六言为楹帖报之：

直谅多闻益友行古；
平畴远风食苗自新。

---

① 原载《因树山馆日记》第七册（1937年4月8日），见《黄际遇日记》卷七，第41～42页。

② 原载《因树山馆日记》第七册（1937年5月2日），见《黄际遇日记》卷七，第97页。原文误书为6月2日。

象棋会启[1]

衍璿昨日约以今日夏至节食狗肉荔枝湾，且约黄、卢二国手会弈。……坐闲，罗云舫出所拟《粤东象棋会会章》，招同发起，并命为小启以张之。

愧非倚马可待之才，又畏藩溷十年之苦。援笔成数百言，完却一桩人事而已。本不存稿，无事录副，但记二联云：

何渠不若汉？佗王之冠剑犹存；
衣锦归故乡，买臣之通侯未晚。
五千君子，久著大国之风；
六一先生，不废弹棋小道。

稿成神券[2]，凭几而卧，有风穆然，被襟当之。

赠马隽卿[3]

为马隽卿谱兄书可园新楼联：

听雨往寻东皋子；
停云长忆北窗人。
玉局腹中无一可；
兰成乱后赋小园。

---

① 原载《因树山馆日记》第八册（1937 年 6 月 22 日），见《黄际遇日记》卷七，第 208～209 页。

② “券”，通“倦”。

③ 原载《因树山馆日记》第九册（1937 年 8 月 29 日），见《黄际遇日记》卷七，第 289 页。

集语为联[①]

偶集语为联曰：

道不拾遗；
民方殿屎。

纪实也。岁丁亥，广州殊乱。居民重楼键户，排泄无方，裹以废纸而弃诸市者，比比也，大有道不拾遗景象。又是十年，民之殿屎又若何？（原注：《列子》“墨尿”，《字汇》讹为“墨屎”，《通雅》已正之。密之又云：顾遯园因作“嚜尿”，共作一笑。明陈士古《俗字略》竟斥《毛诗》“民之方殿屎”为俗字，见《四库提要》）

挽吴梦兰[②]

午定丰祥夷轮。荡桨二三里，乃攀而上。夷犹波际，口占一联，示器儿义法，俾归家书之，以吊邻人吴梦兰上舍之藻。

上舍业医三十年，尝谓余曰：“子之体质，非至强健者。”时予方在壮时，而极戒以不可纵情。感而念之，不敢弭忘。其后亦数年一面而止，然娄[③]言之如初。是亦爱人以德也。

比以世乱，挈家避地，三徙而之香港。卒伤于肴馔，胃肠病骤发而殁，已归榇矣。颇负医名。晚岁亦不轻以医见。故联云尔：

杜老伤乱离，一抱耒阳终客死；
伯休避世弋，百钱秦市识先生。

---

① 原载《因树山馆日记》第十册（1937年10月13日），见《黄际遇日记》卷七，第381页。

② 原载《因树山馆日记》第十册（1937年10月27日），见《黄际遇日记》卷七，第416～417页。

③ “娄”，通“屡”。

书赠张荃[1]

既沐，出东门展墓，二稚子从。宿草犹青，松楸同本。绿茵茔侧，隅坐多时，构思二联，已成其一，将以写贻荪誃[2]：

几逢绝倒何平叔；（原注：《晋书·卫玠传》：王敦谓谢鲲曰："不意永嘉之末，复闻正始之音，何平叔若在，当复绝倒。"）

犹见读穿王胜之。

挽陈澥珊[3]

被酒早睡，四更不寐，枕上成联二首。

挽陈丈澥珊。丈讳鳌，辛卯岁贡生，先大夫交游大率享高年，丈亦八十二龄。丈殁，邑中遂无尊行辈矣。有自刻书数种。故联云：

白公遂终九老会；（原注：香山诗："余暇弄龟儿。"香山从侄也。爱伯与陈迈夫书："龟郎继宗，是在乎行简。"原联误用——镐臣云）

慎伯犹传四种书。

寿马隽卿[4]

寿马隽卿。隽卿与先兄同年月日，入明年岁七十矣，尝从侯官许贞干学骈文。

---

[1] 原载《因树山馆日记》第十一册（1937年12月29日），见《黄际遇日记》卷七，第486页。

[2] 原文作"荃誃"，当系"荪誃"笔误。张荃，字荪簃，"誃"通"簃"。

[3] 原载《因树山馆日记》第十一册（1937年12月30日），见《黄际遇日记》卷七，第487页。

[4] 原载《因树山馆日记》第十一册（1937年12月30日），见《黄际遇日记》卷七，第487页。

茂陵家学，侯官文心，屡动庄舄吟，落叶半床诗一斗；（原注：马融本传：融，扶风茂陵人也）

韦赵齐年，李张小友，尝下陈蕃榻，春风满坐[①]人千秋。（原注：《唐书·韦述传》：时赵冬曦兄弟亦各有名。张说尝曰：韦赵兄弟，人之杞梓）

戊寅春联[②]

撰新岁戊寅大门联，未惬我意：

戊之为言茂；
寅建行夏时。

挽黄台石[③]

成联吊黄台石秀才（原注：国文）。秀才中岁以前，逢家温饱，好客乐善，尤兄事予。以贾折阅，一穷至衣食不备。悯其至此，欲赒之而莫为致者。末路奇贫，疑非人境。笔不忍述，以联见之。（原注：附致赙四金）大率用袁闳、焦先二传语也。

想北海金尊常满时，祖生屐，阮君货，贺老琵琶；枉说居夷泛槎，名山卓锡，回首信如一场空，只赢得袁闳苦身，拜母诵经，十年土室。（原注：杨载诗："道人卓锡向名山。"）

问西州华屋依然否？江令宅，段侯家，翟公门雀。为道武阳恩报，白波贼张，伤心更有何话说？便从此焦先喑口，科头徒跣，终老详[④]狂。

---

① "坐"，古同"座"。

② 原载《因树山馆日记》第十一册（1938年1月11日），见《黄际遇日记》卷七，第508页。

③ 原载《因树山馆日记》第十一册（1938年1月17日），见《黄际遇日记》卷七，第518页。

④ "详"，古同"佯"。

又秀才介弟（原注：德荣），于予亚也。（原注：《尔雅·释亲》："两婿相谓曰亚。"）孺人谓此联必有见而堕涕者。予以感念平生不无危苦，书之素帛，托其悲哀。而一日之长尽矣。毋嗟日短，乃才短也。

挽黄云楼[1]

今日公祭黄台石秀才。莲阳乡在县北十里，一水之隔。军兴以还，相戒畏途。胜母朝歌，回车不入者，十年于兹矣。友丧不吊，人其谓我何？晨明独出北门，不劳仆从。私虑席门穷巷，怯问户牖乡人。甫跃公车，已有识者，呼名自介（原注：缵汤），言其伯父黄云楼也。犹能记九年前，予所吊其伯父之联云：

> 突梯怒笑，皆成文章，臣叔是谲谏者流，独奈何冠盖京华，斯人憔悴；
>
> 满地萑苻，安问狐鼠，先生自罢官而后，犹剩有开轩场圃，把酒桑麻。

以为尚能写其人也。云楼（原注：名其英），乡贡生，纵酒不羁。老不可日日得肉，春初早韭，秋末晚菘。（原注：邑志云：白菜即菘）臣叔之妻，我有斗酒则亦洒然自得，不复叹老嗟贫。累叶书香，今日晤其犹子，尚克抽诵《文心雕龙》，为可思耳。

挽谭组庵[2]

儿辈检出庚午年在青岛代张道藩挽谭组庵联，姑录之：

> 若有一个臣，仁亲为宝，公岂徒以马上治天下者？（原注：组庵以坠马死）

---

① 原载《因树山馆日记》第十一册（1938年1月23日），见《黄际遇日记》卷七，第529～530页。

② 原载《因树山馆日记》第十一册（1938年1月23日），见《黄际遇日记》卷七，第530页。

虽无老成人，典型尚在，天之将使吾党觉斯民也。

挽高竹园[1]

邑人高竹园颇好聚碑帖，尝一见之，尚非不解事者。其人亦谨愿不敢忤物。比竟以讣来矣。书数言，使人吊之：

嗟君好古生苦晚；
夫子至今有耿光。

挽蔡大臣[2]

闻邑人蔡大臣（原注：弼丞）投西门角池死焉。八口之为累乎？亦是门前当年之客。车中占一联记之：

子非三闾大夫与，何故而至于此？
日食五斗不尽耳，匹夫之为谅也。

唁马隽卿[3]

马隽卿来书……又告其长妇周五月之丧，老境萧条，又失荐羞[4]之

---

① 原载《因树山馆日记》第十一册（1938年1月23日），见《黄际遇日记》卷七，第530页。

② 原载《因树山馆日记》第十三册（1938年5月21日），见《黄际遇日记》卷八，第139页。

③ 原载《因树山馆日记》第十四册（1938年9月3日），见《黄际遇日记》卷八，第282～283页。

④ “羞”，古同“馐”。

息。虽非新[1]丧，不可不唁之。中夜，联成。晨附书寄之。（原注：并告家中赙金）

通德里中有素风，只此织影春声，犹是威姑旧家法；

涤烦郭外看斜日，说到荇枯蘋冷，空余冢妇税褕衣。（原注：可园有涤烦亭。隽老有“涤烦亭外夕阳时”之句）

挽黄燕方母[2]

燕方族侄报书，云午抵家，其母朝瘁矣。为联唁之：

亦忍死以待游子之归，琀敛仅亲，半世爱劳几夏楚；

毕此生遂余终身之慕，桮[3]棬宛在，一庭风木尽秋声。（原注：《说文》有“桮”无“杯”）

挽黄松轩[4]

《南中晚报》言，八省棋王黄松轩以昨十二日殁于澳门……松轩于我同年生，后予三月。灰尘残炬，不任东风；鸷羽豹皮，同付逝水。比日秉记，意常不广，心所谓危，言之再三。诚不意天之夺之如是之速也。废然一榻，吊之以联。并柬展鸿、衍璿，分为收拾遗稿。嗟乎！我昨日尚去书问疾，申重来之约也。静言身世，如何可言？

垂死犹约故人来兮，鸡黍赴隔年，知我深于孔北海；

论才当与天下共之，橘梅无完谱，得公何止范西屏。

---

① 日记原文于“新”后，补入“免于”二字。

② 原载《因树山馆日记》第十四册（1938年9月22日），见《黄际遇日记》卷八，第307页。

③ “桮”，古同“杯”。

④ 原载《因树山馆日记》第十四册（1938年10月13日），见《黄际遇日记》卷八，第330～331页。

挽陈莞父[1]

罔报之德今兹于役。重有友丧，既深蛩駏之悲，弥憯霜露之感。与浆入口，随里友往唁陈氏之遗族。……有态侄亦匍匐而至，为之盥而抚之曰："所不嗣事于齐者，有如河！"移时，揭而视之。两睫已合，含笑如生矣。隅坐尸侧，以俟棺来。正未知死何如生，何暇作今之视昔。毕生晤对，尽此刹那。发为挽章，永归蒿里，联云：

此泛舟来，以库医[2]䙴[3]，符节亦前缘，故应吴子待君久；（原注：同邑吴梦兰与君同年同岁补博士弟子，同隶蔡杨之门，同以避乱死于香港）

昔共公车，今同泛海，临终犹一颔，胜侣巨卿执绋迟。

意有未尽，又撰联云：

方健羡禽向云山，冀瓯海波瀓[4]，逍遥犹卜倦游阁；（原注：包慎伯晚自号倦翁，有《倦游阁记》）

竟亲抚东坡客死，况迟儿归晚，永诀仅及盖馆时。

挽胡伯畴[5]

甫事记诵，陈叔言来，言胡伯畴翁以昨夕厌世矣。年七十又四岁，名佩濂。累臣得归骨于晋，死且不朽耳。

伯翁本籍饶平，与张族积不相能，自其父迁海阳，遂为潮安人。以能处世事见重于汕头贾商间。中年奉使，南北往来，识趣知几，资人说解。

---

① 原载《因树山馆日记》第十五册（1939年2月1日），见《黄际遇日记》卷八，第452～453页。

② "医"，古同"柩"。

③ "䙴"，古同"迁"。

④ "瀓"，古同"澄"。

⑤ 原载《因树山馆日记》第十六册（1939年3月31日），见《黄际遇日记》卷八，第511～512页。

客岁涉帑而行，分枝而借。睡余客后，昏黄茶初，坐无车公，令人不乐。今微武子，吾谁与归？匪直天涯之暂欢，亦白头之知己矣。翁故与予妇父明南翁莫逆，不无推爱之私，而亦稍泽以诗书，故能特分泾渭者。

老健秋寒，入冬先萎。桃红犹是，头白已非。沉病五旬，力疾返棹。秦医三折，无计回春。回忆南浦送行，杯渡分攀，悠悠永别，脉脉交期。明知尘世姻缘，百年不了；似翁逍遥来去，几人若斯？

叔言以通家子弟，事存若亡，为述平生早虑客死，今虽幸首邱故里，而不无虎贲之怀，乞代挽词，援笔译之。曰“代”云者，如其意而文之也。（原注：包慎伯自编《小倦游阁文集》序曰：“代言，中[①]成于受意者，署曰‘代某’；若断自己意，则曰‘为某’。”）

吊胡翁：（原注：伯畴。代陈叔言作）

迟先君捐馆六年，恤存念旧，不渝始终，追惟宣子抚尸，犹共见古人风义；

自我翁蒙尘五月，举几执床，半侍汤药，未陪羊公岘首，独怆然碑下霜凄。

泽畔行吟，丘中兴叹。亦缀数语，以报幽思。联曰：

所贵乎大丈夫者，排难解纷，折狱片言无宿诺；

犹及送好畤侯矣，走胡使越，扁舟归骨有余情。（原注：陶集《咏荆轲诗》：“其人虽已死，千载有余情。”）

日思今叙[②]

上联为邢子才语校勘学所有事也。因摭许叔重《说文》叙语，成联书之。

---

① “中”，通“忠”。

② 汕头市博物馆藏纸质墨书楹联，据实物著录。

日思误书，更是一适；
今叙篆文，以究万原。

畴盦主人黄际遇（黄际遇印）

教子封碑[①]

教子愿为范滂母；
封碑争读道昭文。

① 广东省中山图书馆藏纸质墨书楹联，据黄舜生《黄际遇书法：追求天真意趣》（见大华网2004年8月19日）著录。

附录一　碑传

澄海黄任初教授墓碑[1]

姚梓芳

中华民国三十四年八月，日酋既投降，华夏重光，海内喁喁望治。国立中山大学将自北江迁校还广州。黄任初教授播越临武，事定，趋连县，偕中大教务长邓植仪等，繇连赴粤[2]。舟次清远峡白庙[3]，风激[4]水湍。十月二十一日凌晨，如厕更衣，一跌坠水[5]。邓君惊觉，悬巨金急营救。四子家枢随侍，亦仓皇下水救。卒以谬俗不救已溺，增援力薄，遂罹难，得年六十有一。

当扶[6]至清远城大殓，权寄郊外。海内闻变，莫不震悼。中大当局张云、王星拱、金曾澄、邓植仪、何春帆等，爰于石牌设黄任初教授治丧委员会，电请国民政府褒扬，于学校伐石竖纪念碑，拨帑校印所著《畴庵[7]

---

① 原载《黄任初先生文钞》，第94～98页。又载姚梓芳《秋园文钞》卷下，香港侨光印刷所1950年版，第47页；马庆柱编撰《潮州人物志》“乡先辈事略”，台北德仁印刷公司1973年版，第135页，易名为《黄际遇先生传》。三文略有出入。今以《黄任初先生文钞》本为底本，以《秋园文钞》本、《潮州人物志》本为参校本。

② 《黄任初先生文钞》本作“赴粤”，今据《秋园文钞》本、《潮州人物志》本增补“繇连”二字。

③ 《黄任初先生文钞》本作“清远白庙”，《秋园文钞》本、《潮州人物志》本作“清远峻白庙”，“峻”当为“峡”讹，今增补为“清远峡白庙”。

④ 《黄任初先生文钞》本作“急”，今从《秋园文钞》本、《潮州人物志》本作“激”。

⑤ 《黄任初先生文钞》本作“更衣失足坠水”，《潮州人物志》本作“如厕更衣，一跌堕水”，今从《秋园文钞》本作“如厕更衣，一跌坠水”。

⑥ 《潮州人物志》本作“扶棺”，今从《黄任初先生文钞》本、《秋园文钞》本作“扶”。

⑦ “庵”，同“盦”。

遗稿》，设黄氏奖学金，所以表彰抚恤，至优渥。[1]

其明年一月三日，子家器等在邑黄氏振祖祠招魂致奠，亲友闻赴[2]至者逾千人。不佞撰联语挽之，遣季子万硕躬诣灵前叩奠，以为吾粤丧一大师，吾家丧一益友，学术前途损失甚巨，沉忧不能自解，肺腑衷实之言，谁可告语者?

当是时，海道犹梗阻。四月九日，家器始得奔清远，扶柩至广州，权厝沙河潮州义庄，将诹吉归葬先茔之旁，[3]以书来告曰："先君葬有日矣，墓志[4]铭石，尝承夙诺，乞撰就发下。不则无以表诸阡。"中大师友亦以为言，邮缄督促，语甚挚。不佞与教授三世笃交，道义相许，谊不得以谫陋辞。

黄君讳际遇，字任初，号畴盦[5]，广东澄海人也。黄于澄为望族。父韫石先生，诸生例贡，以廉干参与县政者数十年。有子二：长际昌，廪膳生，早卒；君其季也。君生有异禀，读书过目成诵，精力尤过绝人[6]，少有神童之誉。年十四[7]，受知督学使者张文达公。逾年科试一等，补增生。肄业汕头同文学堂。旋往厦门同文书院[8]，补习日文，为东游计。同人倡办同文时，岭东儒硕与先进[9]推温慕柳太史为祭酒，一时群彦骈集，或主讲席，或参筹议。不佞[10]识君自兹始，旋北游。君经厦院后，东渡扶

---

① "爰于石牌设黄任初教授治丧委员会"之下，《黄任初先生文钞》本作："伐石竖碑，整理遗著。国民政府明令褒扬，称君'学术渊深，志行高洁'，所以表彰至优渥。"今从《秋园文钞》本、《潮州人物志》本。

② 《潮州人物志》本作"讣"，今从《黄任初先生文钞》本、《秋园文钞》本作"赴"。"赴"，古同"讣"。

③ "扶柩至广州"之下，《黄任初先生文钞》本作"将诹吉归葬"，今从《秋园文钞》本、《潮州人物志》本，然上述二本原文作："权处沙河潮州义庄，将诹吉归葬光茔之旁。""权处"当为"权厝"之讹，"光茔"当为"先茔"之讹。故此正之。

④ 《黄任初先生文钞》本、《潮州人物志》本作"碑"，今从《秋园文钞》本作"志"。

⑤ 《秋园文钞》本作"庵"。

⑥ 《黄任初先生文钞》本、《潮州人物志》本作"精力尤过人"，《秋园文钞》本作"精力尤过绝人"。今按《三国志·吴书·朱然传》"临急胆定，尤过绝人"，而从《秋园文钞》本。

⑦ 《黄任初先生文钞》本作"年十三"，记周岁也，今从《秋园文钞》本、《潮州人物志》本作"年十四"。

⑧ 《潮州人物志》本作"同文学院"。"学"字讹。

⑨ 《黄任初先生文钞》本作"岭东儒硕"，无"与先进"三字，今据《秋园文钞》本、《潮州人物志》本校补。

⑩ 《黄任初先生文钞》本脱"不佞"二字，今据《秋园文钞》本、《潮州人物志》本校补。

桑，入东京高等师范学校[①]，从数学家林鹤一博士习数理。

人知君文学、数理，极深研几，沉博绝丽，跨越近代。[②]读君书者，皆以为君学自东游后始得之，不知温[③]先生学术道艺，接乡前辈陈东塾先生之传，主讲金山、同文，时时推演[④]其说，以启迪后进，谆谆不倦。君及其门，亲炙者累年。虽此后出国，留东留美，接引通人，广拓闻见，得以成学归。考其渊源，植根[⑤]于家教之培养，及老师宿儒[⑥]之开发于早岁者，所积既厚，其流自光也。

君既久游东，寓居江户，与范源濂、经亨颐、陈衡恪、黄季刚友善，过从甚密，为学问之探讨。春秋暇日，更与季刚从余杭章太炎游，遍窥各家门径。

毕业后回国。初任天津高等工业学校教授。庚戌入都，殿试中式格致科举人。不佞时已强仕在北京大学，犹未脱弟子籍。君数走访寓斋，促膝密谈彻日夜。每相视而笑曰："吾侪乐此，固不疲耶!"民国十年，奉教育部特派欧美考察教育，入美国芝加哥大学研究[⑦]，得科学硕士学位归。君自日本初返国，即献身教育界[⑧]，尽瘁学术，博综中外。终其身，钻研不厌。余事博奕、饮酒，引吭高歌，声激越如洪钟，虽燕赵之士，慷慨悲歌，无以过之。衣服饮食极朴素，布衣敝履。健步如飞，善剧谈，谈[⑨]终日，无倦容。体魁硕，年逾六十，壮王[⑩]如四五十岁人。

---

① 《潮州人物志》本作"东京高等学校"，脱"师范"二字。

② 此句之后，《黄任初先生文钞》本增入"遗著有：《续初等代数学译注》《潮州八声误读表》《班书字说》《畴盦数学论文集》《万年山中日记》《不其山馆日记》《因树山馆日记》《山林之牢日记》等"一句。今从《秋园文钞》本、《潮州人物志》本。

③ 《黄任初先生文钞》本脱"温"字，今据《秋园文钞》本、《潮州人物志》本校补。

④ 《黄任初先生文钞》本作"椎演"，"椎"字讹，今据《秋园文钞》本、《潮州人物志》本校正为"推演"。

⑤ 《黄任初先生文钞》本作"根植"，今从《秋园文钞》本、《潮州人物志》本作"植根"。

⑥ 《黄任初先生文钞》本作"宿儒"，《秋园文钞》本、《潮州人物志》本作"儒宿"。

⑦ 《黄任初先生文钞》本此处增入"二年"二字。

⑧ 《黄任初先生文钞》本作"即献身教育"，无"界"字，今据《秋园文钞》本、《潮州人物志》本。

⑨ 《潮州人物志》本脱此"谈"字。

⑩ 《潮州人物志》本作"壮健"。

踪迹遍南北。历任湖南省会考主试官、河南教育厅长[①]、河南中山大学[②]校长及各大学文理工学院院长、教授。[③]抗颜为诸生讲贯，娓娓不倦，不离讲座者，前后垂三十余年。避难湘西，犹与临武诸生讲经不辍。桃李遂遍天下。若国立中山大学校长张云、国立[④]英士大学校长杜佐周、国立[⑤]兰州大学校长辛树帜，皆君之弟子也。孔子有言："笃信好学，守死善道。"斯二语，惟君足当之。遭乱随校迁播，席不暇暖。竟尔[⑥]清流授命，浊世离尘，正则追踪[⑦]，古今同慨，悲夫！

君配蔡氏，继配蔡氏，侧室陈氏。子七，女三。长家器，次家锐，三家教，均陈氏出。[⑧]家器，国立山东大学理科学士[⑨]，数理、文字[⑩]，得君之传。家锐，肄业上海美术专门学校。[⑪]四家枢，五家让，六家梓，七家豹，继配蔡氏出。家教、家枢，均肄业澄海小学。[⑫]女三：楚文、绮文，陈氏出。楚文，适同县蔡树绵。[⑬]楚言，继配蔡氏出，适潮安钟集。绮文，未字，肄业澄海中学。[⑭]孙男三：绍闻、绍衣、绍之。女孙一：静之[⑮]。

---

① 《黄任初先生文钞》本无"河南教育厅长"6字。

② 《黄任初先生文钞》本作"河南大学"。

③ 《黄任初先生文钞》本此处增入"为维护河南大学计，曾一度兼摄河南教育厅长，雅非其志。而"凡24字。

④ 《黄任初先生文钞》本无"国立"二字。

⑤ 《黄任初先生文钞》本无"国立"二字。

⑥ 《潮州人物志》本作"竟而"。

⑦ 《黄任初先生文钞》本作"正则追纵"，《秋园文钞》本作"正则返踪"，《潮州人物志》本作"正则返纵"。今揆文意，指黄际遇先生追随屈原（名正则）踪迹而清流授命，故酌定为"正则追踪"。即"纵"为"踪"讹，"返"为"追"讹。

⑧ "均陈氏出"之后，"君累世"之前，《潮州人物志》本错简为："家器，国立山东大学理科学士，数理、文字，得君之传。家锐肄，家教、家枢均肄澄海小学，七家豹。继配蔡氏出。学校，四家枢、五家让、六家梓业上海美术专门，孙男三：绍闻、绍衣、绍之，女孙一：静之。"

⑨ 《黄任初先生文钞》本作"理学士"。

⑩ 《黄任初先生文钞》本作"文学"，《秋园文钞》本、《潮州人物志》本作"文字"，今从后二者。

⑪ 《黄任初先生文钞》本无"家锐，肄业上海美术专门学校"一句。

⑫ 《黄任初先生文钞》本无"家教、家枢，均肄业澄海小学"一句。

⑬ 《黄任初先生文钞》本无"楚文，适同县蔡树绵"一句。

⑭ 《黄任初先生文钞》本无"适潮安钟集。绮文，未字，肄业澄海中学"15字。

⑮ 《黄任初先生文钞》本作"绍芬"，《秋园文钞》本、《潮州人物志》本作"静之"，今从后二者。

君累世旧学承传而门风未邕，兄际昌又早逝，至君瓜瓞绵衍[①]，才俊踵起[②]。黄氏之门，将自君而大。君其可无憾。

墓在澄海北门外龙田乡崎沟嘴之原[③]。其葬以卅七年一月日，山向。[④]

遂琢铭以告百世下闻教授之风而兴起者。君子之泽，不其远欤！

铭曰：

圣徂学绝文将丧，崛起岭海一儒将。道艺沉酣足供养，挥斥群言畴与抗。

皋比坐拥环马帐，桃李兰桂交辉让。藏山撰述例独创，有欲求之讯铭状。

黄际遇教授传[⑤]

饶宗颐

黄际遇先生，字任初，号畴盦，广东省澄海县人，父讳蕴石，富藏书，精鉴别。先生幼从兄际昌学，蕴石公与际昌均邑名诸生，课督子弟，严而有方。先生未冠，已毕四书五经。年十四，补博士弟子员。

十七东渡扶桑，入东京高等师范学校数理科。暇偕陈衡恪、黄侃，从余杭章炳麟游，兼治文字音韵之学。

庚戌殿试中格致科举人。任天津高等工业学校教授。民国三年，任武昌高等师范学校教务长，前后九年，中间于民国九年奉教育部派赴欧美考察教育，于芝加哥大学攻治数学，留美二年，得硕士学位，归。历任中山

① 《黄任初先生文钞》本作“棉衍”，今从《秋园文钞》本、《潮州人物志》本作“绵衍”。

② 《黄任初先生文钞》本作“才後踵起”，“後”讹，今从《秋园文钞》本、《潮州人物志》本作“才俊踵起”。

③ 《黄任初先生文钞》本作“墓在澄海龙田乡崎沟之原”，今据《秋园文钞》本、《潮州人物志》本校补。

④ 《秋园文钞》本、《潮州人物志》本作“其葬以某年某月某日某山向”。

⑤ 原载《暹罗澄海同乡会成立周年纪念刊》，曼谷暹罗澄海同乡会1949年版。

大学教授，北京师范大学教务长，河南大学校长，青岛大学文理学院院长。为维护河南大学，曾出任河南省教育厅厅长，非其志也。“九一八”后，睹边事日非，于民国廿四年，复返粤中山大学，任理学院数天系主任兼文工两学院教授。

先生自幼颖异，书过眼终身不忘。精力充溢，体貌俊伟似齐鲁人。其学长于数理解析，蜚声国际，尝发明一定积分定理，著有《Gudermann 函数之研究》《潮州八声误读表》《班书字说》，及《畴盦数学论文集》。门子弟遍南北。平居效李莼客排日为日记，举凡科学、文学理论、畴算演证，与所作骈散文章，及与人来往书札、联语、棋谱，靡不笔之于篇。小楷端书间，杂以英、德、日诸国文字。月得一册。其在青岛所记者，曰《万年山中日记》，曰《不其山馆日记》。广州所记者，曰《因树山馆日记》。在临武所记者，曰《山林之牢日记》。积数十年，其民二十年以前所记，惜于飞鲸轮古雷山遇难时全漂之于海，今所存共五十四册。蔡孑民先生谓：

> 任初日记，苟付梨枣，非延多种专门学者，难与校对。

其精深博大，于兹可见。

曾谓：

> 有直线之学问，有平面之学问。泛滥各科，以求广博，平面之学问也；设为专题，极深研几，直线之学问也。

或叩以研究纯粹科学，有何用处，则曰：

> 科学家殚毕生精力，能于书末索引，占一姓字，斯足矣。

常叹晚近士风浇薄，师道不尊，所至辄以谆谆为教。其门人张云博士、杜佐周博士、辛树帜博士，虽位至大学校长，对之执师弟礼，久而弥恭。

晚岁嗜棋，手订《畴盦坐隐》五十卷。善书，顾不轻于下笔。

始广州沦陷，中大播迁滇南，先生以年迈留居香港。洎迁粤北坪石，敦聘再三，乃突破封锁线回校。

坪石陷，避地临武山中，远近慕学，立雪问字者，踵相接，环请移居邑城，设帐为讲群经、《说文》。

先生离家八年，只身在外，戎马仓皇中，弦诵未辍。

日寇投降，随校复员广州。于卅四年十月廿一日八时许，舟次清远白庙，更衣失足坠水。其俗迷信，有入水救人不吉恶习，舵工榜人，咸相观望，遂罹难。得年六十有一岁。四方闻变，莫不哀悼。国民政府明令褒扬，称其学术渊深、志行高洁。

长子家器，数理、文学俱得其传，历任大学副教授、教育局长、中学校长、两广监察使署秘书，著有《B_5型星统计之研究》，及《由B型研究银河系之结构与旋转》等书云。

先师黄任初先生冥寿记[①]

马庆柱

先师黄际遇先生，字任初，号畴盦，逊清光绪十一年乙酉，出生于广东省澄海县城三[②]妃宫巷“三希居”。民国卅四年乙酉十月廿一日，舟次清远峡[③]白庙，更衣坠水而罹难。先生生于乙酉，逝于乙酉，享寿六十有一。噩耗传出，海内莫不震悼！余时军次江西寻邬，随部取道兴宁北上韶关，办理受降工作，聆讯悲不自胜！是时海道犹梗阻。翌年四月九日，始由其哲嗣家器奔清远扶柩至穗，权厝沙河潮州义庄，诹吉归葬于澄海北门外龙田乡崎沟嘴之原。

黄氏系出江夏，于澄为望族。先生之封翁韫[④]石公，为诸生例贡，以廉干参与县政者多年。有子二，长际昌，先生其季也。际昌为廪膳生，与家伯隽卿，字义方，潮阳岁贡生，同年同月同日生，同年入庠，少随侯官许贞豫太守学骈体文，文字通家数十寒暑。先生少有异禀，读书过目成

① 原载高雄市潮汕同乡会《会讯》1982年第八期，第100页。

② 原文讹作“双”，今正之。

③ 原文讹作“峻”，今正之。

④ 原文讹作“韬”，今正之。

诵，訿耳[1]而六经三史已朗朗上口，有神童之誉。年十四，受知于督学使者张百熙。逾年科试一等，补增生。

清廷因甲午之役，订立《马关条约》，割台湾。丘仓海举义旗抗日，事败入潮。广东巡抚许振炜、尚书廖寿恒会奏，准其落籍海阳。光绪廿六年庚子，丘氏创办“岭东同文学堂”于汕头市，为惠、潮、嘉三州最高学府，并推温慕柳太史为祭酒，一时群彦骈集。先生亦肄业该校。为东游计，先生旋转学厦门同文书院，补习日文。年十七，东渡扶桑，入东京高等师范学校，从数学家林鹤一博士习数理。因久客江户，与范源濂、经亨颐、陈衡恪、黄季刚等友善，过从甚密，为学问探讨。春秋暇日，更与季刚从余杭章太炎游，遍窥各家门径。学成返国。初讲学于天津高等工业学堂。宣统二年庚戌入都，殿试中式格致科举人。

民国三年，任武昌高等师范学校教授、数理系主任、教务长。十年，奉教育部特派欧美考察教育，入美国芝加哥大学研究，得科学硕士学位归。历任国立中山大学教授、北京师范大学教务长、中州大学教务长、河南大学校长、青岛大学文理院院长。曾一度为维护河南教育出任教育厅长，非其志也。

“九一八”事变后，先生目睹北方局势日非，于民国廿四年返粤，任中山大学文、理、工三学院教授。迨日寇陷穗，学校播迁滇南，先生违难香港。旋学校迁返粤北坪石，乃不避艰险，间关回校。寇犯坪石，先生避地临武山中，慕名而立雪问字者，踵接肩摩，环请移居邑城，主讲于力行中学校，为诸生授《十三经》、文字学。戎马仓皇，弦歌不辍，古学者之流风遗韵于此存焉！

先生容貌魁伟，博综中外，钻研不厌，讲学时娓娓不倦，四座风生。自奉朴素，布衣敝履，潇洒恬淡。兴之所至，引吭高歌，声激越如洪钟，虽燕赵之士无以过之。先生献身教育界者垂卅余年，桃李遍天下，中山大学理学院数天系有五世同堂之誉。若国立英士大学校长杜佐周，国立兰州大学校长辛树帜，国立中山大学校长张云，皆先生及门弟子。

有或讥之曰：

文学院教微积分，理学院授骈体文。

---

① “訿耳”，疑当作“始訿”。

先生闻之莞尔，不以为忤。惟一生以小学、数学、骈文、书法、象棋等睥睨于世，终其身未曾得一传人，常引以为憾耳！

先生曾曰：

> 学问之道，有直线之学问，有平面之学问。泛滥各科，以求广博，平面之学问也；设为专题，深入研究，登峰造极，直线之学问也。

数学方面曾发明“一定积分定理”，蜚声中外。其他专著：《潮州八声误读表[①]》《班书字说》《畴盦数学论文集》，皆多创发。并曾以其治学心得作为日记，小楷端书，除毁于难者外，积存五十四册。凡科学，文科理论，畴算之演证，暨所作骈散文章，多笔之其中。而与人往来书札，诗歌、联语、棋谱等亦附列焉。先生之博大精深，由此可见之矣！故蔡元培云：

> 任初教授日记，如付梨枣，须请多种专门学者担任校对，始能完善。

先生所授《黄季刚墓志铭》，虽能背诵如流，然数十年来勤于治学，其所用典实，迄今仍有所不能了解者，蕴义深奥可知之矣。

方先生自东瀛旅学归国，才气横溢，不可一世。斯时与先生同流辈者，遭际时会，大率[②]取富贵利禄以去，其下者亦不失荣宠。而先生本其初衷，体国家作育人才之至意，淡泊自甘，穷年埋首杏坛，青莪棫朴，蔚为国用。使天假之年，则其贡献于中外学术文化者，必既巨且大。胡天不吊，竟而清流归真。悲夫！

际兹先生九十有七冥寿，爰特摘文志之。

---

① 原文讹作“潮州八音误读表”，今正之。

② 原文讹作“卒”，今正之。

黄际遇举人之生平[①]

陈立国

吾邑黄际遇教授，字任初，号畴庵[②]，广东澄海县城人。父韫石公为前清例贡，邑之巨绅，有二子，长际昌，清廪生，先生排行第二，生而颖异，读书过目成诵，精力充沛，少有神童之称，家学渊源。时逢清末民初，新旧文化交错之际，先生既有国学根基，尤东渡日本，留学美国，考察西欧，所以学贯中西。当其任国立中山大学院长时，有人讥之曰："文学院教微积分，理学院教骈体文。"先生事亲至孝，教子甚严，自奉俭朴，布衣敝履，不著西服，常穿白色或灰色特制长衫，胸前加缝两个袋子，一边装雪茄，一边佩眼镜，头戴毡帽，足著布鞋，体态魁梧，双目炯炯，不苟言笑，一望便知富贵人。

十四岁，科试一等增生（原注：即光绪时代秀才）。旋肄业汕头市同文学堂（原注：丘逢甲创办之惠、潮、嘉最高学府）。又赴厦门同文学院深造。然后东游东京高等学校。学成回国，入京殿试，中式格致科举人。迨民国十年，奉教育部特派赴欧美考察教育，进美国芝加哥大学研究，得科学硕士。

从此足迹大江南北，桃李满天下。初任天津高等工业学校教授，开封中州大学教授，北京师范大学教务长，青岛大学文理学院院长，湖南省会考主试官，河南教育厅长，河南中山大学校长。民廿四年，返粤，任中山大学文、理、工学院院长。当时中大校长张云，为先生高足。国立英士大学校长杜佐周，国立兰州大学校长辛树帜，皆为先生门生。当其留学日本江户，与范源濂、经亨颐、陈衡恪、黄季刚以及余杭章太炎诸公游，此皆一时俊彦。

先生善书法，魏碑尤其专长。无论在梓里或学校，求书[③]者接踵而至，人人以索得一纸宝墨为荣。我家亦拥有其行书屏条，然因遇劫无遗，后在海外荷乡长陈特向国大代表转赠一帧，得再珍藏黄氏真迹，实有荣焉！

---

① 原载《广东文献》1995 年第 25 卷第 4 期，第 91～92 页。

② "庵"，同"盦"。下同。

③ 原文作"画"，显系形讹。今正之。

先生承祖先余荫，家境富有，拥有良田数百亩。祖祠巨宅，书斋花园，可谓华屋渠渠，仓储森森。且拥有澄海县特有之“桁牌”多支，（原注：即海产专区。澄海地频[1]海边，每年渔户要向牌主承批海域捕渔权，始准捕鱼。但牌多渔区少，故此每年正月要在县政府抽签。如果幸运抽中者，渔户闻知马上上门承批。每牌收益在光洋数百元至数千元不等。牌主中彩后，择吉做大戏摆酒席酬神宴客，非常热闹）黄府时常抽中，获利殊丰。而府上家藏字画、书籍甚伙，价值连城。先生每次回乡，翻晒字画、书籍，费时逾月，由此可想而知。惜乎！后人未能善予保存，经于某年某月毁于一旦。（原注：整批为人搜劫一空）

黄教授出生于逊清光绪十一年乙酉，殁于民国卅四年乙酉十月廿一日。舟次清远峡白庙[2]，如厕更衣堕河，寿源恰巧周甲六十一岁。当年适值抗日胜利，百废待兴，国立中山大学将自北江迁回广州。偕中大教务长邓植仪筹备复校工作，更不幸因公罹难。海内闻变，莫不震悼。中大当局张云（原注：校长）、王星拱、金曾澄、邓植仪、何春帆诸公，爰于石牌设黄教授任初治丧委员会，电请国民政府褒扬，并于学校伐石竖立纪念碑。拨帑印所著“畴庵”遗作，设黄氏奖学金。当时交通部电信局尚未复员，遂特请中央军事委员会急电汕头军委会通知澄海县黄氏家属。其长公子家器兄等，闻耗惊惶失措，即时在其府上设灵治丧，邀集邑中士绅官商数百人，爰僧迦导引至河边招魂（原注：魂兮归来）。当时余亦被邀参加行列，状极凄怆。因复员初期，交通不便，至翌年四月，家器始得奔清远，扶柩回乡归葬。呜呼！吾粤丧一大师，吾乡失去乡贤。光阴荏苒，屈指流光五十载，先生[3]亦长眠半个世纪。缅怀先生道范德泽，令人景仰。

先生德配早逝，继配蔡氏，侧室陈氏。子七女三。长子家器、次家锐、三家教、长女玉言，均为陈氏所出。四家枢、五家让、六家梓、七家豹和两小女，皆继室蔡氏所生。余与家器、家锐二兄，邻里乡亲，龆龄相交卅载，时相往来，每逢岁首春节，黄氏昆仲必躬亲舍下贺岁，礼貌有嘉。家器，国立山东大学理科学士，曾任两广监察使刘侯武秘书，民国卅六至卅八年为澄海县立中学校长。家锐，上海美专出身，得其尊翁真传，善书法能文墨。黄氏兄弟逢时不遇，均淘汰于大时代。每念故人，不禁唏嘘叹息。

---

① “频”，通“濒”。

② 原文此处作“清远县峻白庙”字，实应为“清远峡白庙”，今正之。

③ 原文作“光生”，显系“先生”之讹，今正之。

附录二　序跋

《几何学教科书》序[①]

何寿朋

光绪壬寅，余主讲潮州金山讲席。黄君任初曾以文字相质证，其为文汪洋恣肆，下笔数千言，实美材也。数日，任初复来见，谈论纵横，磊落不群。

时任初方弱冠。余劝其游学东瀛。旋负笈东行，肄业于宏文学院。潮士之游学海外者，以任初为权舆。

甲辰，余应调随槎，奉公使署。文牍之暇，与任初过从尤密。聆其言，则恳诚切挚，无嚣张之气也；觇其学，则深沉酝酿，无放恣之态也。余笑谓任初：君今前后真判若两人。

顷任初已肄业东京高等师范学校。他日所造更深，必有出于余意想之外者。学成而归，为吾国前途之教育家。由是而加以经验，进而为吾国前途之政治家。俱深有望于任初。

昨任初来，以译书事相告，谓近译成《平面几何学》，将以饷祖国学界。又谓此书为一八六九年数学博士维廉氏原著，为日儒大肋、奥平两氏所译，为几何学教科书之善本，亦可为学者自修参考之用。乞以一言为序。

余与任初交好有年，又惊其学识之变迁，如是其速，特详考交际始末，以为潮士告。至此书之价值，则有目共赏，出版后学者自知之。固无俟余之赘言也已。

光绪三十二年孟冬之月，何寿朋拜撰

---

① 原载数学博士威廉氏原著，大肋瑛之助、奥平浪太郎译补，澄海黄际遇再译《几何学教科书》，东京富山房书局光绪三十二年版，第 1 页。原题为《序》，今增补为《〈几何学教科书〉序》。

《黄任初先生文钞》序[1]

张 云

民国三十四年十月二十一日，是黄师任初罹难的日子。于时抗战胜利，我先归广州，期待着阔别三年的把晤。讵料天不做美，黄师沿北江南下，道过清远峡，失足堕水，返魂无术，就这样惨痛的告了永别。

黄师学贯中西，有过人的美德。豪快诚挚，使人乐于亲近。他魁梧奇伟的身材，端庄严肃的道貌，更令人油然起敬。可是他不但不扳起老师宿儒使人难看的脸孔，还喜欢讲述滑稽的故事，使听者往往捧腹。每当嘉会，酒阑兴发，击箸而歌，声震屋瓦，激昂慷慨，有古燕赵豪士风。

我在坪石掌理中大时，黄师慨然降尊，屈就记室，事无大小，莫不躬亲，职权所关，必谦虚研讨，减轻了我对事务的关怀，而增加了我奋进的活力。尝对人言："青出于蓝，我当辅之，以成大业。"诚挚热烈的心情，令我感激到无可言状，惟有尽着弟子敬师之礼，事之如父而已。

我在职时一切的书札和题词，多由黄师代笔，虽片言只字，受者如获珙璧。夺他人之美，我常表歉意，而黄师却常引中国社会文字应酬之习惯以为解慰。嗣更以积极的鼓励，以代消极的慰安，说："有为者，亦若是，世上无不可之事，汝天赋高，努力多读多作，自然有成。"当时我感到无限的兴奋，可惜以动荡的时局，流浪的生涯，开卷执笔，都无暇晷，日月易迈，荒疏无成，静言思之，深自惭愧！

黄师是个有旧学根底的学者。但又研究现代学问，专考数学，为我国数学界有数的人物，历在武汉大学、河南大学、青岛大学、中山大学等校任事，或为校长，或为教务长，或为理学院院长，或为数天系主任，都以科学数理专家的姿态出现。与黄师交游较浅的人，只知他是一位新派的科学家，但一经深谈，莫不惊其对中国文学有湛深的造诣。当其在坪石领导数天系时，远处十余里外之清洞底文学院中文系的学生，竟环请其讲授骈文，黄师欣然而起，善诱循循，尝谓："此义务功课，较诸受薪而为者，兴趣更浓。"其诲人不倦的精神，真是令人敬佩！

---

[1] 原载《黄任初先生文钞》，第1～5页。

黄师治学过程，待人接物与及生活状况，在他的日记里可以看出来。他写日记很用心而且不间断，数十年如一日，书法秀健，词句典雅，内容不拘一格：或记高深数理的推算方式，或记象棋的得意步骤，或抒身世家国之感，或叙眼前景物，兴之所之，拉什写记。黄师某年由沪返汕，厄于水，致散失其一二十年间所作，极感痛心。然今所存者犹五十余本。黄师日记，大部毁于水，而身复死于水，数亦奇矣。

黄师生平文艺作品十九存于日记中，今阅其日记，不论整篇零简均极美妙，百读不厌。所以自从在广州举行了黄师的追悼会之后，我便提议把他的日记全影印出来，但以目前物质条件所限，对此还不易办，结果才决定将日记中有永久性的作品，及其他单篇文字先行抽选付印，同时并列为中山大学丛书之一，这一方既可使后学得人手一编，而起向往之思，一方也可使丧失良友的人们，在哀伤惋悼之余，看了这部集子，有低徊想念的机会。

这是民国卅四年冬日的决定，请了作人、雁晴、祝南三教授主持编纂的工作，满拟在民卅五年内可以完成。但以各人的功课繁忙，直至卅五年底，我赴美讲学的前夕，还未编妥，我只得再三敦促，并声明将来印刷的费用，完全我筹集，无论我在什么地方，都可负责，相约加紧进行，以期早日出版，而了却我们纪念黄师的一段心事。

但自从我赴美以至回到广州，中间足经三个年头。这个心愿，尚未完成，极感焦急。延宕的原因，自然由于环境关系：一则生活不安，再则雁晴已离粤，意见集中不易。至本年夏初，作人来告："选稿已竣！可备誊录。"我感到无限的快慰，适六月下旬，我再承乏中大，对于纂印工作，获得人事上的便利，暑期中即行付印。至此乃可结束我四年来萦系着的心事。

但于进行付印中，有应特别提及的，就是武汉大学广州校友会，为表示对黄师的敬意，在生活困难的现在，仍捐助港币壹百元，为补助印刷之需。这种尊师重道的精神的表现，是值得我们钦佩的。

黄师文钞编纂既成，编辑同人要我写个序文，以述缘起，在我自然是责无旁贷，而志所乐为。不过我于中国文字是个门外汉，对于黄师作品，本无资格论列，黄师文章的温醇典雅，境界高超，以我钝拙的笔墨，自难形容。所以我只能真切把景仰黄师的心情，来一个朴实而坦白的叙述，就当作序文。其实这区区的叙述，又何足以表示我怀念黄师的心情于万一呢？

孔子诞生二千五百年纪念日，张云于广州石牌国立中山大学校长室

《黄任初先生文钞》序[①]

詹安泰

大道未丧，斯文在兹。修名已立，芳风不坠。是以龙门载笔，将以藏之名山；魏祖论文，谓为经国大业。胎息既深，寝馈弥众；雅郑迭奏，藻饰宏开。自南朝之雅士，暨北地之胜流，靡不穷气尽性，握椠怀铅，希踪绣虎之奇，莫惮雕虫之诮。况乎负隽上之才，究天人之学，言行有盛德之风，艺业备述作之茂，有若澄海黄任初先生者，其可不永广其传，昭示来学哉？

于是则有张君子春，南州英彦，天算名家，称孔门之高第，任马帐之传经，为辑录遗文，将付剞氏。以余与先生同州郡，谂先生之为人，属缀片言以当喤引。余以先生扬历中外，掌教上庠，目如耀星，舌如电光，边孝先之腹笥，崔季珪之朗畅，抗座论乎徐陵，妙清言于乐广，固已青土蜚声，河洛鹰扬，群士臻向，东南物望者矣。自名高于天下，宁假士安之序太冲？倘声希于骥尾，窃附彦升之誉文宪。

夫核雕、象刻，递有专家，故不失其精。泰岱华嵩，不捐土壤，故能成其大。先生束发受书，英年蹑屩，万卷能通，三冬足用。小学雅训，尤所媷研，得许郑之心传，知戴段之未逮，斐然有作，卓尔不群。顾神明在抱，故步难封，理广照而弥周，气深函而愈厉。凡倭国哲氏之书，历算天文之术，旁推交通，兼究并习。俯钩重渊之深，仰探九乾之远。譬观沧海，莫际其澜，如入天都，谁窥其阃？斯则茂先博物，未足方其闳通；彦渊书厨，犹尚逊其遍洽也。若乃振采摛藻，云蔚霞蒸，极貌穷形，吹尘镂影，或上鲍家之封事，或为甘蔗之弹文，或游金谷之名园，或过王珣之别业；并皆睹物兴情，随时摅抱。张仪檄楚，以古郁称奇；孝山颂师，以壮劲标胜。陆士衡之激扬，鲍明远之跌宕，独有千载，时复一遭。犹复远本班蔡，法其典则；近承汪洪，运以神思。用能兼赅众长，独树一帜，深穷

---

① 原载《黄任初先生文钞》，第7～8页。

黄泉，高出苍天，大含元气，纤入无间也。

属天方荐瘥，人惊丧乱。黍离麦秀，时或兴嗟；穷谷空桑，宁能无感？中情结轖，放为邹宋之大言；孤愤慨慷，隐于庄韩之寓语。即交亲还往，联语哀章，亦百炼千锤，惊心动魄。凡兹璅碎，散见日钞，片羽吉光，举堪传世。昔求阙、越缦，别有专钞；常熟、湘潭，不无分辑。兹编有录，略仿厥例，各存面目，粗见纪纲。至夫天算之式，象棋之谱，字用佉卢，图列梅花，别俟影行，此不具载云尔。

民国三十八年夏，饶平后学詹安泰敬序

《黄任初先生文钞》题记[①]

吴其敏

喜出望外地，获得选堂词兄惠赐《黄任初先生文钞》复印本一厚册。此为我乡著名前辈学人黄际遇先生的述学论著，兼及书札、序跋、传记、碑铭诸什凡数十篇。列置国立中山大学丛书之一。一九四五年间开始编纂，几经艰梗，卒告集录成书，并于一九四九年集资付印于广州。可能印数不多，流传不广，闻知其事，而一直无从捧读其书。

声震黄际遇前辈之名，始于他以多种数学著作，又早年出席在美举行之太平洋数学研究会议有所建白而赢得了国际盛誉。其后乃逐渐知其擅能联语、骈文、古文，而尤专精于日记文学。所作多种日记中，包罗极广，洋洋百数十卷，规模之宏，以视翁文恭、李慈铭、王壬秋、郭嵩焘诸人有过之而无不及。二十年代间，先生南北行役，居乡日子不多。偶回辕，辄就振祖祠堂南庑以会客。余时与其贤郎家器同学，亦常偕同进出振祖，间聆先生言说，深受启迪。先生与先君子交厚，以子侄视余，诲导之意弥笃。余之得从手稿管窥日记豹斑，乃在此时。

三十年代以吴双玉兄之推介，在其指点下，曾细读先生《潮音八声误读表》，对于古音系潮州方言所作基本检讨，颇有他人未发创见。又记得曾读先生长文题曰《一》者一篇，以数学原理诠释哲学，探发哲学之

---

① 原载吴其敏《园边叶》，三联书店香港分店1986年版，第131页。原题迳作《黄任初先生文钞》，本书辑校者酌改为《〈黄任初先生文钞〉题记》。

奥妙。所言“万殊一鹄也，吾道一贯也。其将始以简，其将毕也巨。虽巨也而仍有简者在，万其涂而同其归”云云，迄今犹能成诵之作不少。先君子之逝，先生挽联曰：“杜老伤乱离，一饱耒阳终客死；伯休避世弋，百钱秦市识先生。”则余所记尤稔。

现在既获《文钞》，可读菁华之作更富，特别是书札序跋志记部分，嗣当为之精咀细嚼，饱偿宿愿。本书卷首有中大校长张云及教授詹安泰序文各一。张云为黄氏学生，安泰则同州著名词人也。

《黄际遇先生文集》序[①]

黄海章

际遇先生字任初，早岁沉酣经史，学养精深。值晚清政治腐烂，内忧外患，相迫而来，思有以拯溺救焚，乃东渡日本，穷探数天之学，以期施诸实际，旋赴美国，益事深研。学成归国，曾任武昌高等师范学校、河南大学、山东大学、中山大学数天（原注：数学、天文学）系教授，作育英才，声誉卓著。暇则仍穷探中国古籍，以存国学之精微。在武汉时，与黄侃先生为深交。商榷古今，所治日进。黄侃先生殁，曾为文致悼，情词深挚，动人心腑。先生平昔长于骈文，仰容甫、北江之遗风，摒弃齐梁之浮丽，吐词典雅，气象雍容，当日号为作手。除在中大数天系任教外，兼任中文系教授。讲授“骈文研究”“《说文》研究”。沟通文理之邮，除先生外，校中无第二人。平昔治学甚勤，为《因树山馆日记》数十册。其中除讨论学术、文章外，象棋技艺，亦在所不遗。先生棋艺甚精，与南粤诸高手角，亦互有胜负。而书法雄劲，光采照人，固不独以数天专家名焉。

一九三八年十月，日寇侵犯广州，形势危急，中大乃迁至云南澄江，后又迁回粤北坪石。而寇氛日炽，先生随理学院转移连县。抗日战争胜利后，由北江南下，不幸失足堕水，拯救无效。得年六十一岁。群情嗟悼，以为文理两院，竟丧斯人，实学术界之不幸云。

先生遗文颇多，因卷帙浩繁，势难全印，乃择其中一部分，公诸社会，存其梗概，庶几不堕斯文。

---

① 原载《中山大学学报》1990 年第 1 期，第 99 页。

余于先生为后进，初在中大任教时，屡相过从，请益无倦。先生亦不余弃，奖掖有加。在坪石时，文理两院曾隔江相望。亦屡有晤面。先生意气豪放，谈笑风生，闻者为之倾倒。至今数十年，风采如在目前。哲嗣家教，治语言之学，于方言调查，尤所究心。在中大中文系任教三十余年，克尽厥职，门墙桃李，欣欣向荣。先生后继有人，可以无憾。

“文革”前有刊先生文集之议，余曾为作序。十年动乱，触目惊心，据家教学兄云，该序已经散失。此次重编先生遗文，复请余序其端，余追惟先生之学问文章，言论风采，不辞鄙陋，复缀小言。数十年如石火电光，倏然消逝，余亦白发盈颠，皱面观河，迥殊往昔。所幸神州旭日，照耀人寰，先生有灵，亦当含笑于地下。

1982 年 12 月

《黄际遇先生纪念文集》序言[①]

林伦伦

说起来惭愧，知道中大有个博学鸿儒黄际遇先生，是我在黄家教先生的课堂上听来的。

黄家教先生是中山大学的著名语言学家，我们当面称他“黄先生”“黄老师”，但背称他“黄家老”“家教老”，甚至“家老”。我至今不知道是我们的创新呢，还是沿袭学长们的称谓。1983 年春天，他给语言学专业的硕士研究生开“汉语方言学”课。黄先生的课，有趣的例子很多，深入浅出，循循善诱，把一门其他人觉得很枯燥的课程上得生动活泼、风生水起。课前课后，黄家老喜欢跟我们谈语言学前辈们的一些逸事掌故，如他的业师、中国语言学大师王力先生，原中山大学中文系教授、著名语言学家岑麒祥先生，等等，用今天的话说，个个都是我们崇拜的偶像。黄家老讲的故事，经常让我们听得一愣一愣的。不知不觉地，我们喜欢上语言学了。黄家老用一条无形的绳子把我们引进了语言学的精彩纷呈的天地。

有一次，黄先生感叹自己学问不及他的老师王力先生的时候，突然冒

① 原载陈景熙、林伦伦编著《黄际遇先生纪念文集》卷首，汕头大学出版社 2008 年版。

出一段：

> 比我父亲就更差了。父亲生我们七个儿子，每个孩子学一门专业，都不及父亲的学问好。真是一代不如一代哦。

他长长地叹了一口气。

黄家老的父亲是谁？这么厉害！后来我们向同是澄海人的著名语言学家李新魁教授请教，才第一次知道了黄家老的父亲，著名的数学家、天文学家、教育家、文学家、音韵文字学家、书法家、象棋名宿黄际遇先生。在中山大学任教的时候，他是数学天文系主任，在中文系教历代骈文，又经常与省港象棋名将切磋交流，名重当时。后来我们还知道，黄家老是黄际遇先生的三公子，学的是语言学；其长兄黄家器学的是数学，后来在家乡澄海中学任教，当过澄海中学的校长。在我们看来，诸公子中要算黄家老的成就大了，他在汉语方言学方面，造诣尤深。但黄家老还是自愧不及父亲学问的几分之一。

再后来，陆陆续续地拜读了著名学者梁实秋、詹安泰、黄海章等先生的纪念文章，才真真地体会到黄际遇先生学问的高深和人格魅力的高尚。从文学的角度讲，我最欣赏梁实秋先生的《记黄际遇先生》。他用大文豪的生花妙笔，把一个魁梧健硕而又风神萧散的博学鸿儒、性情中人黄际遇先生刻画得栩栩如生。黄际遇先生的某种境界，令我辈后生特别地神往。

可惜这样的一位博学鸿儒，在他任教过的山东大学（青岛大学）、河南大学（中州大学）、中山大学等高校，知道他的人实在太少了。今年 8 月，我曾到河南大学访问，黄际遇先生曾经在这里任过校长，还当过河南省的教育厅厅长。但校史馆里，陈列的只有黄际遇先生的一张遗照和一本《黄任初先生文钞》的复印本，其他的什么都没有。《河南大学校史》（河南大学出版社 1992 年版）中，黄际遇先生的名字，也只出现在《河南大学大事记》和《河南大学历任校长一览表》中，别无片言只字的介绍。我跟接待我们的河南大学主人简单介绍了黄际遇先生的博学多才，主人们觉得很惊讶，因为他们都不知道，他们的前校长是如此的了不起。

在中山大学，情况又如何呢？北京大学的著名学者、潮汕老乡陈平原教授曾经在中山大学度过了 7 年的读书生涯，获得了学士和硕士学位。但是他却说：

奇怪的是，为何黄际遇先生这么有趣的人物，长期以来在中大并不流传？起码我在中大念了7年书，未曾耳闻黄先生些许逸事。此等人物，若生活在老北大，定然是校园里的绝佳风景。不知道是因五十年代后专业化观念日益深入人心，凭兴趣读书讲学不再被认可，还是因教学于兵荒马乱之中，没有弟子承衣钵传薪火。（陈平原《走进中大》）

不管是哪种原因，黄际遇先生的事迹差不多被中大遗忘却是不争的事实。如果我不是刚好听过黄家教先生的课，那么，也就像陈平原师兄（他当时学的是中国现代文学）一样，可能对黄际遇先生的事迹一无所知。

在中山大学是这样，那么，在黄际遇先生的老家潮汕，又有多少人知道黄际遇先生呢？曾任汕头教育学院院长的杨方笙教授说：

黄际遇先生是个了不起的学问家，其学殖之富，才气之高，成就之广，不但在潮汕罕见，即使在全国也是为数不多的。令人遗憾的是，现在即使在潮汕，也有许多人不能举出其姓名，似乎他已渐渐地被世人淡忘。（杨方笙《黄际遇和他的〈万年山中日记〉》）

呜呼哀哉！正是基于这样的一种“濒危”情况，我们才觉得很有必要把纪念黄际遇先生的文章、诗词、挽联等等收集起来，编辑出版，向世人介绍这位广东的绝代奇才。黄际遇先生博学而严谨的治学风格、循循善诱的教学方式、豪放率真的人生态度，在专业划分越来越细、教学科研成果计量评估、学术腐败日益猖獗的现在，尤其值得我们去学习，去思考。尽管由于我们的能力有限，缺一漏万之虞在所难免，但如果能使读者了解黄际遇先生之一二，我们编辑此书的目的便达到了。

末了，根据我们在编辑过程中的阅读经验，向读者重点介绍文集中的一些文章。

读者如要了解黄际遇先生的基本情况，可读饶宗颐《黄际遇教授传》和陈景熙《黄际遇先生年谱简编》；想知道他在数学研究和数理化教育方面的贡献，张友余的《黄际遇传》是必读篇目；日记方面，杨方笙的《黄际遇和他的〈万年山中日记〉》介绍最详；而描述一个活生生的性情中人黄际遇，则以梁实秋的《记黄际遇先生》为胜；关于书道和棋艺，也有蔡仰颜《黄际遇的书法艺术》和唐家安、杨明忠的《岭南才子亦名师，棋国往事说功臣》诸文可读。

至于编辑这本书的过程和辛劳、黄际遇先生的后代及其亲友们对我们的大力支持等等事项，则由这本文集的主要编者陈景熙君在后记中加以说明，这里就不赘述了。

丙戌中秋，于华南师大教师村

《黄际遇先生纪念文集》后记①

陈景熙

六十载以前的1945年，博学鸿儒黄际遇教授于买舟返穗途中逐波臣以逝。追悼会之后的一甲子中，追思黄任初先生的文事，可谓不绝如缕。

1946年，先生师长、岭东耆宿姚秋园先生撰写墓志铭以表诸阡。

1948年，先生门生、词人张荃女史在马来亚作《从游录》一文，纪念先生逝世三周年。

1949年，由先生门生、中大前校长张云策划，著名学者詹安泰先生等编辑的《黄任初先生文钞》刊布于世。张、詹二氏撰序。同年出版的《暹罗澄海同乡会成立周年纪念刊》，登载了国学大师饶宗颐教授撰写的《黄际遇教授传》，以及黄先生的遗影、墨迹、遗文。

1972年，旅居泰国的先生入室弟子曾建屏撰《追忆黄任初先生》一文，刊发于《暹罗澄海同乡会成立廿五周年纪念特刊》。

七十年代末的台湾，先生旧交周邦道、梁实秋相继撰文缅怀任初教授。八十年代初，先生子侄辈——旅港潮籍作家吴其敏，也一再撰文凭吊。

八九十年代，先生旧雨黄海章教授，门生何其逊、林莲仙、钟集、吕渭纶诸先生，均先后发表忆念文章。

九十年代，李新魁教授等师长，纷纷刊布华章，从不同角度评骘博学

① 原载陈景熙、林伦伦编著《黄际遇先生纪念文集》，汕头大学出版社2008年版，第262～264页。

宏才的黄际遇先生。

本书编者忝为先生乡邦后学，学殖荒疏而不及先生于万一，为表彰先贤而激励来者，自2000年之后，即酝酿着纪念黄际遇先生的文事。

2003年，编者林伦伦在接受汕头大学图书馆的采访时，呼吁加强对黄际遇先生等潮籍名人的研究。

2005年1月21日，潮汕历史文化研究中心召开的潮汕三市特约“三员”代表迎春座谈会上，编者陈景熙提出了举办黄际遇先生诞辰一百二十周年暨逝世六十周年纪念活动的倡议。

与此同时，本书的文献征集与编辑工作，也在诸多文化机构、师友的鼎力支持之下，逐步展开。

2004年至2006年间，本书编者在澄海区图书馆、中山大学图书馆、广东省档案馆、汕头大学图书馆潮汕文献特藏组、潮汕历史文化研究中心资料库等多家公私图书馆及超星等网上文献库披阅并辑录有关文献。

2005年冬，编者在中山大学陈伟武教授的引领下，于羊城康乐园中拜会了黄家教教授夫人龙婉芸先生。2005年至2006年间，本书编者又多次拜会先生后裔黄家梓先生、黄伟群先生于澄海。仰承三位及钟集教授等尊长的热心支持，一再掷赐资料。

2006年年初，为了征集上揭曾建屏《追忆黄任初先生》一文，编者付嘱负笈汕头大学的泰国周修忠君，于回国时专访泰国澄海同乡会，拜领该会馈赠的《暹罗澄海同乡会成立廿五周年纪念特刊》等资料。

2006年年中，潮汕美术界耆宿蔡仰颜先生得悉大作拟编入本书后，郑重修改旧作而赐稿。澄海文史界前辈芮诒埙先生哲嗣芮永平先生则惠贶黄家器先生遗稿。澄海陈训先老师闻讯亦将其早年记录的黄家枢先生口述稿整理后赐投。

除上述机构与诸位尊长，汕头大学图书馆潮汕特藏组陈俊华、金文坚二位主任，汕头市澄海区图书馆王健馆长、黄建智先生，澄海博物馆蔡文胜、蔡绍喜二位馆长，澄海文联副主席王伟深学长，澄海中学陈卓坤兄，中山大学图书馆林明副馆长，揭阳丁日昌纪念馆孙淑彦馆长暨孙杜平学兄，泰国澄海同乡会蓝健龄理事长、陈允明先生，汕头市张金浩、陈嘉顺、纪相奎、陈琳藩、陈泽，深圳胡锐颖诸兄，也对本书的征集、整理、编辑工作贡献良多。

尤使编者感篆的是，眉寿之年的饶公宗颐教授挥毫赐题书签，更令拙编为之生辉。

本书的集腋聚沙而成目前的规模，端赖以上众多机构、师友的热忱赐助。在此，编者谨肃敬作揖，致以衷心谢意！至于书中不可避免地存在的错漏之处，则责在编者。敬祈读者诸君不吝赐教！

丙戌小雪，于先生故里澄海城

《黄际遇日记》前言[①]

《黄际遇日记》是我国著名的数学家、教育学家黄际遇的未刊手稿。

黄际遇，字任初，号畴庵[②]，澄海县澄城镇城[③]北人，生于1885年。幼禀家学，才华出众，曾应童子试中式为县[④]学生员。1902年留学日本，于东京高等师范学校数理科攻读。1906年毕业回国，任天津高等工业[⑤]学堂教授。1910年参加京试，中格致科举人。1914年以后转任武昌高等师范学校教授。1920年由教育部派赴欧美考察，入美国芝加哥大学研究数学，1922年获硕士学位。归国后仍回武昌师大任教。1924年任河南中州大学教授。1926年应聘为广州中山大学教授。1928年又北上任河南省立中山大学校长，一度还出任河南省教育厅厅长。1930年至1936年，历任青岛大学教授兼理学院院长，山东大学教授兼文理学院院长。1936年返粤，仍任教中山大学。1938年日寇攻占广州，他随校辗转播迁。1945年8月日寇投降，中大复员返穗，他与同事乘木船从北江南下，道经清远峡时不幸于10月21日凌晨失足坠水身亡，终年61岁。

黄际遇学贯中西，文理均擅，且精通于书法、楹联、棋弈，是一位博学之士。他执教南北大学数十年，桃李满天下。黄际遇是日本数学家林鹤一高足，在日本留学时曾翻译《几何学》，后又引进西方数学，译著有《续初等代数学》《高等微积分》《群底下之微分方程式》《近世代数》等，主要论著有《论一》《定积分一定理》《Gudermann函数之研究》等。他的数学译著在中国数学界影响颇为广泛。黄际遇对中国传统经史文学也

---

① 原载《黄际遇日记》卷一，第1页。

② “庵”，同“盦”。

③ 原文脱“城”字，今校补。

④ 原文脱“县”字，今据周邦道《黄际遇小传》校补。

⑤ 原文脱“业”字，今校补。

有精深的研究，在日本留学期间，他曾访学于章太炎，与陈衡恪、黄侃互相切磋，最为深交。回国后于多所大学兼讲古文学课程，深受学生欢迎。曾发表《潮州八声误读表说[①]》《班书字说》等论文。他还习惯写日记，日记用毛笔楷书，偶然亦间行书，文字多用古体，也夹有英、日、德文，皆即写入册，未曾起草，而文不加点，内容有数学、文学、历史、书信、对联、诗文、棋谱等。黄侃认为："极似近世复堂大师之作。"蔡元培曾谓："任初教授日记，如付梨枣，须请多种专门者为任校对。"日记是他多种学问的记录，每月写一册，冠以序言，分别不同时期有《万年山中日记》《不其山馆日记》《因树山馆日记》和《山林之牢日记》等，除部分不幸散失，现存43册。

黄际遇日记具有极丰富的多方面史料学术价值，十分珍贵，但涉及多门学科，卷帙浩繁，一时无法整理出版，因此，黄际遇哲嗣黄家教教授与诸兄弟商议后，于1995年将珍藏的43册先人日记慨然赠予潮汕历史文化研究中心"文化名人库"永久保存。

为使该日记能够早日公之于众，方便诸方面学者进行深入研究，本中心决定将其影印出版。现出版的《黄际遇日记》，内容包括《万年山中日记》24册（缺其中第15、16、17册）、《不其山馆日记》3册、《因树山馆日记》15册（缺其中第6册）和《山林之牢日记》1册。4部日记结集分为8卷一套装。希望《黄际遇日记》的出版，能够发挥其应有的作用。

编　者

2013年12月20日

---

① 原文脱"说"字，今校补。

后　　记

学如传薪，薪尽火传。薪火之传，端赖枣梨。前贤文集的公开出版，对于学术文化的奕世传承，具有重要的意义。詹安泰先生就曾以后学身份，如是月旦黄际遇教授云：

> 负隽上之才，究天人之学，言行有盛德之风，艺业备述作之茂，有若澄海黄任初先生者，其可不永广其传，昭示来学哉？①

2018年年初迄今，承蒙中山大学中文系暨吴承学教授雅嘱，林伦伦教授率景熙虔诚辑校《黄际遇文集》稿，借以扇扬先芬，昭示来学。定稿之时，掐指一算，距离黄际遇先生第一本文集《黄任初先生文钞》的问世恰好70周年。

1945年，黄际遇先生星陨南天，“海内闻变，莫不震悼。中大当局张云、王星拱、金曾澄、邓植仪、何春帆等，爰于石牌设黄任初教授治丧委员会，电请国民政府褒扬，于学校伐石竖纪念碑，拨帑校印所著《畴庵遗稿》，设黄氏奖学金”②。所谓的“拨帑校印所著《畴庵遗稿》”一节，初由先生门生张云教授提议影印先生全部日记，后因条件所限，确定为选编文集：

> 决定将日记中有永久性的作品，及其他单篇文字先行抽选付印，同时并列为中山大学丛书之一，这一方既可使后学得人手一编，而起向往之思，一方也可使丧失良友的人们，在哀伤惋悼之余，看了这部集子，有低徊想念的机会。③

---

① 詹安泰：《〈黄任初先生文钞〉序》。

② 姚梓芳：《澄海黄任初教授墓碑》。

③ 张云：《〈黄任初先生文钞〉序》。

遂于1945年冬，由张云以中山大学校方名义邀请生物系张作人教授和中文系李笠（字雁晴）教授、詹安泰教授联合主编此书。原计划于1946年完稿付梓。几经艰梗，卒于1949年夏告成，在时任中大校长张云的主持下，中山大学及武汉大学广州校友会提供出版经费，由“国立中山大学出版组”出版了《黄任初先生文钞》一书。不过，该书流传未广。香港文坛闻人吴其敏虽与先生有通家之好，尚且在该书问世后约40年间，“闻知其事，而一直无从捧读其书”①。直至20世纪80年代才由饶宗颐先生处获赠该书复印本，一偿夙愿。

为使先生道德文章传诸久远，20世纪60年代，先生哲嗣黄家教教授曾倡议编印先生文集，诚邀先生旧友黄海章教授撰写序言。十载红羊，劫余待兴。20世纪80年代，黄家教先生曾有意重编先生遗文，礼请黄海章教授重新撰文，以序其端。②遗憾的是，在1998年黄家教先生遽归道山之前，《黄际遇先生文集》未见辑录成书；而在其身后，其遗稿中似亦未发现《黄际遇先生文集》未定稿。

70载，还复遇。在《黄任初先生文钞》暨饶宗颐先生《黄际遇教授传》问世70年后，伦师率景熙辑校的《黄际遇文集》行将踵武前哲，刊行于世。

付梓之前，景熙谨向读者诸君禀报辑校凡例于下：

一、全书框架

本书师法《黄任初先生文钞》架构而明确卷目，稍事扩充，分列为12卷：一述，二书，三启，四记，五序，六传，七碑，八诔，九赞，十颂，十一论，十二联。

书后缀以附录2卷：附一碑传，录姚梓芳、饶宗颐所撰先生碑传及新近发现的追忆先生的文章2篇；附二序跋，录1906年至今先生著作、纪念文集序言。

二、文献来源

本书正文276篇（包括师友来函5篇），附录11篇，序言、后记各1

① 吴其敏：《〈黄任初先生文钞〉题记》。

② 即黄海章《〈黄际遇先生文集〉序》。

篇，合计289篇。其中正文部分276篇的文献来源为：

（1）来自黄际遇先生日记者，245篇；

（2）来自《黄任初先生文钞》者，88篇；

（3）来自传世黄际遇先生楹联（纸质与木雕）实物者，3篇；

（4）来自《中华中学物理学教科书》《中等算术教科书》《藤泽博士续初等代数学问题解义》《秋园文钞》《明德惟馨》《文史丛刊》《柳杰士先生讣闻》《书林拾翠》《黄际遇书法：追求天真意趣》者，各1篇。

需要说明的是，《黄任初先生文钞》正文89篇（包括师友来函3篇），本书从中辑录正文88篇，剔除《四十自序》一篇。原因是《四十自序》并非黄际遇先生的作品，而是先生所崇敬的晚清学者李慈铭（字爱伯，号莼客）的作品，先生于日记中曾记载此文曰：

> 莼客馆张香涛按部幕时，自记撰《四十自序》文一篇，简述平生有五悲五穷，凡一千六百言，存《越缦堂集》中。①

三、校勘原则

本书辑校过程中，原则上以黄际遇先生日记原文为准，其他文献来源的异文录于脚注处，以资对照。个别字词，据理判断以《黄任初先生文钞》或其他文献来源的表述为宜者，则将日记原文所记置于脚注处，以存一说。

四、校注方式

（1）各篇文章的文献来源，于文章标题处插入脚注，加以说明。②

（2）异文校勘，于相关词语处，插入脚注出校。

（3）日记原文中，页面天头处的眉批，在本书中，辑入相关文句后，以小字体、括号内“眉批”云云标注。

（4）日记原文、《黄任初先生文钞》原文中，正文间夹注的小字，在

---

① 转引自《万年山中日记》第一册（1932年6月10日），见《黄际遇日记》卷一，第6页。

② 需要注意的是，影印本《黄际遇日记》卷五目录有误，目录中的《不其山馆日记》第一册实际应为《不其山馆日记》第二册，第二册应为第三册，第三册应为第四册。

本书中，辑入相关词语后，以小字体、括号内“原注”（该文仅一种版本，或两种版本有相同的小字加注者），或“日记原注”，或“《黄任初先生文钞》原注”云云标注。

（5）本书所用《黄任初先生文钞》本为黄际遇先生长子黄家器先生亲笔批注的版本。黄家器先生批注的文字信息，如为诠释名物者，本书辑入相关词语后，以小字体、括号内“黄家器批注”云云标注；如为对《黄任初先生文钞》排印错讹处的订正或印刷用字的说明，则在相关词语处插入脚注出校。

（6）黄际遇先生日记中，喜用古体字、通假字、异体字。凡古体字、通假字，本书于相关文字处插入脚注出校。凡异体字，除人名用字外，盖迳易为通用正体。

校书如扫落叶，随扫随有。一方面，本书辑校者自知，由于自身条件的限制，本书在文献的收录、校勘等多方面，难免存在着不足之处，尚祈诸方师友不吝赐正。另一方面，无论是2004年开始编撰《黄际遇先生纪念文集》，还是2018年开始辑校的《黄际遇文集》，都得到了黄际遇先生后人和学界同人的热情支持。在本书的辑校过程中，2004年澄海区图书馆提供的黄家器先生批注《黄任初先生文钞》复印本、2005年黄际遇先生六子黄家梓（一名广海）先生惠贶的黄际遇日记完整复印本、2013年潮汕历史文化研究中心赠阅的汕头大学出版社影印版《黄际遇日记》，是本书的主要文献来源，蔡文胜、陈泽、孙杜平、吴晓峰、张坚、张庆明、曾旭波、黄桂华等学友热情地提供了相关文献，吴津、洪叶、张棋然等学棣协助录入了《黄任初先生文钞》《潮州八音误读表说》。众缘和合，集腋聚沙。本书辑校者谨此躬身作揖，敬致谢忱！

己亥人日，澄海陈景熙拜跋于篔筜湖上